Über dieses Buch Ein auf Lüsternes erpichter Leser käme bei Péter Esterházys ›Kleiner ungarischer Pornographie‹ kaum auf seine Kosten. Ihr Verfasser benennt in diesem Buch vor allem die Obszönitäten im Alltag unter dem realexistierenden Sozialismus; Schamlosigkeit und Perversionen durch Politik also, namentlich in der stalinistischen Variante unter dem langjährigen KP-Generalsekretär Mátyás Rákosi. Als pornographisch galt bis vor kurzem in Ungarn alles, was im literarischen und politischen Leben unausgesprochen bleiben mußte. Das Buch, erstmals 1984 erschienen, ist eine Abrechnung mit der verordneten Lebensweise in den inzwischen zerbröckelten Volksdemokratien. »Die größte Sünde an diesem System, an unserem System, ist, daß es das menschliche Wort aus den unterschiedlichsten Gebieten vertrieben hat.« Esterházy führte es wieder ein. Wie ein Taschenspieler zaubert er in seinen Prosatext direkte und indirekte Zitate aus der internationalen Literatur. Namen wie Wittgenstein, Gombrowicz, Borges oder Kundera standen dabei Pate. Dies Amalgam macht den Reiz der ›Kleinen ungarischen Pornographie‹ aus. Die Bedeutungsschwere wird gemildert durch Esterházys Hang zu verspieltem Humor. Seite für Seite gibt es komische Entdeckungen zu machen. Ein kleines Beispiel, in einer Fußnote versteckt: »Freiheit!, so hieß der Gruß der fünfziger Jahre (und im Volksmund die Antwort darauf: das brauchen wir und etwas Regen dazu).«

Der Autor Péter Esterházy wurde 1950 in Budapest geboren, wo er nach dem Besuch des renomierten Piaristen-Gymnasiums an der Universität Mathematik und Naturwissenschaften studierte; anschließend freier Schriftsteller; 1980 neun Monate Aufenthalt in Berlin als Stipendiat des DAAD-Künstlerprogramms. Er lebt in Budapest.
Von Péter Esterházy außerdem im Fischer Taschenbuch Programm: ›Die Hilfsverben des Herzens‹ (Bd. 9171) und ›Wer haftet für die Sicherheit der Lady?‹ (Bd. 9231).

PÉTER ESTERHÁZY

Kleine ungarische Pornographie

Aus dem Ungarischen von
Zsuzsanna Gahse

FISCHER TASCHENBUCH VERLAG

Ungekürzte Ausgabe
Veröffentlicht im Fischer Taschenbuch Verlag GmbH,
Frankfurt am Main, März 1991

Lizenzausgabe mit freundlicher Genehmigung des
Residenz Verlag, Salzburg und Wien

Die Originalausgabe erschien 1984 unter dem Titel
›Kis Magyar Pornográfia‹ bei Magvetö, Budapest
Umschlaggestaltung: Buchholz / Hinsch / Hensinger
Umschlagabbildung: Jiri Georg Dokoupil, ›Stern in Not‹
Druck und Bindung: Clausen und Bosse, Leck
Printed in Germany
ISBN 3-596-10563-3

Die Straßenlage des Trabant ist
ausgezeichnet, seine Beschleunigung
hervorragend. Dies jedoch sollte
nicht zum Leichtsinn verführen.
(Gebrauchsanweisung eines Trabant)

I. (Auf dem Rücksitz eines Pobjeda)

> Glücklich erwartete ich den Abend, denn ich liebe die slowakischen Frauen, und aus verschiedenen Gründen ziehe ich sie den tschechischen Frauen vor: zunächst, weil sie eleganter, dann, weil sie weniger emanzipiert sind, und endlich, weil sie im Augenblick des Höhepunktes immer *joj* sagen.
>
> Milan Kundera

Herr, Ihr Drink sein hier. – Elfenbeinaugen, rosiger Klatschmohn mit schwarzem Haar, süßes Tiefbraun in den Knospen; lachend steht sie neben dem riesigen Fenster, hinter ihrem Rücken zittern Palmwedel im Wind. Ein schneeweißer Graureiher, doch nun vielleicht ein Seidenreiher, schaukelt auf dem kippeligen Bananenblatt. Weit, fern, bei den Korallen zerbrechen sich die Wellen mit ihrem weißen Kamm. Die Stunde stockt, von Weile zu Weile fällt langsam eine Kokosnuß vom Baum. Verfluchtes Saughühnchen! Beinahe hat sie sogar ein Stückelchen abgebissen. – Langsam nun, langsam nun, der Herr von Rákóczi! ‹frei nach einem Volksliedfragment über Ferenc Rákóczi II.; nach ihm, dem Anführer der Kuruczen! wurde jener Freiheitskampf benannt, bei dem viele schöne Teilerfolge verbucht wurden, doch wie gewöhnlich war ein Habsburg-Sieg das Ende.› – und sie ist ihm gefällig, als wäre ihr Kisseler, was ihr Schlund ist.

* * *

Gestern waren Sie vielleicht krank?, fragte der Hauptabteilungsleiter mit jenem Mißtrauen, das in beschwerlichen Zeiten des Kommunisten Eigenart geworden ist, er fragte zur Sekretärin, die er zur Gewerkschaftsvertrauten sich erlesen hatte. Das Fräulein lächelte mit dem schwingenden Hintern verstört, ja Kolghauptabtleit, der Doktor steckte mich unumwunden ins Bett.

Aber so hätte man nicht *sofort* den ganzen Tag fehlen müssen.

* * *

Es lebte einmal ein Polizist. Dieser Polizist hatte, und Gründe waren da, seinen Gummiknüppel geküßt. Nun gehören etwa Ihre ersten Gedanken dem Zweifel an: – Wie?! Und so etwas?! Unser Polizist in seinem ordentlichen Fall?

Jedoch warum auch nicht? – wäre unsere sedative Gegenfrage. Denn man nehme zur Kenntnis, unsere Polizei ist keine Anhäufung und nicht einmal ein Ansammelbekken unvollkommener Menschen ... Denn welch ein Beruf ist das? Obgleich ein hehrer Beruf, ist er zeitraubend und in Ergänzung dazu auch gefährlich, kein Wunder also, daß dies die hohen Raten an Unverheirateten beziehungsweise Ledigen begünstigt.

Was anderes bleibt so übrig, als zu suchen die gelegentliche Gelegenheit, durch Feuer und Wasser, natürlich nicht durchkreuzend die Vorschriften des Arbeitsfeldes! Das führt dorthin, die Ausbalancierung der Seele und die natürliche Lebenseinstellung, also die Urgesten der Liebe zu finden es eine Aussicht gibt.

Den in dieser Heimat je schon angehalten hat ein schlechtgelaunter, grimmiger, überstreßter, frustrierter Polizist, der weiß, das ist nicht wenig, und das ist denn wirklich nicht wenig.

* * *

Ich bin ratlos. Meine Frau will durch unsere gemeinsame Zustimmung unser Kind abtreiben lassen. Dazu im Gegensatz: einem Bekannten, einem liebenswürdigen Menschen, einem Bären, sagte eine neunzehnjährige Tänzerin auf einer amtlich organisierten, relativ günstigen Reise nach Bangkok: You are big.

* * *

»Nur warten, mein Freund«, sagte ich dem jungen Mann, der traurig war, der mich so sehr an mein abiturierendes Ich erinnerte. Lust hätte ich gehabt, ihn zu fragen, welch Glück er bei der Ziehung der Prüfungsfragen hatte, doch bat ich ihn nur um Vorbereitungen, »befreien Sie sich ein wenig«, sagte ich. Wie sehr hatte ich mich einst gefreut, daß ich nicht die Lyrik der *Westler* ‹Literaturgruppe nach der Jahrhundertwende› ziehen mußte! – Nun lassen Sie keine Ängste zu, kleiner Verwandter, möglich, daß bloß irgendwelche organischen Störungen gegenwärtig sind, was dem Wesen nach einfacher ist, aber natürlich, als die seelische Störung! »Tun Sie mir behilflich sein«, bat der Junge schmerzlich, *»Sie sind immerhin der Ingenieur der Seele, und so sehr lieben Sie sich selbst!«*

Was kann man darauf antworten? Was denkbar ist, das ist auch möglich. – Warten wir das Ende ab.

Und wirklich, denn als ich versucht war, die zipfelartig über die Eichel ragende Vorhaut zurückzuschieben, war das nicht die Möglichkeit. Sie war vermutlich festgewachsen. Aus der Literatur mußte ich über die Novellen von Móricz reden. ‹Zsigmond Móricz [1879–1942], gemäß der Kleinen Ungarischen Literaturgeschichte ist er »bis heute der größte ungarische Prosaist«; trotz dieser Aussage ist er wirklich ein großer Schriftsteller.› Ei law Móricz (Trikotaufschrift). Das hatte ich dem Jungen gesagt, zur Beruhigung, aber ob er es in seiner verzeihlichen Aufregung verstanden hatte, wer weiß ... Oh, ja: Was der Schriftsteller hierzulande tun sollte, siehe, darauf sind Antworten da, märchenhaft und märchenhafter, doch sind sie nicht unbedingt durch Dummheit entstanden, sondern durch die Armseligkeit, durch die Armseligkeit der Lage; so bleibt die Antwort, wie sie nun einmal ist, aber eine Begründung gibt es für sie. Und das gerade nennen wir Armseligkeit. Im Laufe der Zeit hatte sich die Aufgabe hauptsächlich auf die Regulierung der Theiß verlagert und auf die Bemühungen, die das Land in seinem Aufblühen unterstützten. Nun aber handelt es sich längst um eine sehr schlechte Vergangenheit, wenn die Theiß nicht von Fachleuten geregelt wird und die Nation... also... die muß die Nation mit Hilfe der w-w-weisen Ratschläge ihrer aufrichtigen Führung selbst zum Blühen bringen. Jeder andere Fall wäre schlechter. Und es ist in der Tat beruhigend, wenn der Schriftsteller nicht über Volk und Nation nachdenken muß, sondern über Subjekt und Objekt. Und nicht etwa, weil er ein heimatloser Schurke wäre. Sondern weil er, wenn er auch nur ein bißchen gut sein sollte, bis zum Halse in der Sache stecken wird, und ist er kein bißchen gut, dann *redet* er vergebens: Dann schmückt er nur aus... Die Vaterlandsliebe ist eine Frage der Qualität. ‹So lautet eine wichtige patriotische Aussage.›

Sehen wir zu. Zwei Zentimeter in die Vorhaut mit der sterilisierten Hautschere habe ich geschnitten, damit konnte sich die Eichel frei hinlegen. Wie ich erwartete, war das zu wenig. Die feine, seidelige Schleimhaut schied ich mit Skrupel vom unteren Eichelrand, und da war der Anfang vom eigentlichen Schnitt, mit dem ich begann, dazu zog ich zur Spitze die nunmehr zu bewegende Vorhaut, doch beinahe nur, um sie mit einer Hautklammer unverzüglich spannen zu können; ich verwarf das übrige Stück von Haut, den Wundrand band ich mit kleinen pfiffigen Stichen.

Der Gegenstand ist einfach – sagte ich mit listiger Selbstkritik.

* * *

Ich bin Schriftsteller, ich mag Rotwein, tolle Autos, dickes Rindfleisch, die Frauen, die Natur (und da vor allem das Gras und die Afterspinnen), und ich mag es, mindestens bis halb acht zu schlafen, weil ich das verdiene. Diese winzige folgende Erzählung brachte denn ziemliche Belastungen mit sich, da sie ihren Anfang in jenem Telefongespräch gefunden hatte, das mich um einiges vor sieben Uhr erreichte.

An der mit Minen und Stacheldraht versehenen Grenze zwischen Traum und Wachheit verstand ich nur langsam, daß jenes frühe Morgenwesen Klara war, von der ich verschiedene freundliche Erinnerungen aufbewahre. Ich wünschte sie zum Teufel. (Sie gehörte zu den Mädchen, die nicht jetzt oder dann sagen, nicht Montag, im März oder 1972, sondern »damals, als ich meine Sorgen mit Baudelaire hatte« – das machte unser kleines Geschichtchen nicht einfacher. Lang ist es her, vielleicht war es auch nichts.) Eilig bereiteten wir einen Termin miteinander.

Der täppische Sonnenschein kreiste unbekehrbar in meinem Zimmer; wir waren ein wenig starr, wir kannten einander und wieder nicht. Etwas zu steif bat ich sie, sich niederzulassen in Bequemlichkeit auf meinem Sofa. Das war, was sie tat. Nun, wo drückt der Schuh? Ich fragte sie ihre Schwierigkeiten. Das ist mir entsetzlich peinlich, zierte sie sich. Ihre Brüste waren immer noch: die zwei Dinge an sich. Mit Seufzern sparte sie nicht und nahm dann den Anfang mitten drin (in des Medias Risse).

»Vor einem Jahr hat mich mein Mann mit seiner Kollegin im Büro betrogen. Er legte sie auf den Schreibtisch und gebrauchte sie. Vorher schob er den Hefter und die

Schriften beiseite; er hat eine verantwortungsvolle Stelle.« Es war still. In der Nachbarschaft baute man an einem Arbeiterheim. Ganz kleine Appartements wird es dort geben, so heißt es. Ich mochte ihren Kran. Und auch, daß sie so am Bauen waren. »Er ist richtig gefangen von jener Frau...!«

Ich interrumpierte sie irritiert, von wegen gefangen, gefangen! Wir gebrauchen die Wörter zu einfach. Vor allem, falls betrogen... Es ist nicht einfach, ein Gefangener zu sein! Mehrfach verzieht sich das Problem an andere Stellen!

»Ich bitte dich, mich nicht mißzuverstehen! Du hast recht. Was sich auf das Gebiet der körperlichen Freuden bezieht, so liegen uns die Schwierigkeiten, darum trifft er sich mit jener Zicke.« Eine Freundin fiel mir ein, mit der ich über Stunden in der Küche saß, wir schälten Kartoffeln, es gab nichts anderes als das Geräusch der Kartoffelschalen, wir fütterten ihre Kinder, und dann plazierten wir jeweils auf das Geschlechtsorgan des anderen unsere Finger. Dich liebt Gott. Ich schwieg. Die Hemmungen umschweifend begann Klara zu schluchzen. »Selbst mein Mann ist unsicher, er behauptet, er würde mich lieben, und ich fühle, daß er nicht lügt. Auch neulich kam er ganz unerwartet aus dem Örtchen zurückgerannt, und er sagte mir, daß er, so im Wasserlassen, während er seinen Schweif sah, erkannte, daß er mich liebt; nein, dergleichen kann man nicht einfach erfinden... Nur eben... manchmal bringt er jene her, in unser Hochzeitsbett, und dann muß ich mit den Kindern schlafen. Wir spielen Mensch ärger dich nicht. Die natürlich wissen nicht, was sie davon halten sollten, auch dann nicht, wenn sie oft gewinnen, das heißt, sich nicht ärgern... Zusammen haben wir alles zu Ende gemacht, das Haus auch.«

Wie alt ist dein Mann? 52. Na ja, sagte ich sorgenschwer, mit all der graziösen Duckmäuserei meiner 32 Jahre, als sei ich 22. Wir unterhielten eine kleine Pause, ich beobachtete sie gespannt, da ich spürte – und das ist der Beruf –, daß dies noch nicht alles von der Wahrheit ist. Dann platzte sie wirklich heraus:

Sagt mein Mann: es ist zu geräumig. Daß mehrfach er in das Gefühl fällt, daß er mich nicht hochbringt, um es im Bild zu sagen, war er für sich, wie ein Musikus, der in einem übergroßen Konzertsaal spielt. Und daß die andere dort unterhalb sich ganz anders findet und ihm das gerade nach seinem Geschmack wäre, aber sehr, und daher kann er nicht wegkommen, vergebens wollte er, vergebens ist es seine *Überzeugung,* daß *ich* die Wertvollere bin. Er weinte sogar über diesen Widerspruch.

Die Hoffnung destillierte dort am Gesicht der jungen Frau. Geht es uns nicht allen so, meine teuren Freunde? Wie rasend dachte ich nach. Es wird geben müssen eine Lösung! Es darf nicht sein, daß kluge, wertvolle, tatkräftige junge Menschen zugrunde gehen! Nicht dafür kämpften unsere Väter und kämpfen wir! Nein.

Ich hab's, sagte ich und erzitterte selbst in der Lösung. Gemeinsam zitterten wir nach so viel Zeit. Man muß die Muskeln trainieren. Trainieren – wiederholte sie maschinlich. Ich nickte, denn das Dingchen der Frau ist, wie die Burg von Soldaten oder die Wabe von Honigbienen, von Muskeln umringt.

Ihr Gesicht war durch die Aufmerksamkeit entstellt. Mit dem Gesicht eines Freundes pflegt die Trauer das gleiche zu bewirken. Wir waren einmal auf einem Begräbnis, daher weiß ich es; seine Stirn war eng, *alles war unverhältnismäßig geworden,* die Augen hatten sich unintelligent einander genähert, ohne daß dies durch den Witz der Schieläugigkeit wieder gutgemacht worden wäre. Obwohl, wenn man die Trauer messen könnte, war die meine dort größer, aber man kann nicht. Es stimmt allerdings, daß ich auch nicht weiß, wie damals mein Gesicht gewesen war... »Sei ohne Störung und lasse dich kleiderlos gehen, dann führe zur Hälfte oder zum Drittel einen Finger nach deinem Belieben ins Heiligtum. Nun wirst du, gleich beim Eingang, dort, wo andernorts das Weihwasser ist, einen Kreismuskel auffinden. Sei es beim Husten, er zieht sich zusammen; die Aufgabe wäre dessen willensvolle Bewegung.« »Ist das alles?« fragte sie ungläubig. Ich tätschelte ihr Gesichtchen.

Nein.

(Hier könnte ich beinahe einen Punkt setzen, ich habe sie ausführlich über die Hebemuskeln belehrt, von dem zu erwartenden Muskelkater und so weiter.)

Und sollte ich immer daran denken? Das ist schrecklich! Daß man immer zu denken habe an etwas, daß niemals..., daß immer..., daß meine Ruhe... Lachend schüttelte ich den Kopf. Du hab keine Angst, es geht von selbst. Die Spitze deiner Freuden wird siebenfache Sprachen sprechen! Du lernst es, wir alle haben es gelernt, wie die Welpen das Bellen.

Sie erhob sich von meinem Sofa, mit dumpfer Hoffnung ging sie in Richtung Bad, drehte sich plötzlich um, und gutgelaunt hüstelnd sagte sie:

‹Selbstzensur›! *Was das Bild darstellt, ist sein Sinn.*

* * *

Meine Nachbarsfrau, die Frau aus der Nachbarschaft, wirkte auch als zweiunddreißigjährige Nachbarsfrau schüchtern, unruhig oder verschämt, wenn wir uns begegneten, schlug sie ihren Blick mädchenhaft zu Boden, so zaghaft war sie, obwohl sie mit ihren blonden Haaren und der beinahe puppenhaften Figur eine ansehnliche, anmutige Frau war.

Damals kämpfte ich gegen die Raubtierschwingen meines Privatlebens, zwischen zwei Frauen zermalmt, mal betrog ich die eine, mal die andere – und immer mich selbst. Das Frauchen hatte mir oft herausgeholfen durch Zucker und durch Mayonnaise, ich aber eilte mit Büchern entgegen. Ich gab ihr einen Literaturalmanach, ich sagte, der Magvető-Verlag habe ihn herausgegeben ‹und damit die Samen gesät›. Es schien, sie verstand, was ich sagte. Über ihre Scheu aber dachte ich derart, daß sie sie verlieren werde, kaltblütig lehnend auf meinem Rokoko-Sofa.

So war es auch, gleich ließ sie sich gehen. So ist es besser, bekannte sie von ganz allein. In dem gespannten Streß verlieren wir gerade das, wofür wir uns spannen, sagte ich und fühlte mich, wie wenn der Henker gehenkt würde unter der Voraussetzung, ich sei der Henker. Ich führte mich zurück zur Realität, auf die real existierende Realität und rief die Aufmerksamkeit der Frau hin auf das Zuständigkeitsgebiet der Kunst, und nur ihr wahrheitsgetreuer und detaillierter Bericht kann, wenn etwas es kann, Hilfe schaffen, aber sie soll nicht fühlen, daß sie selbst sich damit verraten oder anzeigen würde. Wir haben nur zu tun, die Wirklichkeit in Augenschein zu nehmen und die Arbeit zu beginnen.

»Meine Träume«, begann sie. Antipathisch lachte ich auf, was sie aber nicht verstand. Unsere Träume!, mein Kleines, was willst du mit unseren Träumen! Doch hatte ich sie mißverstanden. »Meine Träume sind in Träumen schön, doch am Morgen sind sie unausstehlich und gräßlich.« Ihre Stimme klang entschlossen. »Pro forma ist es wirklich peinlich, daß ich als Mutter und Ehefrau davon träume, als nackte Tänzerin Erfolge zu verbuchen... Der Traum ist, daß ich glücklich fühle, noch dazu so, daß mit meinem Mann gemeinsam über die Stränge schlage, doch ich unerwartet verliere die Zügel, und mit wiegenden

Hüften stelle ich mich für die Öffentlichkeit. Mit persönlich geschärften gezielten Bemerkungen versehe ich die wildfremden Männer mit wollüstigen Bewegungen.

Die Band, die Jungens!, exotische, dunkle Musik spielen sie. Heiß, heiß! Meinen Mann sehe ich nicht, mein Hintern ist heiß! Ich fühle ... Verlangsamt ich meine Bluse aufknöpfe, mit einer sich drehenden Orkanen-Bewegung fällt auch der Rock. Mit Freude erfüllt mich die tatsächliche Schlankheit meiner Beine, und von meinen Hüften das jungenhaft Schmale: es wird keine Entdecker meines Alters geben. Büstenhalter und ein klitzekleines Höschen, sie verdecken meine letzten Geheimnisse. Tödliche Stille. Auch die Band aufhört das Spiel. Da erst erkenne ich in ihnen die Mitglieder der Betriebsleitung, und das elektrisiert.

Die Hinteren stellen sich auf die Stühle, daß sie mich nicht versäumen; sie haben recht, hier bin ich, ich bin ok, kann mich selbst ertragen. Auch der Mann von mir aufsteht, ich wende mich zu ihm, wo ich meinen BH ausziehe, verkomme nur, du Viech. Tobende Gefallenskundgebung entstehen zu meinen Gunsten. Als auch mein Slip mich verläßt, immer dann wache ich auf, mein Nachthemd ist ein faustdicker Knauf und ruht verknüllt zwischen meinen verschwitzten Schenkeln. Mein Mann schläft genau wie Ehemänner.«

Ihr gerötetes Gesichtchen nahm ich auf meine Hand, und ich rief ihre Aufmerksamkeit, daß nichts Verurteilendes ist, daß sie in der Anerkennung der anderen sieht jenen Mangel, der sich in ihres Mannes Gleichgültigkeit meldet. Das ist eine fehlerhafte Anspruchslosigkeit, wenn Sie ihr Anziehendes in die Träume verstecken. Nicht verstecken, nicht dahin. Wir sollen nicht dahin es verstecken. Von des Lebens natürlichen Kräften angetrieben wir uns je mehr bewegen in unseren Tagen, desto weniger möglich ist, uns zu übersehen. Oder daß dies immer mehr Hindernis wird verursachen. Und ob – schloß ich meine Erklärungen.

Und bestimmt soll sie machen, was sie beschrieben hat. *Was sich beschreiben läßt, das kann auch geschehen!* Sie sollte es machen, jetzt aber in der *Wirklichkeit,* hier, zu Hause, in diesem kleinen ungarischen Winkel nunmehr persönlich!

Die tapfere kleine Ehefrau, unnachahmlich trennte sie sich von meinem Sofa, mit dem Glanz der Außenstadt in ihren Augen schaute sie in die meinen, aus der Tür drehte sie sich noch zurück. Nun?, fragte ich sie. »Die Welt ist die Gesamtheit der Tatsachen, nicht der Dinge«, sagte sie; ihr Gesicht verriet nichts. Bis spät abends horchte ich (die Wand hatte Ohren: die meinen).

Ein bißchen bin ich von mir angewidert, daß ich manchmal aus Eitelkeit Gutes tu. Frauen können recht gut mit einem Manne Freundschaft schließen; aber um diese aufrechtzuerhalten – dazu muß wohl eine kleine physische Antipathie mithelfen. Ich werde häßlich, so sagen es auch die Litauer.

* * *

Wenn wir gereist sind, gelesen oder, behüte es Gott, gelebt haben, wissen wir, was eine Kleinstadt ist, in der Kleinstadt das Hotel mit klangvollem Namen, und wir wissen, wie dort abends die Zeit vergeht, und nachts, daß der erlösende Morgen doch endlich käme, und sei er noch so erbärmlich! Doch der Mensch ist undankbar, wenn er zum Frühstück für fünfzig Forint nicht mehr bekommt, nur das, was er bekommt, und auch das ist trocken oder aber welk, dann brummt er, und er fühlt sich Europäer, wenn er das wirklich empörend nachlässige Personal ein Rindvieh rufen kann... (Im übrigen, Europa kann mich mal – und dann, natürlich, per def., bis zum Ural!)

Das Hotel, wo ich mit dem Grund einer mißlich gelungenen Mission für die Allgemeinbildung (unter-richten) Unterkunft fand, hörte auf den Namen Roter Stern und war erträglich.

Die Frau war eine Attraktion des Hotels. Wenn ihr Dekolleté entlanggging am Linoleumboden des Restaurants, die Köpfe drehten sich nach ihr, wie Sonnenblumen drehen. Tagsüber lag sie in ihrem wild herausfordernden Bikini am Rand des Thermalbades, vieles versprechende und erreichende Blicke werfend auf die gewerkschaftlich eingewiesenen Minenarbeiter, die die Heilung ihrer verschiedenen Schmerzen vom Wasser erwarteten. Von einem solchen Blick das Tablett in der Hand des örtlichen Kellners begann zu zittern, als er die Gläser mit Calvados gefüllt trug. Die Bergleute erzählten gehörige Sagen von der Frau her, daß es keine Nächte sind, in denen sie allein schläft, und daß sie die Männer unter eine harte Probe wirft, denn, so die Bergleute, der ist der Mann, der sie besteht – daß nämlich dieses ein Lebensprinzip dieser Frau ist.

In der Bar, und die war die Kreuzung zwischen einem Kolchosenbüro und einem Bordell aus der Jahrhundertmitte, bekam sie für mich Aufmerksamkeit, und das wurde für mich wie ein Duellum, die Augen der vielen Kumpel leuchteten ganz wie schwarzer Diamant. Etwas mir bekannt war sie, und als sie mit dem Ungestüm beginnen wollte und ihre Hand unter den Tisch steckte, erkannte ich, woher. Vor mehreren Jahren hatte sie in ihrem Vorhandensein als Schwester meine Mutter gepflegt und war dann unnahbar erschienen, kühl und unbedeutend. Mein Bruder und ich nannten sie: *warmherzige Schwester:* nun, eben das war sie nicht...

Also, was bedeutet diese Veränderung? – fragte ich ein wenig vielleicht aufgebracht in meine Tonic-Imitation getaucht – die Verwandlung eines guten, herzlichen, alleinstehenden Mädchens in ein männerverzehrendes Schicksalsweib, hm?

Als ich 19 Jahre alt war, nach nicht geringen 2 Monaten, in schneefrischer Ehe, hatte mein Mann mich scheußlich betrogen, auch hatte er der Reihe nach gelogen, mich betrogen und ausgenommen, außerdem mich *verraten, verraten, verraten;* meinen Mann, er selbst war ein Kindsmann, habe ich hinausgeworfen, vergeblich winselte er wie ein Köter: damals beschloß ich, daß ich frei leben werde, gleich einem Mann, unabhängig, fest, dem Wind gegeben, doch so, daß ich dem keine Bedeutung beimesse, alle Geschenke, Feinheiten oder bösartigen Witze des Lebens nehme ich an, wie etwas, das mir zusteht. Ich bin Herrin, die Hauptdarstellerin meines Lebens, so entschied ich.

Die Welt und das Leben sind eins. Ich bin meine Welt.

So viel muß ich vorausschicken.

In einem solchen Land, in dem ich mir, vorsichtig gesagt, nicht alles erlauben kann, komme ich besser hin, und das sage ich als Klage nicht, wenn ich auf sozialistische Weise lebe, lerne, arbeite. *Hier sind alle, auch ich, so widerlich normal.* Doch wenn der Sommer kommt – und die alte Bekannte schnarchte einen Seufzer so groß hinter ihren vollen Tittelchen, daß beinahe ich mich flachmachte mit Respekt – suche ich mir also einen Mann, einen Mann, der sein *muß*. Ich tobe mich aus, Tränen entstehen nicht für Abschiede, nicht versprechen wir einander gar nichts, und dies – sie lachte auf, obwohl sie das bestimmt nicht das erste Mal sagte – halten wir ein ...

Auch auf der Herfahrt im Zug hatte ich ‹Selbstzensur›, ein Tunnel verschluckte uns regelrecht. Den er schon verschluckte, weiß, so viel wir uns auch vorbereiten, durch die Elementenkräfte ist es unerwartet. Gegen das Entsetzen in meinem Körper versuche ich ein Gleichgewicht mit vorübergehendem Strecken, das eher lässig als natürlich ist.

Doch nur für einen Augenblick! denn dann fühlte ich forschend zwei heiße Hände zwischen meinen Beinen. Dafür bin ich eine erfahrene Füchsin, damit mich *das* erschrecken kann, wobei aber doch ziemlich. Mir gegenüber der Offizier (mit Platzkarte!) mußte offensichtlich auf den Knien auf mich gekrochen sein. Küßte den Saum von meinem Rock, gleich dem Parzival. Es wurde hell, genauso aufdringlich wie vorher dunkel. Der Offizier zeigte nicht von seiner Verlegenheit die Zeichen. Wie auch immer, der Held ist der Held, und ich begann zu kichern. Hingerissen blickte er zu meinem am Ende der langen Schenkel aufblitzenden winzigen silbrigen Slip. SILBER DAS IST MEINE FARBE!!! Danach, als würde er mir Zigaretten anbieten, begann er ohne Scham mit dem Rand meines Dingchens sich zu verspielen. Nach kurzer Zeit fand er, wonach seine zitternde Hand suchte.

Da wir sowohl von Zivilen als auch von den Sicherheitsbeamten hätten entdeckt werden können, von Untergeordneten und Höhergestellten gleichviel, und die Lage sich steigerte, ich ließ von dem Gedanken ab, dem Unverschämten Lektion zu geben, *es gibt, was man darf, und es gibt, was man nicht darf!,* lieber begann ich so zu strafen, daß ich dessen, der mir in etwa übel mitgespielt hat, handliche Liebkosungen zu genießen begann.

Ich hob meinen Hintern für das Ziel der Forschung; plötzlich aber alles so wenig, kühl, körperlos, erklügelt wurde, ich hätte am liebsten gebrüllt, und auf, mit allen zehn Krallen gegen diesen Phallokraten! Zu wenig, wenig, wenig! Rennend brachte ich ihn auf die Zugtoilette. Dieses Gelände war so klein, dreckig, heruntergekommen, schäbig, für zwei Menschen kaum würdig, vor allem, wenn man nicht nur seine gequälten Hände als schlechtgelaunter Pilatus waschen will.

Der Offizier ‹Selbstzensur› mit seinem belustigend langen Baumwollunterzeug, seine Manneskraft, er war aus der Generation unserer Väter. Die Dekorationen klirrten, so oft er ‹Selbstzensur›.

Für uns beide gab es Wartende am Bahnhof. Einer nach dem anderen stiegen aus, wie Fremde: Das liebe ich: Bevor er die Seinen erreichte, flüsterte ich ihm grausam nach; denn wenn die Dinge in nichts verschieden sind, dann kann auch ich sie nicht unterscheiden, sonst wären sie doch unterschieden ... Als er sich zurückdrehte, sah ich, daß er sich fürchtete. Dadurch habe ich ihn sehr begehrt, so sich bei mir beinahe ein Krampf einstellte. Doch mußte auch ich lächeln. Nun.

Mein frivoler und kopfloser Fall in die Affären ist nicht Leichtsinn, eher die Schwere, kein Licht, eher Elend, am ehesten vergleichbar mit dem Klammern des von der Verlassenheit verängstigten Kindes an den nächstbesten Menschen ... *Ich fühle mich wurzellos, denn ich bin die Wurzel.* In mir quillt irgendeine Spannung, welche nur ein Partner kann ableiten, wie am Schwert die Blutrinne. In solchem Fall frage ich nicht: wer bist du, woher bist du, wie bist du. Du bist, um zu sein! Dann blickte sie mich plötzlich ernst an, und mir sagte sie Folgendes: TU MICH! TU MICH FREI!

Ich schaute hinein beziehungsweise darauf, auf ihr etwas aufgedunsenes Gesicht, auf ihre Stupsnase und die reiche Augenschminke; hilflos hob ich die Schultern. Es packte mich nicht, meine Tonic-Imitation sank allmählich zu Ende, schwer verging die verdorbene Zeit. Die Frau sprach:

Einmal im Jahr fahre ich nach Kenia! Dort wartet ein bezaubernder braunhäutiger Mann auf mich und macht mir auf Gefallen. Na ja: wer nicht gespielt hat schon einmal mit dem Gedanken, daß er einmal in seinem Leben so wirklich losläßt sich selbst, er verläßt seine Beherrschung, die so sehr in seinem Interesse steht, und das lumpige Ruder seines Lebens taucht er ein in das Ganze! Einfach alles hinschmeißen, die Handschuhe, das Brigadentagebuch, die Tagespresse mit ihrem verhurten (Pardon) Gefasel, um irgendwo *anderswo,* zwischen Palmen in salzig seeiger Trunkenheit das Drauflosbeginnen zu genießen! Dieses ganze Ganze hierlassen, wo weder leben noch sterben kann man – aber, aber –, wo man, das neueste Beispiel zu nennen, kein Herzgulasch bekommen kann, der kecke Garçon schaut einen an wie einen Blöden. Und natürlich lügen sie auch.

Zum Beispiel habe ich eine Freundin, die in der Strickwarengenossenschaft arbeitet, auch sie macht aus solcher Veranlassung Reisen. Lange war das für sie nur Träumen, bis sie den Werkführer hier- und dahin schickte, sie selbst aber machte sich am selben Tag auf den Weg, sie reiste nach Spanien. (Gerade hatte sie für die Ausreise einen Sichtvermerk, die Sicht auf die Welt. Und ob!) In ihrem Rücken eine zerplatzte Liebe, denn auf dem Geheimnis liebte sie doch den Werkführer, und irgendwie war alles ausgeblasen, die Eltern waren ihr auch verständnislos, und so fühlte sie, daß auch in der Jugendorganisation eher sie den Ball hochwerfen, um sie leicht zu Boden schlagen zu können, und darauf folgend klatschten sie; es kam für sie alles zusammen, obwohl sie es hatte, was man ein normales Leben nennen kann, es war ihr eine kleine Wohnung, Arbeitsstelle, sie paßte sich in die Gemeinschaft, das ist hinter ihr, und vor ihr ... Ja: was ist vor uns? Immerhin der Tag, das Meer, der Sand, die Wellen mit ihrem Kamm; alles so schön, ob nun die Halbinsel Krim oder die Halbinsel Yukon, dort waren wir schon mit der Brigade, da wir die goldene Ehrenurkunde erhalten hatten, zum dritten Mal, und wir haben nicht einmal gemogelt.

Dort die Menschen darum arbeiten, damit sie leben, und

nicht umgekehrt, wie bei uns. – Daß wir darum leben, daß wir arbeiten? Wir arbeiten darum, damit wir arbeiten, aber ich wollte meine Verwunderung nicht einpflanzen.

Wie also ist der kenianische beziehungsweise iberische Mannesmensch?, fragte ich leichthin. Schau, erklärte sie, zweifelsohne südlich, Jäger. Instinkthaft, triebhaft, öfter treibt er es, doch nicht *grundsätzlich* besser. Die Leidenschaft ist am häufigsten nichts anderes als geborene Unselbstbeherrschung. Auf alle Fälle zurück kamst du, und jetzt hier bist du. Wie ist dein Leben? Wie kommst du mit ihm aus?

Auf schwere Weise.

Die warmherzige Schwester stand auf, meine Erfrischung war ganz weg, über ihren Marmorschultern rief sie zurück: Die stillschweigenden Abmachungen zum Verständnis der Umgangssprache sind enorm kompliziert.

In der Früh habe ich das Personal unheimlich zurechtgestaucht; von einem Bein stellten sie sich auf das andere, während ich in dem obligaten Frühstücksei stocherte.

* * *

Es gibt ewig Unzufriedene, die alle Sachen aus ihrem partikularen Gesichtspunkt schauen, und des Fortschritts oder einfach des Lebens Schattenseiten vergrößern sie so selbstsüchtig, daß sie schon nicht daran denken, wie man könnte in der Folge der neuen Lösungen auftretende Probleme neuartig lösen, daß ihre Sorgen heute schon *menschenwürdige* Sorgen sind, infolgedessen muß auch die Unzufriedenheit eine unserer Gesellschaft würdige Unzufriedenheit sein, sondern am liebsten, ihre Geduld verlierend, möchten sie zwischen die Pferde schlagen, und sie wären die Erstaunten, wenn die Pferde, jene pferdestarken Pferde, einmal so richtig loslegen wollten ...

Man muß leben. Die Moral kann nicht nur Theorie

bleiben. Wenn das gute oder böse Wollen die Welt ändert, so kann es nur die Grenzen der Welt verändern, nicht die Tatsachen; nicht das, was durch die Sprache ausgedrückt werden kann. Kurz, die Welt muß dann dadurch überhaupt eine andere werden. Sie muß sozusagen als Ganzes abnehmen oder zunehmen. Die Welt des Glücklichen ist eine andere als die des Unglücklichen.

Vom Leben muß man das Glücklichsein auspressen, davon gibt es keine Befreiung. Es gab sich so, daß ich neben günstigen Konditionen Steward werden konnte auf einem bei uns luxuriös zu nennenden Schiffchen, das auf der Donau oder auch am Plattensee durchschnitt die Wellen nach Belieben, auf seinem Deck meine nach Ruhe sich sehnenden Mitbürger. Ungarn.

»Los die Taue!« rief der Kapitän, was ich heiter auf meine eigene Weise zu verstehen brachte ... Nun, hier bin ich, ich passe hierher, bin ok, komme mit mir und meinem Körper aus, wer mich kennt, kann wissen, ich bin nicht robust, obwohl etwas belastbar, ich lasse mich über dem Wasser schaukeln und rühre Getränke an. Weil so spielt das Leben nämlich – mit mir und mit sich.

Steward, sechs Gin-tonic auf das Sonnendeck! – rülpste es aus dem Mikrophon. Aha, es geht los die Arbeit! Ich lege die Feder hin, schnell rühre ich den Drink zusammen, ich plaziere die Gläser alle auf das Tablett, und die Prosa, sie schleicht flink hinauf! Und dort, um ein Haar fällt alles aus meiner Hand, gleich dem herbstlichen Laub. Neben drei jungen Männern, die sich mich gut eingeprägt haben, drei erstklassige nackige Mädchen liegen auf den Sonnenliegen. Des Lebens Besitzer, so muß man es annehmen.

Während ich serviere, nehme ich alles gründlich in Augenschein, bis zum letzten Härchen. Ich schaue, sehe. Prächtige kleine Tierchen, hier in der Sonne destillierend! Hier wird heute nichts für mich ausgepreßt, dachte ich diszipliniert. Relativ alles glänzt, nur als ob auf den Gesichtern würde sich zeigen etwas Verkrampftheit!

Und dann, als ich mich über den Tisch von einem der Mädchen beuge, fühle ich, daß mir die eine Lotusblume heimlich ein Stück Papier gleiten läßt in die für Papiere ziemlich empfindliche Hand; für Sekunden trifft mich aus samtigen Mandelaugen ein tiefer Blick, in dem ich Kummer meine aufzudecken, das war wie ein Riß in der Zeit.

Doch gelange ich nicht leicht hinzu, um die Botschaft zu lesen, die Kerle auf dem Deck schneller trinken, als ich zurechtrühre. Ordentlich halten sie mich in Trab. Spät am Nachmittag (beinahe begann im Petőfi-Radio *Im fünften Gang! Jugend – Politik – Kultur)* hinter dem Mahagonibarpult endlich ergab sich das Entfalten. *Es war im fehlerhaften Ungarisch, zitternd geschrieben.* ‹Pro domo: wie auch dieses Kapitel.› »Lieber (Herr), (Genosse), Mann! Helfen. Nicht sind wir das, welche wir scheinen. Nicht leichte. Andere. Die Männer sind Schurken aus der Produktionsgenossenschaft vom Ufer, welche mit ausgesprochener oder unaussprechlicher Gewalt haben herausgeschält uns aus unseren Kleidern, WIE DIE NUSS AUS IHRER HAUT, mit dahin gehender Begründung, daß sie heben unsere Gehaltshebung. Was leider wahr ist, so in ihren Händen sind wir. Nicht werden wir undankbar sein!«

So stand es also! In einen kleinen schönen Schlamassel gelangte ich! Doch den drei Grazien mußte ich einfach helfen, oder unbedingt mußte ich helfen. Aber wie?

Ich rührte eilig für die drei Prinzen ein demokratisches »Schlummer-Koktail«. Es hätte können ein Pferd niederhauen. Sie kippten das teuflische Gebräu hinunter ... jetzt nur noch das Gegenmittel für den Kapitän hatte ich aufzufinden, der am Deck Wache stand, um die Schurkerei zu decken. Vorsichtig, die Freundschaft mimend, klopfte ich auf seine Schulter, und als er sich umdrehte, weniger freundschaftlich: auf seinen Kinnladen. Hinüber am Deckgeländer ging er abwärts ins Wasser. Ich hoffte, er konnte schwimmen.

Dann blieb noch das Auspressen übrig. Als wir allein geblieben waren, das Mädchen hat es klug so geordnet, die Mandeläugige sank auf meine Knie: Mein Erretter, ich bin die Deine! So stand es also. Ich überlegte, was könnte hier Antwort sein und wäre sie überhaupt möglich, nämlich, was man *pflegt* zu verstehen als Antwort. Schau – sagte ich, ein Stück geht weg von mir, mit dem Ziel, bei dir zu sein, angenommen, daß du mich als einen Bei-dir-Seienden annimmst. Zärtlich nickte sie, ihre Lippen befeuchtend. Plötzlich wurde berstend wichtig für mich diese Lottermieze. Ich hätte sie hassen können, hätte sie mich nicht geliebt. *Schnell, schnell!, daß wir es nur nicht überhasten!*

Ein Dialog, meine Liebste, ist nur dann möglich, wenn die Parteien aus der Anonymität herausfinden und einen solch schlagfertigen Boden erschaffen, der, indem er sich im Bereich des Persönlichen befindet, weder diesseits noch jenseits dessen, weder im Abstrakten noch im Unpersönlichen, das sich gegenseitig Aussprechen eine Wirklichkeit werden läßt ... Ich muß gestehen, Illusionen habe ich nicht, das bekenne ich, denn die Wirklichkeit kann einen umfangen, wie eine Burg von Soldaten oder die Wabe von Honigbienen umringt ist.

Ihr Gesicht war durch die Aufmerksamkeit entstellt. Mit dem Gesicht eines Freundes pflegt die Trauer das gleiche zu bewirken, und die Sprache, *la lingua,* kann hier eine wesentliche Vermittlerrolle übernehmen, tatsächlich aber auch die ganz und gar niederträchtigen und grausamen Instruktionen eines Regisseurs. Die Sprache ist einer der großen Friedhöfe von Ansichten, überall finden sich Grabsteine der Metaphern, oder so ähnlich. Entsprechend geht das zu. Und trotzdem glaube ich, daß die durch die

Sprache hervorgerufene Wirklichkeit, da sie einen Bogen von einer Person zur anderen schließt, das Persönliche spricht zum Persönlichen (süße Person!), auf etwas Gemeinsames abzielt, das heißt, theoretisch gibt es eine Möglichkeit für das Verstehen.

»Komm«, zischte die Tussi.

Die Wahrheitsfindung ist immer ein Abenteuer, spannender als das des Casanova, erhabener als das des Parzival oder des Timur und seines Trupps. Was hier auszuarbeiten wäre, ist das Zusammenleben mit Menschen, und sei es hier in Ungarn: nötig ist, daß wir Reichtum und Schönheit, die als eine tödliche Krankheit oder als Mühlstein am Hals jeder mit sich trägt, verschenken können. Daher halte ich nichts von den in sich gekehrten Gruppierungen, in denen in gegenseitiger Regelmäßigkeit immer das gleiche zur Frage steht, immer mit einer gewissen bürgerlichen oder proletarischen Zufriedenheit, übergossen mit dem säuerlichen Saft der gemeinsamen Verletzungen.

»Mein Hintern kühlt aus, komm.«

Ihr Körper schmiegte sich angenehm an mich, und in ihr vergaß ich bald die durchlebten Aufregungen. Bei dem Abschied legte ihr Fingerchen das Mädchen auf ihre duftigen Lippen, und auf die glücklich ankommenden Eltern zielend sprach sie so: Wovon man nicht sprechen kann, darüber muß man schweigen. Wenn die Moral geschlafen hat, wird sie erfrischt aufstehen.

Ich war leer, leer, leer, mein Hirn und meine Lenden. Man müßte nicht so selbstgefällig und hoffärtig sein und alles auf einmal mit einem Griff greifen wollen, sondern, mit dem Bild gesagt, den Zipfel des Tischtuchs zu ziehen versuchen, und wir beginnen dann am ehesten uns zu wundern, und es fällt uns ein vergessenes Butterbrot ins Auge, das am Boden des lauen Tees langsam durchnäßt...

* * *

Ich bin erfahren. Mein Wissen gebe ich weiter, das macht mich nicht überheblich, das ist meine Arbeit, so wie andere andere Arbeit haben. Die Menschen sind hierzulande wach und wissensdurstig. Die Aufgabe ist gestellt.

In meinem ganzen Leben hatte ich solche Brüste nicht gesehen. Doch sollten wir uns nicht irgendwelche Euter vorstellen oder jene trägen, aber namhaften Auswüchse, welche eher zu nennen wären: paarige Buckel; das waren echte regebewegte Titten, auch die Größe war nur nebenbei, so wie wir sagen von einer Geschichte, sie könnte geschehen.

Mein Mann läßt mich im Hintergrund – was das Mogeln betrifft, sie mogelte nicht, jenes Wirtchen der Busen. Ich bin fähig, um mich zu verwundern, auch das ist meine Aufgabe. Dieses katzenartige, gefällige Wesen mit der hellen Haut, die an teures Porzellan aus Meißen (DDR) erinnert und aus nur zu Erwachsenen passendem, über 18 Jahren erlaubten Märchenbuch schien zu entsteigen, dieses Lustfleisch, sie wäre in jenem gewissen Sinne hungrig?!

»Was macht Ihr Mann?« erkundigte ich mich auf konservative Art. Seufzend zeigte sie zum kolonialen Bücherregal; jetzt ich ergriff den Platz auf ihrem Kunstledersofa. Und Sie fragen noch?! Er liest!!! Gleich in mein Herz schloß ich den ermüdlichen Kollegen. Er frißt alles auf, angefangen von Peter Veres ‹er war der wichtigste Repräsentant unter der armen Bauernschaft im Kreise der völkischen Schriftsteller› bis Wittgenstein, und ich sitze aber neben ihm, ohne Tat, tatenlos. Wohl spielfrei, sagte ich geistreich. Er nimmt mich nicht für die Wirklichkeit, das ist die Sorge, sagte sie freigeistig. Na kommen Sie lediglich.

Das hochzeitliche Schlafzimmer erinnerte stark mich an die Széchényi-Bibliothek, mit dem Unterschied, daß hier die Avantgarde-Zeitschriften ohne Schutzsignatur frei im

Regal lagen. Das hielt ich gewinnreich für die Leseratte. Also, wie sei ich hier als Frau heimisch glücklich? Das war die Frage. Die Lage schien ernst, doch war sie nicht hoffnungslos.

Ergreifen muß man ihn durch sein Hobby – sagte ich die auf der Hand liegende Lösung. Das Buch ist ein großer Herr, so meine stolze Sequenz, mit gehörigen Büchern ich das am meisten abgemergelte Pärchen oder andere menschliche Gruppierungen in Schwung bringe. Sehen werden Sie: Buch, Stimmungsbeleuchtung, Calvados, und Ihr vernachlässigender Mann wird nur so Feuer werfen nach Freiheit und Liebe. *Soziale Sensibilität plus Petting.* Doch aufgepaßt – ich bewegte mich unwillkürlich warnend –, das Buch gefährlich auch ist, denn wenn schon das Feuer flackert, sei Holz auch genügend. Die Frau selbstsicher lachte: Oder anderes zündbares Material. Ich sagte nichts, wozu immer an das Schlechteste denken; sah ich schon Nachtwächter tagsüber sterben, nun, es ist egal.

Plötzlich war mein Widerstehen unmöglich, um nicht etwas vorzulesen aus der dritten Generation der Westler; Weltliteratur, sagte ich kurz und ernsthaft. Ich schlug das eine Buch auf, das ich sehr gut kannte an einer konkreten, bestimmten Stelle, und ließ den Autor zu Wörtern kommen: Die Geständnisse der Schönen bestachen nicht gerade durch Prüderie; sie schweifte nicht lang umher, sondern, sondern nannte die Dinge beim Namen. Sie sagte: Leben. Sagte: Liebe. Und sie sagte: Das gibt es. Doch tat sie das mit einer derartigen Natürlichkeit, daß es niemand als Belästigung nehmen würde oder sich beleidigt fühlen könnte. Die Frau hörte gerne zu. Mit gespielter Strenge sagte ich, sie sollte nicht so zappelig sein.

Zu hoffen, daß aus Ihnen die Wahrheit spricht, sagte die Stupsnäsige. Ich warte so sehr *darauf.*

Ich kann das verstehen. Wenn auf dieses ihr Mann nicht

draufbeißen würde, kann ich einen Bildband proponieren, aus der ausgezeichneten Prosaernte der 60er Jahre; in diesem sind kolossale und ungeschlachte Schönheiten mit den hineinpassenden Wahrheiten gebildert. Auf Mannspersonen wie gutartiger Sekt wirkt so etwas. Ich bei diesen denke nicht an Dreckiges, sondern an gleißende Ästhetik von Teilen der Wahrheit. Sie schwieg. Ihr Schweigen wollte ich brechen, weil ich eitel bin. Eventuell etwas Privatisierung aus der Scheinprosperität des zur internen Angelegenheit degradierten Scheinromans der 70er Jahre?!, empfahl ich mit doppeltem Hintern. Das wäre ja auch nicht für die Katz!

Aber wo! Katze!, winkte die frustrierte Dame ab. Gaul, nicht Katz. Ich dachte nach. Daß man vielleicht ziehen sollte und nicht murren? Meinte sie es so? Aber da schwieg sie noch.

Doch gelangte eine andere Zeit her, und sie strahlte, ihr Gang war Schmetterling, ihr Haar, es hatte einen blitzenden Glamour bekommen, das Lachen von ihr war wild und stark. (Kühn, anziehend und verzweifelt.)

Sie ein wirklicher Zauberer sind! – schrie sie mir entgegen. Was soll ich sagen, es tat gut; nicht, daß ich nicht gut lebte, mein Schreiben wird veröffentlicht, das kritische Echo ist mehrmals günstig, und wenn nicht, auch das kann ich als ehrendes Aufmerksamkeitszeichen fassen. *Es gibt völlig stürmige Frauen* – dachte ich ganz tief in mir.

Du mußt dein Leben ändern, rief ich.

Es ist geschehen, es ist geschehen, kreischte sie, und ihr kleines Katzengesichtchen, es wurde rot. Ja, sagte ich sachte, schon alles Weitere können wir zum Bild machen. Das Frauchen drehte sich am Absatz und sagte:

Das Rätsel gibt es nicht.

Aber doch, sagte ich in meinem Herzen.

* * *

Ein Freund von mir, Parteimitglied, der noch heute dafür berüchtigt ist, daß in ihm noch heute der Glaube lebt, die Sehnsucht nach Verbesserung und die heiße Hoffnung, obwohl man ihn in den stürmischen Wogen der Arbeiterbewegung des öfteren ausschalten wollte, mehr noch, und das muß man nicht vertuschen, er mangels Erfahrung sich auch selbst tragisch verfehlt hatte, ein Funktionär, der zwischen den Menschen lebt, einer von ihnen selbst ist, im Verhältnis zu seiner höheren Macht ist höchstens sein Verantwortungsgefühl größer, einer, der weiß, daß er nicht der gütige Onkel, *der daddy* ist, der von Zeit zu Zeit Schokolade zu verschenken hätte, vielmehr jemand, der uns die Richtung empfiehlt, zur gemeinsamen Arbeit ruft, um einen gemeinsamen Gewinn zu erzielen, und jemand, bei dem der ehrliche Schmerz für die Überzeugung, daß die Tat eine ungeheuer große geschichtliche Möglichkeit sei, glaubwürdig ist; ein wirklicher Kommunist, er erzählte das Folgende:

»Als die hübsch genannte, schwarzhaarige, wilde und junge Arbeiterfrau mit dem klingend guten Namen aus dem Arbeiterbezirk in meine Sprechstunde kam, warf sie gleich mißtrauische Blicke. Gleich muß ich offen sagen, sagte sie gleich offen, ich habe kein großes Vertrauen für die Politiker. Oh, sagte ich überrascht, denn nicht das gerade Reden war ich nicht gewöhnt, sondern es gab eine merkwürdige Entschlossenheit, Schmerz und Haß in ihrer Stimme, die als ob auch mir gegolten hätten, und dies war nicht ein angenehmes Gefühl, und das hatte ich mir abgewöhnt. Sie haben mit den Politikern eine so tiefe Aversion?

Gegen jeden, der in mir nichts als einen politischen Gegenstand sieht, durch den er seine gesellschaftliche Fortschrittlichkeit aufzeigen kann, unabhängig davon, von wem die Rede ist. Von mir! Von mir! Warum kann man nicht verstehen, daß der Mensch gute freundschaftliche Verbindungen haben kann, ohne gleich an die eigene Klasse zu denken. Eine Mutter ist keine Gräfin oder Bäuerin! Doch allen den Politikern, mit denen mich das Schicksal zusammenbrachte, will es nicht reichen, mich oder die Situation souverän zu behandeln, sondern gleich denken sie an die P. und an diese abseitigen Abscheulichkeiten, nur damit beschäftigt sich ihr Hirn. Im übrigen bin *ich* diejenige, die Freiheit will, ich. Ich. Und nicht deren Reste in Form von vierteljährlichen Festlegungen der Kennziffern nach bestimmten Zweigen der Volkswirtschaft und auch nicht durch Klimpergelder irgendeiner Krämerwelt. Genossin, sagt man mir, beunruhigen Sie sich nicht, Ihr Freiheitsquotient ist in Ordnung, mehr sogar! für den Durchschnitt... Nun nehmen Sie zur Kenntnis, daß er dem nicht entspricht. (Der Geist schuldet es Ihrer Würde, jene Ihre Aktivitäten einschränkende Macht zu verachten, sagte ich in meinem mit Riegeln verwahrten Herzen.)

Ohje, das wird keinen leichten Tag geben. Fräulein, Sie wollen doch nicht sagen, daß alles, was die P. betrifft, abscheulich sei?

Doch, genau das. Zumindest, was mich betrifft. Was andere für Techtelmechtel haben, ist mir wurscht.

Und was ist mit der Unterdrückung?

Ich wußte, daß Sie damit kommen werden, da war ich ganz sicher. Jetzt fehlt noch das mit der Entwicklung der Demokratie, und ich bin im reinen. Doch glauben Sie nur nicht, daß ich halblebig sei, auf alle Fälle bin ich unserer P. zunutze, unter der Bedingung, daß...

Sie haben auch noch Bedingungen!

Ja eben! Abscheulich ist für mich, daß mir in diesem Denken das Streben nach der Vollkommenheit fehlt. Und ich will nicht die herrschende Klasse sein, wollen Sie das bitte verstehen.

Na aber, das darf man nicht, meine liebe Kleine ... Nach einer kurzen Pause fragte ich sie, ob sie eine gesellschaftliche Befriedigung überhaupt wolle ... Denn, so argumentierte ich, viele tun etwas oder lassen es mit sich tun: aus eigenem Interesse, aus Freundschaft, aus Niederträchtigkeit, Mitleid oder weiß der Teufel aus welchem Grund ...

Nein. Ich tu es nicht und laß es nicht zu. Für mich ist das nicht wurscht, für mich ist das entsetzlich. Ich will bei diesen Machenschaften nicht mitmachen.

Jetzt verstehe ich, also weder so noch so. Aber, nehmen Sie es mir nicht übel, das wäre ziemlich scheinnaiv. Offensichtlich sind Sie, meine Kleine, auch keine Jungfrau mehr ... Aber es gäbe ja, nicht wahr, auch andere Möglichkeiten. Hm?

Das sind Privatangelegenheiten, es geht niemanden was an.

Haben Sie schon eine Beziehung mit dem ‹Selbstzensur› gehabt?

Nur eine Erinnerung habe ich, und die besteht aus Schmerzen.

Und später?

Sie werden sich auf dokumentarische Weise sehr wohl vorstellen können, daß ich nicht den Wunsch hatte, nach all dem mich auf Wiederholungen einzulassen.

Wirklich können solche heftigen Veränderungen mit Schmerzen einhergehen. Nicht immer ist das der Fall. Manchmal ist das Vergnügen größer als der Schmerz, manchmal umgekehrt. Und es kommt vor, daß es sich die Waage hält, und auch, daß man nichts aussagen könnte.

Mir hat es wehgetan. Wozu noch einmal *so*?

Nun, auskundschaften muß man, daß Sie jetzt mitergriffen würden von der dreifachen Parole der Freiheit-Liebe! Doch das wollte kein Ratschlag sein. Wenn Sie so die Glückliche sind ...

Glücklich? Was ist das? Wie oft, wirklich, wie oft fällt mir ein, daß sich das kleine Lümpchen mit den strengen Gesichtszügen umdrehte, während sie so viel sagte: Der Gegenstand ist einfach. Und endgültig zuckte sie mit ihren verkümmerten Schulterchen.«

Mein Freund hatte seine Erzählung beendet. Lange schwiegen wir. Wir tranken Rotwein, dann ergriff ich das Wort.

Zu einer Antwort, die man nicht aussprechen kann, kann man auch die Frage nicht aussprechen. Das *Rätsel* gibt es nicht. Wenn sich eine Frage überhaupt stellen läßt, so kann sie auch beantwortet werden... Skeptizismus ist *nicht* unwiderleglich, sondern offenbar unsinnig, wenn er bezweifeln will, wo nicht gefragt werden kann. Denn Zweifel kann nur bestehen, wo eine Frage besteht; eine Frage nur, wo eine Antwort besteht, und diese nur, wo etwas *gesagt* werden *kann*.

Mein Freund war anderer Meinung. Inzwischen dunkelte es sanft ein, als würde der Morgen umgekehrt anbrechen, bald aber stellte sich schwer und lastend die Stille ein, die Himmel ist und Sterne. Später warf ich den Freund mild, aber entschlossen hinaus, weil ich arbeiten wollte. Wenn ich arbeite, wächst in mir die Liebe.

II. (Anekdote)

– Mit Verärgerung zu lesen –

Den Schleier der Illusion lüfte nie
Bleib ewig der glückliche Träumer
Weil der Traum unverwirklicht schöner ist
Als die nicht zu erträumende Zukunft.
Mit hingebungsvoller Liebe
Deine Dich liebende Mutter und Kuki

Vorwort

Bei aller Ernsthaftigkeit unseres Berufes dehnt sich ein weites Feld vor uns aus, und hier können wir die Entstehung von unfreiwillig humorigen Ereignissen beobachten. In den Geschichten, die sich aus diesen Beobachtungen ergeben, liegt die heilige Wirklichkeit in liebender Umarmung mit der bunten Poesie, und damit wäre ein reichhaltiger Nutzen für die Seele gesichert, daneben einerseits die ernste Belehrung, andererseits aber der süße Kunstgenuß, und dies ganz unabhängig von den Grenzen, die dem Autor auferlegt sind.*

Vermutlich habe ich den Bogen zu weit gespannt, doch konnte das der Bogen einmal brauchen. Was mich allerdings betrifft: Um diesen Theil machen zu können, brauche ich selber erst tiefe, himmlische Heiterkeit: denn das Pathetische der höchsten Gattung wird mir nur als Spiel gelingen. (Zum Schluß wird *alles hell.*)

* Hier sei darauf hingewiesen, mit welch künstlerischer Meisterschaft sich Karl IX. auf die Herstellung von Falschmünzen verstand, so daß er hinsichtlich dieses Werkes selbst Sachverständige in Täuschung versetzte. »Es ist wahrhaftig ein Glück«, so äußerte sich ein lotharingischer Erzbischof, »daß er seine eigene Person begnadigen darf.«

Anekdote ist ein griechisches Wort; es bedeutet: »unveröffentlicht«. Unveröffentlicht bedeutet nicht, daß man diese Geschichten niemals veröffentlicht hätte oder veröffentlichen würde, sondern lediglich, daß man sie ausgelassen hat; Vergessenheit wurde über sie gestreut, da sie nur unzureichend öffentlich waren, das Maß einer bärtigen Ernsthaftigkeit nicht erreichen konnten.

Folglich sind Anekdoten geschichtliche Späße. Die hier vorliegenden sind konkret besehen: ungarische.

Es ist dennoch einerlei, ob wir sie wie einen Roman auf einen Sitz zu Ende lesen oder hier und dort nur hineinschmökern, es werden aus den Geschichten manche wiederkehrende – über Jahrhunderte hinweg wiederkehrende – Melodien heraufklingen. Vor allem die Sehnsucht nach Freiheit und die Freiheitsliebe und nicht nur der Haß gegen Ungerechtigkeiten, sondern auch die Possen, die man über sie reißen mag, die Achtung vor der Tapferkeit, ergänzt durch ein wenig Angeberei, Ruhe in der großen Not, das Aufbegehren, wenn die Not geringer ist, und neben der gemeinsamen Tonart jedweder Melodie, neben dem Dur der politischen Schlichtischlachtereien das Moll des Humors. Ironie. Ironie ist, mit Musil gesprochen: einen Klerikalen so darstellen, daß neben ihm auch ein Bolschewist getroffen ist. Einen Trottel so darstellen, daß der Autor plötzlich fühlt: Das bin ich ja zum Teil selbst. Diese Art Ironie – die konstruktive Ironie – ist im heutigen Ungarn ziemlich unbekannt. Es ist der Zusammenhang der Dinge, aus dem sie nackt hervorgeht. Man hält Ironie für Spott und Bespötteln. Mir ist aber jener Witz am liebsten, der als Fingerzeig, als ein Augenzwinkern für schwere, wesentliche Gedanken steht.

Es würde mir zur aufrichtigen Freude gereichen, gelänge es mir mit meiner Arbeit, meinen Lesern einige angenehme Stunden zu bereiten. Doch weit über dies alles hinaus treibt mich ein innerer Zwang, nichts ungesagt zu lassen, was auch nur irgendeine Bedeutung haben könnte, insbesondere für jene, die im Sinne eines freieren menschlichen Daseins kämpfen. Die Wahrheit bleibt die Wahrheit, selbst wenn sie von meinen Gefühlen und Meinungen umstrickt ist ... *Möglicherweise ist das, was sich für mich wie ein Labyrinth ausnimmt, für andere eine Allee.*

Es ist eine ungeheure Pflicht, sich erinnern zu können. Und wenn auch ich einmal dahin sein werde, wird das, was ich aufzuschreiben vergessen oder versäumt habe, spurlos verschwunden sein; wie Rabelais sagt: *Depuis n'en fut parlé. La mémoire en expira avec le son des cloches lesquelles quarillonnerent à son enterrement.* (Später erwähnte man ihn nicht mehr. Mit dem Glockenton, der zu seinem Begräbnis schlug, wurde die Erinnerung an ihn verweht.) ... Man könnte sagen, das ist ein Memoire. Ein Memoire-Ruin. Und dann natürlich gilt nur die Deutung: *Es ist mein Memoire-Ruin, Mein-Moir.* Und wenn es so ist, und es ist wirklich so, dann müßte man beginnen, wie es Gombrowicz in seinen Aufzeichnungen tut: Ich. Ich. Ich. Ich. – Wie dem auch sei, blicken wir zu den halbblutigen Fakten des Lebens, die man widerspiegeln muß, wie man es hierzulande komilfo tut.

Anzuführen wäre: Damals habe ich nicht publiziert, 1949 ist keine Zeile von mir erschienen, man kann es beweisen!, allerdings: Geschrieben habe ich auch nicht. Aber ich weiß nicht, ob das die damalige Engherzigkeit der damaligen Kulturpolitik reinwaschen kann. Die unmittelbare Verknüpfung zwischen Wort und Tat war zerrissen, so schreibt es Béla Hamvas in anderem Zusammenhang in seinem bis heute unveröffentlichten Werk, und das trennt unser Leben in zwei Teile. *Den Willen zur Entschließung muß man eigens erlernen.*

Also schwieg ich, nicht aus Trotz, das ist wahr, auch

nicht aus Zimperlichkeit, nachträglich möchte ich nicht für alles moralische Begründungen abgeben müssen – wie es so viele unter den teuren Kollegen tun –, nein, es war meine Hand, die schlichtweg nicht auf das Schreiben eingestellt war; ich weiß, das klingt ein bißchen romantisch (es ist, als würde ich sagen: Gott behütete mich): Doch sozusagen und quasi, ich *konnte* nicht schreiben. Mir fällt eine Bemerkung von meinem Freund Simon Barboczi ein, die er noch vor dem »Absprung« gemacht hatte: »Man kann nicht all unsere Ohnmacht auf den Umstand schieben, daß die Deutschen da sind.« (Er war ein Junge mit fiebrigen Augen, trug lange Schals, und seine weisen Erkenntnisse pflegte er für gewöhnlich in aller Frühe zu äußern... merkwürdig der Taumel der Frühdämmerung... Simon schrie ein wenig angeheitert dies und das mit den Deutschen, jederzeit hätte man ihn abholen können, und er gebrauchte gar nicht das Wort »unsere Ohnmacht«, sondern er sagte: »Dieses impotente Geschwänzel«...)

Um nun auf die fünfziger Jahre zurückzukommen: Révai ‹in der Kunst damals Herr über Tod und Leben; nie soll er mir auch nur im Traum begegnen›, ein wertvoller Mann mit bedeutenden Talenten, hatte allerdings, und das muß man ebenfalls ehrlich sagen, unerhört große Schäden verursacht (und gerade darin besteht seine Tragödie: die sogenannte Tragödie des Révai); meine ersten Flugversuche torpedierte er strikt. OTTO HATTE, schrieb ich am Anfang meiner Laufbahn, OTTO HATTE ZU-GE-SCHLA-GEN, FÜN-FE GETROF-FEN, und er, Révai, vermutete darin Bestrebungen um eine Habsburgische Restauration, vielleicht muß ich gar nicht betonen, wie ungerecht das war, ganz zu schweigen davon, daß man fragen müßte, wer denn die Fünfe gewesen sein sollten.

Persönlich hatten wir uns nur einmal getroffen. Das

wurde später, Gott, durch wieviel listige, provinzlerische Verzerrungen entstellt, Gyula ‹Gyula Illyés, 1901 1983, Klassiker, Vaterfigur› zur Kenntnis gebracht, und er hatte dann dem Gemüsemann an der Ecke Bescheid gesagt, der mir seinerseits wiederum, während er mich um 6,70 prellte, das von Gyula vor die Nase hielt; die subtile Verkettung der Hinweise verstand ich zunächst nicht, aber bald darauf verstand ich sie (und auf mein Gewissen nahm ich sie) und so weiter...: Ich glaube, irgendein heutiger junger Mann würde vor Lachen bersten! Doch gib acht, mein junger Freund! Wenn du nicht wünschest, daß dein Gegröle auf dich zurückfalle, als spieest du in die Höhe und stelltest dich darunter, mußt du sehr, sehr differenziert lachen, ich würde sagen: auf geschichtliche Art – und du wirst sehen, selten wirst du dir eine Meinung nach eigener Lust bilden können; die Erforschung dürftiger Zeiten birgt eine dünne Katharsis... Und dann: was überhaupt heißt dürftig?

Lange wartete ich in dem riesigen Empfangszimmer, doch ließ man mich sehr offensichtlich warten, so daß ich darüber nur lachen konnte. (Zu früh, um es gleich hinzuzufügen.) Révai, dachte ich, wird als gebildete Mannsperson schon wissen, was Nietzsche darüber geschrieben hat: Ein sicheres Mittel, die Leute aufzubringen und ihnen böse Gedanken in den Kopf zu setzen, ist, sie lange warten zu lassen. Dies macht unmoralisch. – Meine Ruhe entsprang der Selbstgewißheit des geistigen Menschen, der die Kunstgriffe der Macht durchschaut beziehungsweise jene Schritte, die er in seiner Überheblichkeit so nennt. Und das ist wirklich wahr. Er durchschaut sie. Nur daß der andere ihn währenddessen ebenfalls durchschaut. Jeder durchschaut sein Visàvis, folglich lohnt sich zumindest die Vorsicht... Es wäre hingegen unziemlich, diese wechselseitige Durchdringung *den doppelten Triumph des Realis-*

mus zu nennen! Zu jener Zeit lebte noch Rajk ‹László Rajk, Kommunist; 1949 wurde er in dem nach ihm benannten Schauprozeß, mit dem sich viele schmutzige Details verbanden, hingerichtet›.

Jedenfalls hätte ich im Traum nicht gedacht, daß ich am Anfang eines Zusammenbruches stehen könnte; gerade hatte ich mit einer zuvor erlangten Leichtigkeit beschlossen, es sei nicht notwendig, mich im Lehnsessel polternd breitzumachen, mich zurückzulehnen und lümmelhaft charmant aus dem Sessel rauszuhängen – in ziemlicher Sicherheit, mit zusammengepreßten Knien bangte ich. (Bis heute klingt aus meiner Kindheit eine krächzend weibliche Stimme herüber, die meiner Mutter oder meiner tschechischen Tante, ich habe nie verstanden, was an einem Sitzen so entnervend sein könnte, offensichtlich mußte es sich um irgendeine Kompensation der Männerwirtschaft gehandelt haben, und sicher ist auch, daß der Bezug durch das Sitzen entsetzlich verknüllt wurde.)

Obwohl ich dann doch zusammenbrach! Obwohl ich mir selbst gegenüber überhaupt nicht verpflichtet war. Ich war von der Stärke meiner eigenen Jugend, vom Rausch des Neubeginns, von den Gefahren der historischen Gerechtigkeit, von den Taten des Wiederaufbaus und so weiter nicht gerührt. Es liegt ganz gewiß etwas Befreiendes darin, den Leuten grob zu sagen, wie unsereiner unter ihnen empfindet... Ich habe damit nichts zu tun – das wollte ich auf eine Weise sagen können, die ein für allemal auch eine *Lösung* gebracht hätte, zumindest für mich.

Aber die Sache verhält sich anders. Bitte, es mag in Ordnung sein, daß man mir Angst einjagt, aber *ich* bin es, dem man Angst einjagt, nicht irgend jemand, den ich ohne weiteres verachten und aus Liebe trösten könnte. *Was wird aus mir? – Das ist das Arge.* – Ich erinnere mich, einmal ging ich in der Andrássy-Allee spazieren, vor dem Haus

Nummer Sechzig ‹Hauptquartier des Staatssicherheitsdienstes› wurde ich mißmutig, blieb dennoch gleichgültig, und dennoch beschleunigte ich die Schritte, als ich in dem Fenster eines vorbeihuschenden schwarzen Wagens mich selbst erblickte, mitten im Schleichen, *das Schleichen der Prosa,* sagte ich unumwunden mit selbstvertrauendem Herzen, jetzt, während ich das niederschreibe, murmele ich es auf die gleiche Art vor mich hin: Das Schleichen der Prosa, und ich fühle die damaligen Bewegungen der Lippen ... Und dann, während ich den Gehweg betrachtete, fiel mir plötzlich ein, daß sich hier offensichtlich unlängst jemand beeilt hatte, jemand, der zur Arbeit ging, in die Nummer Sechzig; ich streifte mir die Füße am Gehweg ab, und der Gedanke, daß sich unsere Fußspuren *vermischen,* jagte mir einen gemeinen Schrecken ein ... und dann also auch ... die Luft ... daß wir die gleiche Luft einatmen ... mehr noch ... daß ich gerade, was er ausgeatmet, ein- oder umgekehrt ... furchtbar. Diese Brüderlichkeit geht doch etwas zu weit. Schließlich gibt es Mörder, und es gibt Opfer. Nun, genug davon. Der Scheintod des Schriftstellers ist das Räsonieren. Wir sind ein Reitervolk: Immer sachte mit den jungen Pferden.

In meiner Selbstsicherheit grinste ich einen Bullen an, der aber reagierte nicht, wie ich es erwartet hätte, er blickte sehr betont zurück, trat auch einen Schritt auf mich zu, wie so ein Kerl aus dem Außenbezirk, doch drehte er sich dann einfach wieder weg, so daß ich auch hätte annehmen können: Es sei ein Zufall gewesen. Ich wußte nicht mehr, was ich glauben sollte. Ich saß in dem feucht gewordenen Kunstledersessel, ab und zu kippte ich ein wenig vor; als die riesige, weiße Flügeltür aufsprang, erwartete ich, daß ein eleganter, hagerer Sekretär erschiene, jemand mit einer mickrig schmalen Krawatte, magenleidend und mit länglicher Miene (schon diese detaillierten, ausgefeilten Vorstellungen sind nachträglich ein verräterisches Zeichen: Es geht um ein Mißverhältnis, dessen Wurzeln in jenen Hemmungen liegen, die durch Angst entstehen), oder eine treue, traurige Sekretärin mit Brille, ein riesiges, frustriertes Ding (später wurde sie wahnsinnig, man mußte sie in die geschlossene Abteilung einliefern, *die sowjetische Rieseneizelle!,* so schrie sie den ganzen Tag; siehe auch unter dem Titel Kletterübung), statt dessen war es Révai selbst, der mit zerzaustem Haar aus der Tür herausblickte, wie ein nervöser Lehrer wühlte er die Finger in die Haare, sein forschender Blick glitt eilig am hallenartigen Vorzimmer entlang, blieb an mir hängen, kommen Sie, kommen Sie, winkte er mir zu, und mit der gleichen Bewegung, immer noch hinter der Tür, ohne aus dem Zimmer herauszutreten (als ob er etwas verstecken würde oder, was weiß ich, als ob er im Negligé wäre), schrie er den Bullen nieder, Sie Rindviech, Parasit, was haben Sie ihn warten lassen! Doch auch damit hörte er sofort und ohne Übergang auf, verzeihen Sie, sagte er ungeduldig und entschuldigend, ich habe fürchterliche Kopfschmerzen, doch was können Sie davon wissen, der Jugend tut der Kopf nicht weh.

Mir schon, antwortete ich, und das war, als ob ich ihm in den Hintern kriechen wollte. Wegen des Wartens bat er um Nachsicht, er wisse ja wirklich genau, wie es ist, warten zu müssen, aber inzwischen lächelte er, als wären wir beide über dergleichen erhaben. Das hieß, dachte ich mir, daß er in mir den Komplizen suchte. (Ach was!..., würde ich jetzt hinzufügen.) Andererseits bedauerte ich ihn wegen seiner Schmerzen. Die leidende Haut und der gebrochene Glanz der Augen waren die bekannten Zeichen. Ich bedauerte und haßte ihn zugleich, denn dieses Schweben zwischen Schmerz und Komplizenschaft, zwischen Heldentum und Verrat, das heimatlose Bedrängen, das durch diese Betretenheit entstand, schien Methode zu haben.

Die zu ihrem Ziel führte. Révai bemerkte meine Verstörtheit, kaum sichtbar verzog er den Mund, sicher, weil ich ein derart schwächliches Bürschchen war, und dann, wieder sehr plötzlich, zauberte er eine Banane hervor. – Nun, essen Sie, sagte er, das beruhigt Sie vielleicht.

Eine Banane. Damals! Ich wurde noch verwirrter; was sollte ich tun, ich versuchte mich zu erinnern: was, wenn ich bei vollem Verstand wäre, wenn die Situation bei vollem Verstand wäre! Aber ich kam nicht weiter. Nun ja! Es waren wenige Minuten vergangen, lauter schöne Sachen waren mir zugestoßen, ein intelligenter Herr hatte Schmerzen, die mir bekannt waren, ich konnte wonnige Früchte mampfen – (jedoch!) wie ein Schüler, der etwas auf dem Kerbholz hat! (Der Stalinismus, lese ich, verwertete die diesbezüglichen Erfolge des Katholizismus.)

So in etwa. Das Weitere ist kaum mehr interessant, ich kratzte am Inneren der Bananenschale herum, während mich Révai ausfragte, woran ich zu würgen hätte, warum ich mit der Farbe nicht herauskommen wollte, weshalb ich zaudere, mich sträube, argwöhnisch bin, warum ich abwehre und zu Tode erschrecke, weshalb ich hartgesotten bin, warum ich mich nicht einigen kann, warum ich mich so jämmerlich gebärde und wählerisch bin, weshalb ich Faxen mache, warum ich nicht übermütig werde und nicht der Rede wert bin.

Er sagte Sie zu mir, was mich aufhorchen ließ, bis dahin nämlich (und auch seitdem) haben mich nur *reife Frauen* gesiezt. Jetzt schwieg er, also mußte ich antworten. Habe ich in Ihnen unwissentlich Hoffnungen geweckt? »Was meine Person betrifft, ich bin ein fruchtbarer Boden«, wollte ich pathetisch sagen, doch ganz mir gemäß witterte ich einen Germanismus in dieser Wendung, und ich schrak zurück. Meine Lage verschlechterte sich zusehends. »Ein fruchtbarer Boden bin ich« – um aber diesen Satz empfindsam betonen zu können, hätte ich ein Schauspieler sein müssen, ich aber wollte lieber niemand sein.

»Bin ein fruchtbarer Boden«, sagte ich schließlich, doch da war Révai nicht mehr interessiert. Gewiß doch, gewiß. Als eine Art Unabhängigkeitserklärung überlegte ich noch, etwas wie *Hände weg von meinem Boden* zu sagen, aber ich war zu feige. Später hörte ich, daß Révai mit mir weitgehend unzufrieden war, daß er von mir mehr erwartet habe, doch sei ich nur ein Literaturgentlemännchen, das sich dahin neigt, wo es der Wind hinweht, auch mit der Erwähnung der fruchtbaren Erde hätte ich implizit das ausdrücken wollen. Weil doch der wahre Dichter den schlechten Samen ausscheiden könne.

Etwas benebelt sagte ich zu jemandem bei einem Bier: Ich bin kein Naturalieneinkaufs-Samensortierer; das gelangte zu Révais Ohren, doch bis er Rache schüren konnte, waren die entsprechenden Bedingungen eingestellt, um ihren Platz anderen Bedingungen zu überlassen.

Während ich vor meinem Buch sitze, wird mir große und dankbare Freude zuteil, denn nun kann ich das, was sie über lange Zeiten hinweg hervorgebracht hat, der ungarischen Gesellschaft als einen großen Strauß überreichen. Zwei Punkte möchte ich allerdings berücksichtigt wissen. Von meinem Freund Simon Barbocz hörte ich, und das beziehe ich jetzt auf mich, daß ein Ratsmitglied anläßlich seiner Programmrede und nachdem alles Wesentliche gesagt war, emphatisch, stolz und verdienstvoll das Folgende ausgerufen hatte: Eines kann man nicht bestreiten, daß nämlich auch ich ein Zeitgenosse war.

Dies zum einen.

Zum anderen aber, lieber Leser, während es so viele gibt, die dieses unglückliche ungarische Volk betrüben und siechen lassen (die Ölpreise!) oder ihm Lächeln und Heiterkeit abverlangen – fällt mir die dankbare Rolle zu, und ich weiß nicht, mit welchem Erfolg, die Tränen fortzuwischen, den in den Wunden klebenden Mull abzureißen und die von der Sonne erhitzten, mörderischen Nacken zu streicheln. Wie schon Kassák gesagt hat, ist eines jeden guten Werkes Vater die Unzufriedenheit, und die Mutter ist der Fleiß. Und nicht Goethe, sondern Hölderlin behauptet: Meine Aufgabe ist es, von der Heimat zu reden. Dem sollte niemand mit Neid begegnen.

Einige unter uns meinen, daß man über etwas, worüber man Anekdoten erzählen kann, keine mehr erzählen muß, beziehungsweise: Es ist, es scheint, es mutet an, als würde die Anekdote ihre eigene Aussage für ordnungsgemäß erachten. Hier aber ist sie nicht im mindesten in Ordnung. Und es geht dabei um ein größeres Geheimnis, um eine größere Schande, als daß man darüber einfach schwatzen dürfte, und wenn es nicht möglich sein sollte, in der Tat zu reden, weil wir nun einmal so beschaffen sind und weil wir uns an diesem Ort befinden, sollten wir darüber gar nicht erst reden.

In dieser Ansicht liegt ein großes Stück Wahrheit.

Doch lohnt es sich vielleicht, unter anderem auch auf diese Weise auf die schlechte Zufriedenheit hinzuweisen, die sich angesichts der vielen gängigen Konfrontationen gegenwärtig im Wachstum befindet.

Manch einer unter uns mag daraufhin entgegnen, daß auch diese Geste eine dieser Konfrontationen ist.

Das glaube ich nicht; obwohl ich das Ausgeliefertsein als einen Fehler: erkennen kann.

Wenn wir auf unsere vergangenen Möglichkeiten, auf unser Leben zurückblicken, übermannt uns eine gewisse Rührung... doch einen Augenblick nur, und... sie ist vorbei, denn die Eigenschaft des Ungarn, daß er das Schlechte vergißt und nur das Gute, das Angenehme im Gedächtnis behalten mag, kann man nicht genug rühmen.

Sein Werk fortsetzen und dabei so wenig wie möglich an sich denken – das muss es wohl sein, was noth thut.

Buda, den 16. Juni

Come on baby, light my fire I

Während der Koalitionszeiten, bereits nach jener Rede in Fulton ‹nach Churchills Rede, 1946, in der er die UdSSR angegriffen hatte› und noch während des Kalten Krieges, stieß Mátyás Rákosi ‹damaliger König Ungarns, Schüler Stalins, der beste in diesem Land› im Friedenslager auf einige Funktionäre, die sich am lodernden Lagerfeuer wärmten.

Er bat sie um Feuer.

Die Sozdem sprangen davon, um eine Feuerzange zu holen, währenddessen griff ein organisierter Jungarbeiter, namens István Medve, in die Glutasche hinein, und um seine Hand dabei nicht zu verbrennen, reichte er dem Generalsekretär zusammen mit der Asche eine derart schöne rote Glut, daß es funkelte wie ein fünfzackiger Stern.

Das ist aber ein Teufelskerl, sagte der Erste Mann und entzündete seine Zigarre in der einmaligen Glutschaufel.

Moral

Am Anfang, in den vollblutigen fünfziger Jahren, hatte Mátyás einmal die Imperialisten so zusammengestaucht, daß er es selbst bedauerte. Dann, in seinem Kummer, machte er sich auf zur Jagd nach Munkács ‹ehemals und sehr lange: eine ungarische Stadt, jetzt russisch›; nichtsdestoweniger war er übervoll der Lebensfreude. (Hier möchte ich bemerken, daß er zuweilen außerordentlich jähzornig sein konnte. Auf einer Jagd hatte er einmal, weil ein Baumzweig seine Augen berührte, sein Gewehr gegen den Jäger erhoben. Der Jäger war ein erfahrener Mann, ein Mann vom Scheitel bis zur Sohle, um nur zu sagen: Er hatte sogar Béla Kun (1919!) gekannt; er sagte nur soviel: Teurer Genosse, liebster Mátyás, seien Sie so gütig, für meine Witwe und meine Waisen zu sorgen. Da hast du aber Glück, du dämliches Viech, daß du Witwe und Waisen hast, sagte der Generalsekretär großherzig und schulterte sein Gewehr.)

Als er sich auf der Heimfahrt befand, gab einer der ihn begleitenden Männer vom Staatssicherheitsdienst seiner Sorge Ausdruck, daß die Reise an der Grenze vielleicht Verzögerungen erleiden könnte. Die Sonne ging unter, und als sie untergegangen war, erschauderten, erzitterten die ernsthaften Männer in der kühlen Dämmerung, demzuvor allerdings, da hatten sie nach den seltenen Flecken von Schatten gesucht, die etwas Linderung versprachen. Es war gleichsam sichtbar, wie es eindunkelte, und der genannte Mann vom Staatssicherheitsdienst ‹Stasi› hatte das Gefühl, daß sich die Luftmoleküle punktweise verdunkelten. (Er hatte mit dem Abendgymnasium begonnen, es dann aber nicht geschafft. »Die Kraft, die hat mir auf den Abend hin nicht mehr gereicht. Außerdem hat mich mein Weib immer gestochert, wegen des Geldes.«)

Gleichzeitig machte ein Mitglied dieser erlesenen Begleitung einige nicht eben schmeichelhafte Bemerkungen über das Vorgehen der grünen AVO ‹die Anfangsbuchstaben eines auch heute noch klangvollen Begriffes: Behörde für Staatssicherheit›, indem er andeutete, daß mit etwaigen Schmiergeldern jedermann unschwer über die Grenze kommen könne, besonders über die an die Sowjetunion angrenzende Grenze, selbst wenn er zu verzollende Gegenstände mitführe.

Daraufhin gab auch der Generalsekretär höchstes Interesse kund, sich von dem Verklungenen (siehe auch unter dem Titel: Die Spiegelung der Wirklichkeit: Eine Ausschreitung) unmittelbar und persönlich überzeugen zu können. Dieser Plan wurde solchermaßen ausgetüftelt, daß Rákosi im sogenannten Hintergrund bleiben sollte. Er übrigens liebte es wie besessen, sich als beurlaubter Stasi zu verkleiden, neben seiner Mütze steckten Blumen, der Proviantsack auf den Schultern, und gleich mit seinem Dolman band er sich den Säbel auf den Rücken, von einem Kirschbaum am Wegrand schnitt er sich einen Stock, so kam er am Feldrain voran, gleich jedem irgendeinem, der zu seinen Eltern nach Hause eilt – sie hatten denn auch zu tun, die Sicherheitsbeamten: sehr viel sogar. Auf diese Weise genoß er die Liebe des Volkes.

So geschah es denn auch. Als sie den Schlagbaum erreichten, stieg der zu diesem Zweck ausgesuchte Stasi, während an seiner Dienstwaffe der krasse Mondschein kalt schimmerte, vom Jeep herab und ließ sich mit der rotwangigen jungen Wache in ein Gespräch ein, daß er nämlich eilig passieren wolle. Das kann alsbald geschehen – war die heitere Antwort des Jungen, der Tag für Tag Freude an seinem Dienst fand, er liebte das Wachen, liebte den Alarm, der den Mann auf die Probe stellt, die deftigen Witze, die fröstelige Luft in der Frühe, das ungeheure Geraschel des dunklen Waldes, und er haßte die nicht näher bestimmten Feinde des Volkes –, wenn der Genosse keine zollpflichtigen Waren hat.

Gerade da aber liegt das Wehwehchen, denn einige Pfunde an Kerzen, Kaffee, Jeans und Computerchen gäbe es, dennoch möchte ich, wie soll ich's sagen, keine Sekunde säumen. Der Junge war unbeugbar, was denkt er denn, guter Mann, teurer Genosse?! Meinerseits ginge das gegen meinen Eid. (Es war die nackte Wahrheit!) Der Stasi zitterte bereits wegen dieser Niederlage, und der kalte

Schweiß kroch an seiner Stirne entlang wie die silbrigen Kondensstreifen der Schnecken, starr blickten seine Augen zum Jungen. (Der starre Blick galt als eine elementare Vorsichtsmaßnahme, dazumal nämlich konnte leicht geschehen, daß man jemandem sagte: »Ihre Augen springen umher.« Hernach konnte man sichergehen, daß jener Genosse, dessen Augen *angeblich,* die Hervorhebung stammt von mir, umhersprangen, sich in einen Verdacht verwikkelte, dann aber hörte man nicht die Nachtigallen trapsen, sondern die Geier schwangen ihre Flügel.)

Unbeteiligt lächelte der Mond vom Himmel herab wie einer, dem es gleichgültig ist, ob die Wahrheit oder das Falsche siegt. Aber der treue Jüngling hörte nicht auf die verführerischen Versprechungen, sondern legte seinen Trumpf vor: Nein, für gar kein Geld! – Obwohl das damals sehr viel Geld war.

Jetzt trat aus dem Hintergrund, aus einem Gestrüpp, Mátyás Rákosi hervor, den die rotwangige Wache trotz der potemkinschen Kleidung blitzschnell erkannte, und salutierend erwartete er die weiteren Befehle. Harascho, Geselle, du bist ein Mensch, rief Mátyás mit Freude, ein wacher Kolumnist (es war schon spät, und er war müde) erkennt den Feind selbst hinter der Maske! Na schau, der Stasi war allmählich unangenehm berührt! – Schon am nächsten Tag war jedwede Spur von ihm in alle Winde verweht.

Rákosi ölte seine Stimme, das Wild im Walde und die Vögel in der Höhe ließen von ihren natürlichen Geräuschen ab: Genossen!, viele Dinge, sehr viele Dinge sind in diesen und ähnlichen Angelegenheiten noch ungeklärt! Der Junge scharrte mit seinen übergroßen Stiefeln, eine Hand legte er auf den Gewehrkolben, die andere auf die Hosennaht, gedankenvoll zerrieb der Generalsekretär ein Ästchen, während er über die Ergriffenheit der Wache herzlich lachte.

Na Kumpel, bin ich dein Kumpel? – Der herbstliche Wald knarrte leise, na Genosse, du hast eine reichlich breite Brust, da haben einige Auszeichnungen Platz darauf, und damit winkte er seiner Begleitung, und die Genossen zogen, einer nach dem anderen, ihre Dolmane aus, und es gab so reichlich Edelsteine an all jenen Dolmanen wie Fettaugen auf einer guten Suppe.

Allmählich verschwand die große Gesellschaft in der klaren, geometrischen Ordnung der verwickelt-schönen Reflektorenbündel, die, als entstammten sie einem Gemälde von Moholy-Nagy, den Wald durchstreiften. Doch Rákosi wandte sich noch einmal dem müden Jüngling zu und sagte: Ich glaube, in Ungarn ist der Frühling heut schon ausgebrochen.

Unser junger Mann stand mit klopfendem Herzen wie vom Blitz getroffen in der Dunkelheit, tiefe Nacht wölbte sich über ihn, am windgefegten und windgeschliffenen Himmel glänzten reine Sterne, und ein fern blinkendes Licht ließ alle paar Sekunden einen grauen Schein darüber huschen, der Wind brachte den Geruch von Gewürzen und Stein, wirre Schreie aus der Ferne durchbrachen die Stille, bald aber stellte sich schwer und lastend wieder die Stille ein, die Himmel ist und Sterne. – Und dann tat er, was die hohen Mächte ihm wiesen: Lachend lief er durch das Leben. (Wir könnten uns ein Beispiel an ihm nehmen, lieber Leser.)

Ach, ich hab sie ja nur geküßt

Was ist geschehen und warum? Das ist jene Doppelfrage, die Fachleute und das einfache Volk gleichermaßen beschäftigt. Lernten wir erst unsere Vergangenheit kennen, dann nur gereichte uns eine Chance für die Gegenwart. Ich habe zu gestehen: Hier ist noch manches zu tun. Ich glaube, daß ich ein wichtiges Dokument der Entwicklungsgeschichte in der Hand halte.

Kurz nach der Befreiung (Stunde Null, Anfang, Ende, Wiederaufbau) ist es geschehen ... Bis dahin kannten wir das Leben nur von einer Fotografie her, die, wie man weiß, keinerlei Geruch verbreitet, beschmutzen kann es einen auch nicht, und nun fielen wir in ein großes, kalt-warmes, schmuddeliges, sumpfiges, duftend-stinkiges Moor, in das Leben hinein.

Es kam das Leben auf uns zu: Es kam in der Gestalt von Frau, Trank, Vergnügung, Gesellschaft, und wir bestanden diese Herausforderung, gingen ihr entgegen. Wir gingen in Kneipen, ins Theater, auf Konzerte, auf vornehme Nachmittagskaffees der Gentry, zu den Tanzvergnügungen der Arbeiter, auf erlesene Bälle, in die Lokale, wo die Dienstmädchen tanzen, in das berühmte Buzelka, in die anrüchige Bohnen-Csárda, und bis in die frühen Morgenstunden lasen wir in den politischen Weiterbildungskursen fleißig die Parteizeitung *Szabad Nép*, also das *»Freie Volk«*. (In pathetischem Ton zum Kursleiter: Anstatt deine Stimme zu heben, Genosse, würdest du dich besser darum kümmern, daß all dies in der Parteipresse erscheinen kann, das wäre beser für uns, auch für dich, auch für das *Volk* und sogar für die *Freiheit*.)

Jancsi Koroms Gesicht war mädchenhaft, damals. Wir ließen für ihn knappe Röcklein nähen und eine schlichte Perkalbluse, hinter die er sich auf die Brust beidseitig trockene Brötchen steckte, die Umarmungen knisterten wahrhaftig – schelmisch griff man ihm an die Brust, und auf offener Szene wurden seine beiden zerbröselnden Busen aufgegessen –, die Tonangebenden des Lokals schleppten unsere Dame mal hierhier, mal dahin, und nach der Sitte züchtiger Jungfern und aus sonstigen natürlichen Gründen hielt sie ihre Tänzer durch ihre weit abgewinkelten Ellenbogen von sich fern, doch, herrje, der Widerstand steigert die Unternehmungslust, und mit einem Male kehrte unsere Dame zu unserem Tisch zurück, während sie Folgendes sagte: »Jetzt aber nichts wie weg«, und dies wurde sogleich vollzogen.

Auf der Straße dann teilte er uns kurz mit, daß er vor einem herumfingernden Lümmel fliehen müsse, der dort im Flur ihn allzu dringend in ein »Eckelchen« bitten wollte; dann, bei der ersten Abbiegung, riß er seine Zopfperücke herunter, drückte einem von uns seinen Hut auf den Kopf, stülpte seinen langen Lodenumhang auf die Schultern, unter dem rollte sich der Rock wie ein verwikkeltes Segel herauf, während die an den Knien befestigte Hose sich zu Pantalons herabsenkte ... er hatte gerade genügend Zeit, hinter uns wurden Laufschritte hörbar.

Ja! Er war es, der fatale Staatsmann! Glanzvoll prunkte seine Glatze. Uns, *die mit gleichgültiger Miene, doch mit pochendem Herzen einhertrotteten,* holte er ein, erkannte uns als die Gesellschaft jenes liebgewonnenen Dienstmädchens, von der Seite her betrachtete er uns finster, forschend, ohne zu verstehen, überholte uns aufgeregt, unsicher blieb er stehen, und allmählich blieb er versteinert zurück. Später hörten wir das Knallen seiner Stiefel, er rannte wieder in die Richtung der Buzelka, *wo ist sie, wohin ist die Frau entschwunden?*

Das war es. *Jene gewisse Person* war daraufhin sehr niedergeschlagen, die ganze Rákosi-Ära gab es nämlich aus einem solchen Grund! Einer Frau (!) wegen. (Was nun wiederum beweist, daß in der Frau der Wurm steckt.)

Wie war er?

Diese Geschichte könnte vielleicht das Gegenstück zu der vorigen geben. Ein Regiment wurde vom Land nach

Budapest versetzt. Man zeigte den Burschen das Bildnis des teuren Mátyás, erklärte ihnen, wie sie bei einer Begegnung mit der goldgefaßten Staatskarosse des Generalsekretärs en face zu salutieren hätten. Einzig ein kleiner Jüngling aus Siebenbürgen schaute in die falsche Richtung, er blickte nicht einmal zum glitzernd-blitzenden Schädel hin ... Ein anderes Bildnis mochte in seinem Kopf herumschwirren, vielleicht das Bild eines Mädchens, das er nun verlassen *mußte*, vielleicht für immer. Der gemeine Soldat war mit seiner Unaufmerksamkeit der Obrigkeit aufgefallen, und nun herrschte man ihn an.

Weißt du denn schon, wie der Hauptsekretär aussieht? Erschrocken sprang der kleine Soldat auf.

Ich melde gehorsam ... ich weiß!

Wie denn?

Na ... so lieb, klein und braun!

Was ist geschehen?

Ich hatte Angst. (den 16. Juni; nachmittags)

Die Spiegelung der Wirklichkeit: eine Ausschreitung

Von Feri Tsomor, der zur Begleitung des großen Mannes gehörte, hieß es, er sei ein passionierter Schwimmer, denn das war er. Redlich spannte sich die Uniform um seinen riesigen Brustkasten. Dank seines herausfordernd fotogenen Gesichtes gelangte er des öfteren auf Titelseiten, mal neben eine Hasplerin mit Kossuth-Preis, mal neben einen Kleinbauern mit seinen stolzen sechs Joch, der aus einem entfernten Dorf angereist kam. *Heiter und sicher ist das Leben, die Arbeit geht gut voran,* müßte jeder meinen, dessen Blick auf diese Bilder fiel. Allerdings, bis so ein Bild fertig war ...

Nicht aber mit dem Feri Tsomor! Seine schneidigen Stiefel mit dem kurzen Schaft glänzten wie die Mondsichel, wie seine Khakihose gab es keine zweite, sein russisch geschnittener Kittel sprach sieben Sprachen, und seine Gesellschaftsmütze mit kleinem Teller, zu der auch noch eine flache Tellerschirmmütze, die sogen. »Pilotka« gehörte, schob er auf Jünglingsart verwegen zurück, schier bis in den Nacken hinein, welcher flaumig und zerbrechlich war; nicht nur daß er aussah, als hätte man ihn gleichsam aus dem Schächtelchen gezogen, sondern man mußte sogar meinen, daß in diesem Schächtelchen ewiglich die Sonne schien.

Feri Tsomor! – Er war der Traum der Bildredakteure... Denn damit jener gewisse schlagfertige Kleinbauer mit seinen sechs Joch weder wie ein Kulacke aussah, aber auch nicht zerlumpt, ging es dort mit Aufhellkartons zu, mit Lichtfilter, Weichzeichner und überhaupt mit all den hundert Wundern der Technik. Die Hasplerinnen wiederum waren irgendwie grundsätzlich von unglücklicher Gestalt, von Sorgen malträtiert, und wenn es um sie ging, mußte man sich mit einer abstrakten und etwas uferlosen Heiterkeit begnügen, die dann jeder, der Bescheid wußte, zwischen den Rastergittern herauslesen konnte. Doch artete ihr allzu befreites Lachen fast immer skandalös aus, wirkte wie Zähnefletschen, und auch die Gesichtshaut war eigenartig gespannt, gedehnt, die Stirn schien ganz unappetitlich, war langgezogen, als hätte sie sich von der Kopfhaut, von den Haaren getrennt... *Die schwebenden Stirnen!* Igitt. Auf diesem Gebiet bewirkte Ilon Bagits dasselbe, was Tsomor auf seinem Gebiet tat; sie strotzte vor Kraft. Hasplerin, Garbenbinderin, Studentin: das war ihr gleich. Sie war schön, jung und stark, sie war, wie wir sie uns alle erträumen. (Siehe auch unter dem Titel: »Eine gepfefferte kleine Geschichte«.)

Nun hatte Feri Tsomor neben dem großen Mann auf seine Kondition zu achten, ich übertreibe nicht, wenn ich sage, daß er auf der Hut sein mußte; jener gedrungene, wirklich dünnhaarige, nicht mehr junge Mann lebte mit einer Intensität, die für zwei gereicht hätte, die Jagd, Ballspiele, der Kampf um die Ringe* und andere ähnliche Vergnügungen füllten seinen Tag aus, und dann haben wir noch nichts über die Innenpolitik und die Außenpolitik gesagt.

Während des Vormittagstrainings, beim Crawlen, war in Tsomors Ohren Wasser gekommen, lange sprang er am Beckenrand auf einem Bein umher, alles vergebens. Nur so konnte es geschehen, daß, während der Generalsekretär auf der nachmittäglichen Jagd jenen seiner höchsten Wünsche äußerte, sich von dem Verklungenen unmittelbar überzeugen zu wollen – man hatte ihm nämlich etwas diesbezüglich gesagt –, sich unser Held verhörte, er verstand, sein Herr wolle sein Interesse für *die Verschollenen* (siehe Seite 48) kundtun.

Nun aber, da ist der Haken: Nirgendwo ein Toter! Zumindest kein solcher, der auch nur mit irgend lockeren Fäden an diese Geschichte zu knüpfen wäre ... Tsomor wußte nicht, was tun, er flehte den mächtigen, gnädigen Himmel an, er möge ihm zu Hülfe eilen; er schickte nach einem Lamm, tauchte das Messer in dessen Schlund, und während er es bis zum Griffe im Tier stecken ließ, merkte er mit großem Fleiße auf alles, woraus er eine Weissagung erhoffen konnte. Nämlich: Wieviel Blut es gab und mit welcher Hast es entströmte; in welcher Färbung kam es daher? In welch einer Zeit stockte es? Wie lange lebte das Lamm noch? Auf welche Art und wie häufig stöhnte es

* Reiterspiel, bei welchem man auf Pfählen hängende Ringe im Galopp zu ergreifen hatte.

auf? Als sein Leben schwand, hatte es in diesem Augenblick das Scheitholz unter sich ins Wanken gebracht, oder war es unbewegt geblieben?

Die Zeichen mochten Gutes vorausgesagt haben, denn die Kommandorufe sprangen von Tsomors Lippen mit einem Schmelz wie der Hagelschlag beim Verfassungsfest am 20. August. Die Diensthabenden schwangen sich in behende kleine Wagen, und in Bälde füllten sich eigentümliche Einbuchtungen, geheime innere Räume mit feigem menschlichen Wehklagen. (Daumenschraube: das ist eine Schraubenpresse. In der ungarischen Sprache bewahren mehrere Sentenzen die Erinnerung daran: »Bis zum Nagelreißen leugnete er«, »Man klopft ihm auf die Nägel«, »Es lebe der ‹Selbstzensur›!«. Und welche Erinnerung birgt die »gespannte Aufmerksamkeit« und die »gefesselte Erwartung«? Wir machen nämlich einen Unterschied zwischen dem Gespanntsein und dem Gefesseltsein.)

Das war eine Ausschreitung.

Feuerreiter

Ilon Bagits hatte eine Schwester: die Veron Bagits. Ihre rote Mähne, die durch die Váci utca (oder ich sage gleich: durch den Bajcsy-Zsilinszky-Weg) der vierziger Jahre flatterte, kam einer ad-hoc-Demonstration gleich. Veron Bagits war '46 neben einem dicken Impresario abgetreten, ihr Bräutigam, István Medve, hingegen war infolge einer uferlosen Niedergeschlagenheit in die Körperschaft der Staatssicherheit eingetreten. Dessenungeachtet bleibt der Fall konfus, denn die Veron, die eine recht schöne und natürliche Stimme besaß, trat bereits '49 in einer Opernvorstellung als ausländischer Gast auf.

Rákosi war dort, und ich will gleich hinzufügen, István Medve war nicht dort. Und hier *geschah* es, daß Veron (deren wunderbarer Venushügel sich nur so höhlte, wölbte, versteifte und erweichte – ein Ausstellungsstück!) derart schön sang und spielte, daß der Hauptsekretär, zum Zeichen seiner Hingerissenheit, ihr einen Diamantring schickte, worauf unsere Dame bei dem teuren Herrn um ein Verhör bat, denn sie wollte sich für die Aufmerksamkeit bedanken. Der Hauptsekretär war zwar kein *belami,* doch recht ein Mann, bestimmt war er nicht von ungefähr zu seinem Posten gekommen, so begann dann die schicke und junge und vor allem sehr geeignete Künstlerin – denn das ist aus dem Mädchen mit der wirksamen Hilfe des dicken Impresarios geworden – nun, sie begann mit dem Mann zu flirten, aber verdutzt ermahnte der die Sängerin mit Arbeiterabstammung, da er ein Ehemann war: Was hält die Genossin von mir? Wissen Sie nicht, daß ich verheiratet bin?

Das kleine ungarische Arbeitermädel mit internationaler Erfahrung verneigte sich frech: Pardon, teurer Mátyás, süßer Genosse, ich wußte nicht, daß ungarische Streichhölzer nur an der eigenen Schachtel zu entzünden sind …

Kletterübungen

Die Dame, die durch und durch treu zur Arbeiterbewegung stand und dort frigid geworden war, rannte zum Genossen Rákosi.

Mein Klettoris!, rief sie verwundet.

Kuckuck, hier fliegt das Vögelchen – so der blutbefleckte Demokrat … (Ich verstehe dieses Vögelchen nicht. Jede Nacht trieft er vor Schweiß. In Büscheln steht jeden Morgen sein Gefieder. Ich weiß nicht einmal, was für ein Vogel es ist. Weder singt er, noch springt er umher. Ich könnte ihn herschenken, das aber wage ich nicht. Nicht einmal das wage ich, und dies eben ist mein Kummer.)

Man hat nur eine Mutter

Als der teure Mensch einmal auf Reisen ging, sprach ihn in einem ruhmreichen Dorf eine Bäuerin an, die ihn bitten wollte, ihren rotwangigen Jungen freizulassen; der hatte so gut wie nichts angestellt.

Ihre Rede begann sie mit den folgenden Worten: Gott segne dich, teurer Mátyás, süßer Genosse! Zürne nicht, oh Herr, ich habe die übliche Frauenkrankheit. Ich wünsche ihm gute Gesundheit, mein Teurer. Und die Mutter der (?) Gnädigen, was macht sie? Ist sie bei guter Gesundheit?

Der Generalsekretär antwortete auf alle Fragen wohlwollend, beschenkte die Bäuerin nebst Salz und *Brot* (dazumal war das auf den Dörfern von hohem Wert) mit einem haarigen Baumwollkern, und er bemerkte, daß ihn auf der großen, weiten Welt bislang noch niemand nach dem irdischen Vorhandensein seiner Mutter gefragt habe.

Zwei Wochen später war der Junge frei. Fre – eeei!!!

Rauchschwaden

Eines schönen Tages hatte die Partei die Zigarrenpreise erhöht, um damit die Interessen der Arbeiterklasse und der mit ihr verbündeten Schicht der Bauern zu schützen. (Aber, aber, dieser schleimige braune Nikotinauswurf überall – tönte es verurteilend von der höchsten Stelle.) Der Sekretär wurde von vielen Abgeordneten umringt, und bei dieser Gelegenheit fiel zum besagten Thema manch ein Vorwurf.

Teurer Mátyás, süßer Genosse, wenn das so weitergeht, hören wir mit dem Rauchen auf, denn das ist wirklich mehr als zuviel – murmelten die schmollenden Staatsmänner. Woraufhin Rákosi mit dem ihm eigenen, die Wirkung niemals verfehlenden sarkastischen Lächeln die Reihen der mit dicken qualmenden Zigarren bewaffneten Arbeitersöhne abmaß und lediglich soviel sagte: Raucht nur, qualmt nur – und damit verließ er die Gesellschaft, auf die er pfeifen konnte. Seitdem ist dieser bemerkenswerte Satz als Sprichwort in Umlauf: *Raucht nur, qualmt nur.*

Geben kann es nur, was es gibt

Während einer spannenden Sitzung des Zetka hatte ein Wortführer der demokratischen Selbstkontrolle mit unerbittlicher Stimme wegen der Überschreitungen der Behörde für innere Angelegenheiten sich selbst beschuldigt, indem er sich vorwarf, Individuen in seinem Schoße aufgenommen zu haben, die über unzureichende Ausbildung verfügten.

Rákosi bemerkte daraufhin lediglich: Für *solche* Stellen bekommen wir für *solche* Gehälter keine Päpste. Worauf der interpellierende Genosse von weiteren Attacken lächelnd abließ.

Jucken kann es einen nur dort, wo es juckt

Bei einer anderen spannenden Zetkasitzung mußte Mátyás eine von höchster Stelle zugestellte Schrift verlesen. Als er eben beginnen wollte, griff er mit einer zufälligen Bewegung zu jenem Körperteil (es juckte ihn), mit dem kein Mensch zu denken pflegt, und gleichzeitig las er bereits, Genossen, ein Schriftstück ist eingetroffen.

Matyi, unterbrach ihn nun jemand, es ist doch nicht dort eingetroffen! Jetzt aber mischte sich auch János Barcsi-Balogh in das Gespräch. Da aber gehört es hin!, rief er.

Die Lösung

Aus unerfindlichen Gründen und durch beharrliche Unterminierung der Imperialisten war Rákosi auf der Beliebtheitsliste um einige Punkte gefallen. Nun aber stand Rákosi eben im Begriffe, sich auf eine große Friedenssitzung vorzubereiten, und die Offiziellen unternahmen alles Erdenkliche, auf daß der Empfang einen möglichst glanzvollen Anfang nehme. Genosse Gerö ‹gleichfalls Herr über Leben und Tod, wo es Leben und Tod noch gab› bat Tibor Déry, ihm einen Plan für den Empfang vorzuschlagen, es sollte nicht zu viel kosten, dem Sekretär eine Überraschung bereiten und auch das Volk erfreuen.

Déry, in jedweder Lage bedeutend, zuckte unwillig die Schultern, und wegwerfend sagte er: Ich weiß nichts. Nach einer kleinen Pause aber meinte er: Oder vielleicht doch. Gerö ermunterte ihn mit freudestrahlenden Blicken: Also nun, also?

Wird der teure Mátyás über die Brücke gefahren?

Da.

Geht es also um etwas für jene zwei Säulen bei dem Brückenkopf?

Da, da.

Dann laß an eine von ihnen Mihály Farkas ‹auch ein blutbefleckter Demokrat, später aus der Partei ausgeschlossen, im Gefängnis, von dort entlassen und dann Lektoratsgutachter, folglich Kollege›, und an die andere Säule dich selbst hängen. Das kostet nicht allzuviel, den teuren Menschen wird es überraschen, und auch dem Volk bereitet es Freude. Damit nahm er seinen Hut und entfernte sich.

Ob dieses Gespräch stattgefunden hat oder nicht, kann ich nicht wissen, aber es war allgemeiner Diskussionsgegenstand, und jeder Ungar hörte es gern: Das ist nichts als die Wahrheit.

(Ich schreibe: Es war einmal eine *Frau...*) Eines schönen Tages war die strahlende Jugend, das süße grübelige Lächeln der Ilon Bagits von den Titelseiten endgültig verschwunden, und so war niemals mehr zu beweisen, daß die Arbeiterklasse, die mit ihr verbündeten Bauern, die progressive Intelligenz plus die Volkspolizei – Arm in Arm und so weiter.

So wie die Kapitalisten das Lächeln von den Lippen der in die Zukunft blickenden Arbeiterklasse aus der gegenwärtigen Geschichte vertrieben haben und es fortgesetzt vertreiben, ebenso ist es auch von den Lippen der Ilon Bagits verschwunden.

Was ist geschehen?

Es geschah, daß es einmal ein ganz prima, das heißt ein sehr gehobenes Erholungsheim gegeben hatte. Dies war ein Ort, an dem der Ankömmling schön ward gleich einem Engel, glänzende Sternlein reiften an den Bäumen, unter denselben flossen silberne Quellen einher, weiße Vögelein sangen wundersam, hier war selbst das Rabenkrächzen ein Nachtigallengesang und auch die Zigeunermädel Engel; ein goldener Löwe stand Wache, zwischen goldenen Büschen glänzte das verstaatlichte Feenschloß, in glänzenden Sälen saßen sie bei großen Gelagen auf güldenen Bänken, aßen aus göldenen Tellern mit goldenen Messern und Gabeln Goldstockenten, -truthahn und -ochsen, aufgetischt vom goldbekordelten Volk. – So versuchte die Volksdemokratie sich bei jenen erkenntlich zu zeigen, die ihr treu zur Seite standen. (Auch ich stand zur Seite.)

An dem langen, sandigen, feinen Uferstrand wurde es Brauch, ohne Bekleidung zu baden, durchaus nicht wegen der verantwortungslosen und bürgerlichen Zurschaustellung der Geschlechter, wie das einige gewiß dogmatisch zu nennende Genossen behaupten wollten, denen die Trauben zu hoch hingen und die in einer etwas beleidigenden Weise das hohe Niveau der theoretischen Bildung der Anwesenden ignorierten (ich will nicht leugnen, daß es eine flüchtige Übergangszeit gegeben hatte, die mit einigem Durcheinander einherging, doch bald war wieder alles zurechtgebeutelt), sondern eher, weil alle das so als richtig empfanden: Sie freuten sich, daß die gesegnete Sonne noch ihre verstecktesten Winkel durchfurchte, die Männer freuten sich über die nackten Frauen, und die Frauen freuten sich über die nackten Männer.

Mich hat – denn mit der bedingten Glaubwürdigkeit des unmittelbaren Zeugen und mit dem Verlangen, meine Jugend heraufzubeschwören, kann ich mich hier zu Wort melden – mich hat jene Unschuld, in der wir gegenseitig die Flanken, die Brüste und was alles betrachteten, ein wenig gestört, natürlich fiel mir da Jaspers ein: *die Unschuld: das Unbewußte*, diese überhebliche Natürlichkeit war mir verdächtig, nachdem ich mir nicht damit schmeicheln wollte, schlechter oder verderbter zu sein als die anderen. Nichtdestotrotz liebte ich das Ganze, das Physische, den Geruch von Wasser, von Sonne, von Körper – und selbstverständlich in erster Linie die Frauen, um endlich die Katze aus dem Sack zu lassen.

Ich hatte einen Lieblingsfelsen, meinen Petrus, der gleichsam unschlüssig schäumend über dem Wasser hing, und dadurch schien das mächtige, aufdringliche Monstrum so *freundlich* unsicher, daß man in unbegründetem Hochmut sogar wirklich Angst hatte, ihn zu betreten. Dort verbrachte ich lange meditative Vormittage, mit gespreizten Beinen ließ ich die Sonne auf meine Lenden scheinen, denn der Felsen blickte nach Osten. Es war recht so. Und am Abend, wenn die Sonne schon untergegangen und die Dunkelheit, diese schwarze Genossin, vorsichtig erschienen war, gab ich dem natürlichen Druck von dort aus nach, im großen Bogen pißte ich lange ins Nasse: uns gegenüber das unendliche Wasser und in der Ferne, weit in der Ferne, so daß man schier nicht daran dachte, das verworrene Stelldichein von Firmament und See und dem allen quasi gegenüber, in der Nähe, unter dem Fußballen das rauhe Gestein, in das wir uns, den Affen gleich, festkrallen wollten, wir: *Engel und Affe*, die Füße beben, das Beben schnellt bis zu den Lenden hoch, der Harnbogen bricht für einen Augenblick, er ist nicht mehr vorhanden, doch dann weiter! weiter!, und in diesem gesteigerten Augenblick erscheint dem etwas gerührten Sinn das entfernte, solide Plätschern: wie fortgesetzte Nachdenklichkeit, die mit der Welt verbindet.

Genau das ist es, wovon Frauen keine Ahnung haben.

Das Gelände war von der Außenwelt durch einen Stacheldraht abgetrennt. Um schon die Ankunft delikat zu gestalten, hatte die Direktion den überaus feinen Einfall – damit durchkreuzte sie die aus dem Nichtvorhandensein keimenden, sich räkelnden objektiven Schwierigkeiten –, jene, die sich nach der Erholung sehnten, mit einem *Ozeandampfer* in das Erholungsheim zu bringen. Es gab eine große Betonmulde, darin Salzwasser, und darin lag ein befestigtes Boot; es war eine heitere Tour.

Der Fischer brachte einen billig hinüber. Er war ein hochgemutes Kerlchen, ein Seebär mit goldenen Zähnen, *Branko*, er hatte einen Sinn für Scherze, seinen See nannte er einen Potemkin-See, tatschte den Frauen auf den Hintern, und sie lachten laut, wenn er sie flüsternd aufmunterte: »Gnädige, liegt er denn da draußen, hängt er hinaus, mein Potemkin?, halb so schlimm, dann steck ich ihn wieder ein.« Dieser Branko war wie ein tätschelnder Kutusow: bis auf Mark und Bein und zutiefst ruhig, und er *begriff* auch etwas. (Übrigens hatte man sein Boot in den sogenannten Konzeptionsprozessen, um es so zu sagen, billig verwertet, via Tito.) Um den öffentlichen Fahrplan, der aus Moskau geschickt wurde, kümmerte sich Branko keinen Schmarrn, beziehungsweise er kümmerte sich einen Schmarrn darum, um diesen mit vielen roten Sternen geschmückten Plan, der die Orientierung erschwerte (woher und wohin, Sommer- und Winterplan), er legte ab, wenn genügend Leute beisammen waren, meine Liebden, lächelte er, recht wenige seid ihr. Ihr werdet noch viele sein.

Das Boot sah nicht eben sportlich aus, der Bug war »rundlich wie der der süddeutschen Frauen« (Branko), doch als wir loslegten und Branko den Johnson ein wenig herauszog (den gab es damals noch, später hatte man einen aus Kuibyschew bringen lassen, und man muß ehrlich sagen, daß auch der nicht schlecht war, aber vielleicht nicht gar so gut), reckte es sich wie ein Streithengst, und wir jagten davon, so daß unser glanzvolles Haar im glanzvollen Wind brauste, und wenn wir unsere Hände ins Wasser hängten, sprühte das Wasser hoch über das Boot, in den Wassertropfen brachen sich die Lichtstrahlen, die über dem Meer stets kraftvoll und rein sind, und durch die Regenbogenfarben verwandelte sich das hochgesprengte Wasser in ein buntes, geschmücktes Zelt! Wie kann man das mit dem Horthy-Regime vergleichen! – dachten wir glücklich, und in unseren Augen glänzte die alte Munterkeit. (Siehe auch unter dem Titel: »Das Elend der osteuropäischen Kleinstaaten«.) (Nach einer Weile benahmen sich die Fahrgäste im Boot, als seien sie Bekannte, aber ich habe auch beobachtet, zuallererst an mir selbst, daß sie einander *forschend beschnüffelten*, sie schauten einander nicht ins Gesicht [Schwert gegen Schwert], auch nicht ganz trivial zu den Lenden, sondern zu den Biegungen der Schultern, in den Tunnel eines weiten Hemdes oder auf einen rätselhaft verschwindenden und hervorblinkenden Ellbogen.)

Branko war vom ständigen Sonnenschein braun gebrannt, und das war etwas anderes als unser – obschon ansehnliches – Modebraun, sein Gesicht war von Salz und Meeresluft hart gegerbt, unentwegt ließen die stimmlosen Lüfte sein falbes Haar flattern; auf dem Rückweg zog er manchmal eine gemütliche Ehrenrunde, streckte den Bauch vor, tat, als würde er ernsthaft salutieren, was die am Steg Verbliebenen mit eifrigem Winken beglichen. In solchen Augenblicken verschönerten sich die Brüste der Frauen, und lang erzitterten sie. (Ein Mann: »Wenn Ilon auf allen vieren über mir steht, hängen die Kuppeln ihrer Brüste herab, abwärts; kräftig schüttelt sie ihren Hintern, die Brüste schwingen, zwischen ihren Beinen hängt das Haarwurzelwerk, und sie wirft einen rätselhaft zarten Schatten gegen die Wand.«) Beim Aussteigen betastete er die Frauen nochmals ein wenig, während er vor sich hinsprach: »I destroy, I destroy, I destroy –«

Ich glaube, er verachtete unsere Nacktheit, mit uns sprach er in einer merkwürdigen Dienerüberheblichkeit (wollte er etwa fühlen lassen, daß wir die herrschende Klasse seien?), gerne behauptete er, daß alles auf das gleiche hinauslaufe, aber er verriet nie, wohin es laufe, Rätselfragen löste er niemals, und was der Unterschied zwischen *viel* Wasser und dem Meer betraf, da winkte er nur ab; oft sagte er, »es stöhnen alle Büsche«, und dann stöhnte er tief auf, als sei auch er ein Busch, seine baumwollene Trachtenhose hatte er nur einmal runtergelassen (»für einen Seemann ziemt sich das nicht; sonst grollt das Meer«), er hatte ein enormes Werkzeug, nur am Sack konnte man das Ältliche einigermaßen erkennen; wir Männer klopften ihm stürmisch auf den Rücken, als hätte er sich, um es so zu sagen, für uns eingesetzt, und die Frauen sagten einander mit kribbeligem Lachen »laß dir nur gesagt sein ...« – Während der Prozesse schwand er dann auf tragische Weise dahin. Da gibt es keine Ausreden. (Und die Eingewiesenen krauchen seitdem fluchend durch die inzwischen zweckwidrige, zum Fürchten trockene Betonmulde...)

Zu den sommerlichen Stammgästen zählte nicht nur Ilon Bagits, sondern auch Gyurka Nagy, der im ganzen Land bekannte Direktor. Dieser sehnige Arbeiter, den man von der einfachen Drechslerbank weg und hinangehoben hatte, war jener Haudegen aus dem Außenbezirk geblieben, der er vorher schon gewesen war. Anfangs hatte er es sich erlaubt, von den Konferenzen einfach fortzulaufen, ohne jeden Gruß haute er ab und stürzte in die Werkstatt, um einmal ordentlich zu schuften. Das fehlt mir, sagte er schulterzuckend, wenn man ihn vorsichtig befragte. Später sah er ein, daß die Direktorenarbeit doch aus etwas anderem besteht, und schön Schritt für Schritt führte er jene auf Verstand, Ehrgeiz und eigenen Qualitäten beruhende Art des Draufgängers in den Betrieb ein, die er von den Ufern des Rákosbaches mitbekommen hatte. – Es bleibt eine andere Frage, ob die Zeit damals für dergleichen schon empfänglich war.

Wie auch immer, Gyurka Nagy hatte sich angewöhnt, in aller Herrgottsfrühe am Sandstrand in den Dünen entlangzulaufen. Die Sonnenstrahlen schlugen bei ihm unerbittlich an, schon am ersten Tag sah er wie ein Zigeuner aus. Schoko war ehemals sein Spitzname; und einmal, als Elemér Orbán, der in Ungnade gefallen war, mit den nervös schneidigen Schritten der in Ungnade Gefallenen den Fabrikhof überquerte, rief er zum Gyurka Nagy hinüber, der schmuck von Ministerialgenossen umringt war: Servus, Schoko!, was zum Lotus suchst du in diesem Bordell? Gyurka Nagy befreite sich aus dem charming Kreise, und indem er seinem alten Kumpel auf die Schulter schlug, brach er in Lachen aus. Er sagte: Ich bin die *Madame*.

Er war so braun, daß jemand, der seinen schmalen, zähen Körper auf einem weißen Leintuch erblickte, sich geblendet fühlte. Hinzufügen muß man (hauptsächlich wegen der Blendung), daß Gyurka einen mächtigen Stab besaß – wir Männer klopften ihm stürmisch auf den Rücken, als hätte er sich, um es so zu sagen, für uns eingesetzt, und die Frauen sagten einander mit kribbeligem Lachen »laß dir nur gesagt sein…« –, stark und breit wie ein Heuschoberstab, den die blauen, dick heraustretenden Adern wild umringten, Misteln gleich, beinahe schnürten sie ihn ab. – Die Volkssprache, beziehungsweise die Sprache der Erfahrung, unterscheidet zweierlei Stäbe: den Blut⁓ und den Fleisch⁓. Es ist einleuchtend, worauf dabei gezielt wird, um Werturteile geht es nicht, selbst im intimen weiblichen Sprachgebrauch geht es nicht darum, es handelt sich um eine Sachbezeichnung; obwohl den Fleisch⁓ eine – unverdiente – Bewunderung umgibt, was vielleicht von einem verständlichen Mißverständnis herrührt: Denn wer weiß, am Ende… wächst er noch – oder seinem Wesen nach wird der Fleisch⁓ als ein großes Stück Blut⁓ begriffen. Nun: der des Gyurka Nagy war ein klassischer Fleisch⁓.

Im Schoße des reizvollen Haines, den man mit Hilfe von Tannenanpflanzungen geschaffen hatte, versteckten sich tschechische Importholzhütten, und in solch einer wohnte Gyurka Nagy, in einer anderen aber Ilon Bagits. Ich habe vergessen, darauf hinzuweisen, wie entsetzlich das Erwachen des Gyurka Nagy vonstatten ging; es war ein beinahe tierischer Schrecken, mit dem er in den beginnenden Tag eintauchte, zunächst winselte er wie ein Kind, dann begann er mit derartiger Kraft in einem scharfen, hysterischen Ton zu schreien und zu kreischen, daß man anfangs die Wache entwarnen mußte; allmählich beruhigten sie sich alle.

Nur Ilon nicht. Sie nämlich wachte gleichzeitig mit Gyurka Nagy auf, drückte ihre Stirn (keine schwebende Stirn etwa) gegen die kühle Fensterscheibe und betrachtete das Wasser, während sie sich faul kratzte, wie nur Frauen sich am frühen Morgen kratzen können. Bald nähert sich unsere Geschichte ihrem Ende. Der See hatte damals noch jenen besonderen Schimmer, welchen man heute als Tourist oder Ureinwohner vergeblich sucht.

Der Rücken des Wassers, flüsterte das Mädchen vor sich hin, nackt spazierte sie zum Ufer hinaus, betrachtete die aufsteigende Sonne, den »Rücken des Wassers«, und in der dunstigen Frische erschauderte sie. Gyurka Nagy lief den morgendlichen Sand entlang, ab und an stapfte er wie ein ungestümer Welpe in das seichte Wasser, manchmal spritzte er im Sprinten Wasser und Sand hoch. Der Schatten loderte wie schwarzes Feuer an Bagits vorbei; das große schnaufende Etwas zwischen den Beinen des Mannes war irgendein unabhängig gewordenes Wild oder eher noch: ein entsetzlicher Schatten! (Unausbleiblich mußte einem einfallen: Wessen Schatten? Was für eine Angst ist das?, hätten wir einander gefragt, wenn wir keine Angst gehabt hätten.)

Ilon schaute dem Mann, der ihr keinerlei Aufmerksamkeit schenkte, lange nach, bis dessen bloßer Hintern zwischen den sachten Hügeln entschwunden war. Anderntags gesellte sich Bagits wortlos zu ihm, und er nahm zwar immer wieder Anlauf, als hätte er sie abschütteln wollen, doch das Mädchen ließ nicht nach, obwohl sie das Tempo kaum mithalten konnte, dann begannen sie plötzlich zu schwitzen, sie keuchten häßlich. Als sie die Lebensbäume neben dem Zaun erreichten – in dem losen Sand konnte man die wilden Wendungen von Gyurka Nagy gut erkennen –, hatten sie sich gegenseitig umgeworfen, immer noch ohne ein Sterbenswörtchen, und es gab nur dieses

Schwitzen und das Keuchen. *»Gut«*, sagte Gyurka Nagy, *»gut«*, sagte Ilon Bagits. Mehr haben sie im ganzen Leben nicht miteinander gesprochen.

Die Karriere war natürlich futsch. Die Fotoleute mochten sich mit dem wohlmeinend schrecklichen Gekicher der Hasplerinnen dort tagelang geplagt haben. Ich habe es nicht bedauert, in meinem ganzen Leben werde ich es nicht bedauern, sagte Bagits. Gyurka Nagy hat diesbezüglich nichts gesagt.

Come on baby, light my fire II

Es war ein schrecklich kalter Winter: 1952 vielleicht. An einem kalten, windigen, jännerlichen Tage rasten zwei Personenkultivierte per Privatwagen des Personenkultes in die Stadt. Ihr Weg führte an den Zigeunerzelten des Römerufers vorbei. Durch den Spalt eines Zeltes blinzelte ein alter Zigeuner auf den Weg hinaus und zog an seiner Pfeife. Einer der Genossen, der zeigen wollte, daß sie beide aus dem gleichen Holze geschnitzt seien, paffte den Alten an: Irrsinnig kalt ist es, nicht wahr, Zigeuner!

Du wirst es wissen, du bist ja draußen, antwortete jener einsilbig.

Es war einmal I

Es war einmal ein Stasi. Er war ein einsamer Einzelgänger, der, wenn ihn seine zu seinem Arbeitsbereich gehörenden Pflichten nicht riefen, das Haus tagelang nicht verließ, still sinnend saß er in seinem Lehnsessel, las, machte Notizen, und wenn er sich endlich aufraffte, legte er seinen eleganten Überzieher an, und mit schwerem und heiterem Herzen spazierte er zum nahen Donauufer hinab, in die Gegend der alten Fährstation.

Erst warf er Steinchen ins Wasser, und zufrieden betrachtete er die kreisenden Kreise; als er dessen überdrüssig wurde, ließ er flache Steine springen, und in diesem Spiel konnte man ihn bewandert nennen. Dann wurde er auch dessen überdrüssig. Er schlenderte weiter, mit den Hausbesitzern der Ufergegend ließ er sich auf Gespräche ein, sie sprachen über das Wetter, über Mückenvertilgung, vom Wasserstand. Er kaufte Lángosch, denn hier legte man auf diesen heißen, in Fett gebackenen Salzteig Paprikaringe und Tomatenscheiben, was er besonders mochte, und anderswo bekam er dergleichen nicht; den Frauen machte er Komplimente, überreichte ihnen gestohlene Fliederzweige mit falschem Lächeln, und offensichtlich gefiel ihnen diese kleine Zweideutigkeit. Später ging er mit einem kleinen Umweg nach Hause.

Manchmal besuchten ihn seine Freunde, worüber er sich sehr freute. Nun saßen sie auf der Terrasse, der Gast auf dem quietschenden, geflochtenen Korbstuhl, er hingegen auf dem unbequemen Hocker, was er allerdings (außer, was seinen Hintern anbelangt) gar nicht als unbequem empfand, mit der Eitelkeit und der merkwürdigen Überheblichkeit eines Jüngers saß er beinahe zu Füßen seines Gastes – bis zur Dämmerung, wenn die Mücklein sie nämlich in die Stube zurücktrieben.

Und die Nachbarin, eine prachtvolle, alterslose Person!, brachte ununterbrochen Häppchen, angefangen von raffinierten Mayonnaise-Schöpfungen bis zu den verschiedensten rustikalen Broten, sie schleckten den Nachmittag lang herum, doch fühlten sie sich dabei weder aufgebläht noch verstopft, nein, im Gegenteil, sie verspürten einen verantwortungslosen und um eine Spur aggressiven Hunger, so daß sie schon ungeduldig auf die abendliche Überraschung warteten, was dann nichts anderes war als irgendein nach den Rezepten des Stasi zubereitetes

Kürbisgemüse, aber was für eines, davon hing die Überraschung ab. – Weitaus am besten war das mit Majoran, aber es gab auch Kürbis mit Dill, mit Wacholder, auf »ungarische Art« und wer weiß, was sonst noch.

Solche Nachmittage waren still, es waren schöne, kleine, gute Nachmittage, und wenn seitens des Stasi beim Abschiednehmen auch nur irgendein Hauch von Traurigkeit auftauchen mochte, dann war das vermutlich unvermeidbar und bedeutete nur, daß etwas zu Ende gegangen war, was zu Ende gehen mußte.

Bei einer Gelegenheit sagte einer der Abschiednehmenden: *Abschied nehmen heißt ein wenig sterben.* Der Stasi hob seinen Kopf, er wußte, er lebte in einer Welt, wo alles geschehen konnte, aber nie hätte er gedacht, daß dieses »alles« auch im Zusammenhang mit seinen Freunden stehen konnte. »Du mißverstehst mich«, sagte jener plötzlich, und das war nun wirklich der Fall. »Vorgestern nämlich erschrak ich ‹Selbstzensur› ungemein, denn als ich dort war, hörte ich deinen Namen, mit zaudernder Stimme ausgesprochen, und du weißt, was zur Zeit eine solch zaudernde Stimme bedeutet.«

Unter seinem Schnurrbart begann der Stasi zu lächeln, pfeif drauf, Kumpel. – Manchmal, während der langen Nachmittage, wahrscheinlich wegen der Sonne, die schräg auf ihn fiel, bekam er Kopfschmerzen. Es flimmerte ihm vor den Augen, er betastete seine Augäpfel, als würde er den Schmerz greifen wollen. Sobald er aber schlief, war es damit immer vorbei, und das hielt er für einen Segen...

Es war einmal II

Es war einmal ein Stasi, der bei all seinem unendlichen Geiz ein für allemal in dem Rufe stand, ein parteitreuer Mann zu sein.

Diese zwei gegensätzlichen Eigenschaften der Seele brachte er mit Hilfe der anfangs bestehenden Kontrollordnungen solcherart in Einklang, daß er neben seinem Schreibtisch auf einem anderen Tisch eine ausgehöhlte Stalinstatue stehen hatte, sie war gleichsam skalpiert. Im Sitzen warf er die einfließenden Gelder dort hinein.

Bei welchem Unterfangen ein Teil des Geldes unweigerlich neben die Statue fallen mußte.

Bevor er sich dann auf den Weg machte, brachte er die Einnahmenotizen mit dem Inhalt der Statue in Übereinstimmung, und nie versäumte er, seiner Verwunderung Ausdruck zu verleihen, woher *zum Henker* dieses Geld auf den Tisch gelangt sei?

Während er die so vorgefundenen stabilen neuen Forintstücke zusammenkehrte, erklärte er sich: Dem Kaiser gab ich, was des Kaisers ist.

Das kalte Grausen

Noch bliesen unsere blühenden Winde, noch war der riesige Importventilator nicht abgeschaltet worden!, es geschah am Sternberg, unweit des Heiden-Turmes, der Bezirksvorsitzende feierte seinen Namenstag. (Er hieß Franz, doch hielt er den Namenstag an Peter und Paul: aus purer Wachsamkeit.) In seinem ungarischen, gastfreundlichen Hause hatte er neben der Prominenz der Umgebung einen Stasi-Oberleutnant eingeladen, von dessen unerschöpflichem Humor die Chronik manch einen Fall zu berichten weiß. Nach dem Abendessen tätschelte er sein Mäppchen, das aus seiner Tasche hervorschaute.

Genossen, nun folgt der Hauptgang.

Gesagt, getan, und indem er unbekannte Schriften präsentierte (über die amerikanische Rinderzucht und das pikante Würzen von serbischen Speisen), ließ er sich das, was er da mit großem Redeschwall vorlegte, auch auf der eigenen Zunge zergehen. Eine Riesengaudi war es für die Genossen, die seltenen Leckerbissen zu beäugen, stürmisch lobten sie das Schrifttum, die Wortwahl, ohne zu ahnen, welch grausamen Scherz sich der Oberleutnant, der sich auf die analytischen Lobeshymnen gleichfalls eingelassen hatte, hinter seinem großen Schnurrbart ausheckte.

Anderntags, am frühen, grauen, klammen Morgen baten zwei Stasi-Chargen in Ausgeh-Uniform um Einlaß. Der aus seinem Schlaf geschreckte Vorsitzende sah einen ursächlichen Zusammenhang zwischen dem frühen Besuch der Stasis und den kürzlich erhaltenen Schriften, und in seiner Angst – denn die Angst hatte sich mit ihrem ungeheuren Arsch mitten ins Land gesetzt – hatte der Arme, noch bevor die Stasis hereingelassen wurden, die teuren Schätze restlos den Flammen überlassen.

Während die Papiere im Feuer verschwanden, stand der Mann vernichtet daneben, und plötzlich, um Jahre gealtert, senkte er seinen Kopf. In seinem Brustkorb fühlte er einen Druck, als wären seine Bronchien mit einem sehr lastenden Stoff gefüllt. Es fiel ihm schwer, Luft zu holen, seine Lippen waren aufgesprungen, und zugleich bildete sich ein weißlicher Belag in den Mundwinkeln; seine Hand glitt am Pergamentgesicht entlang, entsetzt empfand er das pedantisch rasierte Gesicht als unrasiert, die Knochen bewegten sich falsch, sie bewegten sich, als ob. Ging es um seine Vergangenheit oder vielleicht um den gesamten wankenden bürgerlichen Moralkodex und dessen linke Färbung? Als er an seine Augen langte, fühlte er etwas Klebriges, er konnte nicht weinen. Seine Nasenflügel bebten, *Altersgeruch,* er meinte den Zerfall der Moleküle zu fühlen. »Ich bin alt«, er sprach es laut aus, klirrend berührten sich seine Lippen; in der Luft flogen schwarze Ascheteilchen vorbei.

Die sanftmütigen jungen Stasis drangen dem Befehl entsprechend herein, sie salutierten nach Soldatenart, und im Namen der Abteilung brachten sie dem teuren Franz, dem lieben Genossen, aus Anlaß seines köstlichen Namenstages ihre Glückwünsche zum Ausdruck. Sanschain!

Wollt ihr Sklaven sein?

Unter den wortführenden Individuen hatte der Metzger János Besze das lauteste Organ. Wenn er erst einmal zu reden begann, dröhnten die Wände. Seine hervorragenden Fähigkeiten als Volksredner wollte sich auch unbedingt das Machtkomitee Wanda Wende (sic!) dienstbar machen, und zu diesem Zweck wurde János Besze beauftragt, von den Stufen des Nationalmuseums herab der spontan sich ansammelnden Menge eine Rede zu halten. Besze ließ sich auf dieses Unternehmen bereitwillig ein. Er stellte sich auf die oberste Stufe – seine kupferrote Nase leuchtete weithin, sein einfaches kariertes Hemd, das er wochenlang nicht auszog, wurde vom Wind immer wieder aufgebläht – und ließ sein schmetterndes Organ ertönen. *Wollt ihr Sklaven sein?* Die Menge wartete nicht das Satzende ab, sondern donnerte einstimmig zurück: *Ja, das wollen wir! Ja, das wollen wir!* Die Rede war zu Ende.

Spiel nicht!

Das war eine traurige ungarische Welt in den fünfziger Jahren, doch die Jugend – denn die Jugend ist eben so: so hitzig, süß, ungestüm, so verspielt, so zerbrechlich? – überließ sich zuweilen dennoch unter Tränen irgendeiner geringen Fröhlichkeit. So amüsierte sie sich einmal beispielsweise während eines Balles im Kulturhaus auf dem

Sternberg. Der Zigeuner spielte irgendein ausländisches internationales Stück, woraufhin einer der Jugendlichen abwinkte:

Spiel was für mein ungarisches Herz!

Daraufhin sprang der alte Genosse Paul Korniss auf, den die Gesetzesverletzungen und der Personenkult schier verzehrten – was war aus seinem Kindheitstraum geworden, wozu war sein zwanzigjähriges Ausharren, wozu war seine Treue gut gewesen? –, er sprang auf den Tisch, und während seine Augen feucht wurden, schrie er den Primas an: Spiel nicht! Es *spielen* schon genügend mit ihm!

Der Empfang

Die Familie Leiben ist nun ausgestorben. Der letzte Leiben, ein vornehmer, vermögender, unbeweibter Mann, wohnte in der Gegend der Stalin-Brücke. Er war gastfreundlich und verfressen. (»Einverleiben«, so pflegten die Bekannten ermutigend zu zwinkern, sobald sie die unglaublichen Mengen von Speisen sahen; und was die Kollegen betraf, wenn der flinke Wind von einem entlegenen Gelände menschliche Achlaute herbeiwehte, nickten sie und sagten: »Leiben geht ran ans Einverleiben«; als aber später Leiben einverleibt wurde, war es mit derart viel gemeinsamen Schmerzen verbunden, daß die Wortwitze, mittelmäßig treuen Kötern gleich, allmählich zurückblieben...) Beinahe schon mit Gewalt hatte er die in der Gegend (das war z. B. die Schiffswerft) promenierenden Werksleute abgeschleppt; doch wer auch immer kam, er wurde mit beharrlicher Liebe aufgenommen. Im übrigen, da er keinerlei Nachfolger und auch keinen entfernten Verwandten besaß, erbte Ungarn, beziehungsweise der Warschauer Pakt, sein gesamtes Vermögen!

Einmal saß man gerade beim Mittagstisch, nach einfallsreicher Art gab es Kürbisgemüse mit panierten Auberginen, derweil plötzlich ein Stasi eintrat: Sang- und klanglos warf er sich auf einen Stuhl, zog die Schlüssel an sich, sagte weder Guten Tag noch sonst ein Sterbenswörtchen, und unerbittlich begann er zu essen. Bald glänzte sein Gesicht vom Fett (denn vom Vortage war Bratensaft übriggeblieben, der wurde dann aufgewärmt auf den wacholdergewürzten Kürbis geschüttet). Leiben und die Gäste betrachteten den Stasi staunend. Als er sich so recht mitten im Essen befand, sagte ihm Leiben:

Wie bist reinkommen, Bruder?

Na, durch das Tor, erwiderte jener mit vollgestopften Backen und mit Stasiselbstvertrauen, mit dem Glauben, der aus seiner auserwählten Lage erwuchs, den er seiner Rolle zugute kommen ließ und den jenes Bewußtsein nur nähren konnte, daß, wo auch immer sie auftauchten (in Fabriken, Werken und in Ämtern, Büros und Ministerien, Kolchosen, auf Staatsgütern, in Genossenschaften, auf der Straße, auf Betriebsfeiern oder bei familiären Zusammenkünften), die Menschen erschauerten, die Sprechenden senkten ihre Stimmen, und sie warfen einander merkwürdige Blicke zu. Der Haßbegriff war ihnen nicht unbekannt.

Kannst nochmals reinkommen, setzte Leiben gefaßt ein, dann, nach einer listigen kleinen Pause, meinte er: wenn ich dich hinauslasse.

Wie denn nicht?

Gut, Kumpel, wenn du ein zweites Mal hereinkommst, wirst dir aus meiner Kollektion die schönste Auszeichnung wählen können, obwohl das sogar Bruder Ignác Pioker ‹ein echter Stararbeiter, sog. Stachanovist› neiden würde.

Es gilt!, so der Stasi.

Sie beendeten das Mittagessen. Den Stasi bugsierten sie hinaus, gleichzeitig ließ Leiben seine vier fürchterlichen schlampigen Hausbewacher-Kommondore von der Kette. Dann jedoch rief er zum Stasi, der jenseits des Tores wartete, hinüber: Wir wissen, Warten macht unmoralisch, komm nur herein!

Der unbekannte Bekannte öffnete das Tor, zog in diesem Augenblick seine Ausgehmütze mit flachem Teller nach russischem Schnitt über die Augen, ließ sich auf alle viere fallen und begann einwärts zu taumeln, wobei er eigenartig nasale Hummlaute von sich gab. Als die vier Hunde diese unmögliche Gestalt erblickten, sprangen sie schnell davon.

Der pfiffige Stasi hatte die schönste Auszeichnung erhalten, die Leiben von ihm dann lachend mit hübschen Forintstücken zurückkaufte.

Wo drückt der Schuh?

Genosse Attila F. war ein schwieriger Mensch mit verschlungenen Gedanken. Deshalb wollten sich die Bauern bei der Felderzusammenlegung in gar keiner Weise mit ihm einigen. In Wirklichkeit hatten sie Angst vor seinem Verstand. Dieser Zustand war zu guter Letzt auch dem alten Stasi peinlich, und bei passender Gelegenheit wandte er sich in bittendem Ton an die Bauern: Meine lieben Söhne! Warum wollt ihr euch nicht mit mir einigen? Ich habe doch immer *euer Bestes* gewollt!

Daraufhin ergriff ein alter Ungar das Wort: Das ist es ja gerade, teurer Attila, lieber Genosse...

Dichtung und Wahrheit

Unsere jungen Stasis – die wegen der Auflagen der Kasernenordnung im allgemeinen zu mehreren in einem Zimmer wohnten (schwere Männergerüche, die einfachen, perversen Spiele der Gemeinschaft, dumpfe Nächte und so weiter) – hatten in ihren freien Stunden im Zuge gegenseitiger Schäkereien manch einen Scherz ausgeheckt.

Einer der ledigen Stasis aus Neupest hatte sich einen Kanarienvogel angeschafft, welcher Vogel allerdings, Gott weiß warum, keinen Ton von sich geben wollte, er schwieg wie ein Grab, daher entledigte sich der enttäuschte Besitzer schnell des kleinen Viechleins. Also wanderte das wortkarge Geflügel von einer Hand zur anderen, bis es für eine lächerliche Summe in den Besitz von einem Burschen namens Peter Karmazsin gelangt war. (Derselbe war es übrigens, der Glasmalereien besonders mochte, na ja, und auf Fayenceteller gewaltige Phalli zu pinseln pflegte, wobei er natürlich derart große Teller zu beschaffen wußte – daß die Bewunderer bis von Kiew kamen.) Seine Leidensgenossen hänselten ihn oft, wie man solch einen Vogel halten könne. Einen Wert hätte der nur, wenn das Schweigen tatsächlich mit Gold aufzuwiegen wäre.

Der Heiterkeit wegen kauften sie zwei Zuckereier in der Größe von Kanarieneiern, und eines von diesen plazierten sie im Käfig. Den vom erschöpfenden Dienst zurückgekehrten, ahnungslosen Stasi traf unaussprechliche Freude, prompt vergaß er die fachlichen Ärgernisse des Morgens und seine Wut, und mit vermehrtem Eifer sorgte er für den Vogel.

Anderntags waren es bereits insgesamt zwei Eier! Worauf seine Freude sich steigerte. Hm. Zwei Eier! So folgerte er für sich. Ergo habe ich die Aussicht auf zwei Kanarienvögel. Dafür werde ich eine hübsche Summe erhalten, und am Ende kann ich auf einen guten Gewinn hoffen. Zur Ehrenrettung der Staatssicherheit soll aber gesagt sein, daß auch der Vogel auf den Leim gegangen war, indem er die zwei Eier treu auszubrüten begann.

Nach einer Weile waren die »Verschworenen« (dies

natürlich muß man in Anführungsstrichen verstehen; siehe auch unter dem Titel »Eine Enthüllung«) einen Schritt weitergegangen, und auf dem sowjetischen Schiff, das im Hafen vor Anker lag und auf dem man jeglichen Schnickschnack kaufen konnte, angefangen von Matyó-Püppchen und dem Vitéz Janosch bis zum Taschenfeitel, kauften sie zwei künstlich hergestellte Kanarienküken aus Holz. (Übrigens hatten die sowjetischen Matrosen, als sie von dem Plan erfuhren, schallend gelacht.)

Der Stasi, der in der Früh, bis auf die Haut durchnäßt, müde und mit grauem Gesicht vom Dienst zurückkam – kein Mädchentraum –, war vom unklaren Bild, von der Dunkelheit des Zimmers irregeführt, und er begrüßte die winzigen Ankömmlinge mit überwältigter Freude, und im Geiste klirrte er bereits mit den klingenden Münzen, die er für die Vögel in die Tasche stecken würde.

Dann schlüpfte er in die Rolle eines fachmännischen Vogelzüchters und schaute nach einem Käfig. Er kehrte mit dem kleinen backschüssel-ähnlichen Käfig zurück und ging behutsam an die Arbeit, um die zierlichen Faktoren seiner zukünftigen Wirtschaftspläne in ihr neues Heim zu übersiedeln. Die Kleinen, die theoretisch hätten schnaufen sollen, nahm er in die Hand, und unwillkürlich betrachtete er sie näher.

Was zum Kuckuck?

Das paßte nicht in den Schädel des guten Stasi. Jetzt fiel der Schleier von seinen Augen, und während er sich in den Reihen der befreundeten Genossen umschaute, die sich lachend um ihn aufgestellt hatten, schrie er mit der Wut eines verletzten Tigers:

Wer hat das getan?

... Natürlich aber war für den Streich niemand verantwortlich, vergeblich argumentierte unser Freund, daß jemand, der den Mut hatte, etwas auszuhecken, auch den

Mut aufbringen sollte, es auf sich zu nehmen. In seiner verständlichen Empörung griff er nach den unschuldigen Scheinküken, und noch im selben Augenblick schleuderte er sie zum Fenster hinaus. Geht mit Gott! Sie flogen und flogen ...

(Ich verstehe dieses Vögelchen nicht. Jede Nacht trieft er vor Schweiß. In Büscheln steht jeden Morgen sein Gefieder. Ich weiß nicht einmal, was für ein Vogel es ist. Weder singt er, noch springt er umher. Ich könnte ihn herschenken, das aber wage ich nicht. Nicht einmal das wage ich, und dies eben ist mein Kummer.)

Zahlen wir drauf!

Der gute Wirtsherr Gedeon Magyar war mit allen Wassern des Bauerngeizes gewaschen. Mit dem Frühlingseinbruch наступила осень (nastupila osenj) nämlich wollte die Maiskolben vom vergangenen Jahr auch einmal gewendet werden. Einen Dreh hatte er sich ausgedacht, der Ränkeschmied, und wie wir sehen werden, bald wurden zwei daraus; namenlos hatte er Anzeige erstattet, der gemäß im Kornspeicher des Gedeon Magyar Unmengen von *** versteckt waren.

Die amtlichen Leute kamen, grüßten, schaufelten den Kukuruz um, und selbstverständlich fanden sie nichts. Der Bauer, der den ganzen Vorgang ruhig mitangeschaut hatte, dankte mit dem frömmsten Gesicht für die »liebenswürdige Hilfe der Herren« und ermunterte sie zu einem Gläschen Wein, damit sie den Staub, der sich auf ihre Kehlen gelegt hatte, runterspülen konnten. Die amtlichen Personen dankten für die Einladung mit säuerlicher Miene, und eilig verließen sie den Schauplatz ihrer Niederlage.

Ein weißer Mann vergißt nie. Und als einmal, nach Monaten, der amtliche Mensch in Zivil einem *** verkaufenden Mann begegnete, kam ihm eine teuflische Idee. Ja, er solle es da- und dorthin bringen, aber nicht sagen, wer und warum er es schickt.

Die Visite erschien noch am selben Nachmittag. Dem Bauern, dem dieser neuerliche Besuch die Sprache verschlug, gab man kurzerhand kund:

Genosse. Das neulich, das war umsonst. Jetzt werden wir aber alles in Ordnung bringen.

Nun, sagte unser überschlauer Mann, indem er sein Nacken kratzte, wo die Wunden bereits zugewachsen waren, nur noch die Lücken im Haar zeigten die schrecklich schwindende Zeit, nun, sagte er, nachdem er sein Salär bezahlt und die Gefängnisstrafen alle abgesessen hatte: Ich glaube, *Herausforderungen* sind doch nicht gut.

Ausräuchern

Mit Sicherheit kann man behaupten, daß István Medve unter jener Ära mit den ausgef. Erinnerungen schwer gelitten hatte. Als damals die Veron Bagits, diese Jenseitsplage, ihn verlassen hatte, übermannte ihn der Kummer. Seine Haare ließ er kurz schneiden, dadurch rundete sich sein Gesicht, die nußbraunen Augen lagen tief in den Augenhöhlen, wie in einem zutiefst tiefen Brunnen. »Aus István strömt die Traurigkeit wie aus einem geschlagenen Hund.« Solche Dinge sagte man ihm nach, wenn er plötzlich und unerwartet die Gesellschaft um Nachsicht bat und sich schnell auf den Heimweg machte, und wenn einer der guten Freunde ihn gerade aus der bestehenden Freundschaft heraus nicht schonen wollte, verschanzte er sich traurig und sachlich hinter seinem gekippten Zuckerspiegel.

Vor seinem inneren Auge beschwor er den freundlichen Druck von Verons rechter Hand herauf, den Klang ihrer

Stimme, den zuversichtlichen Glanz ihrer heiteren Augen und ihr gutes Lächeln, er erinnerte sich an jene tiefgehenden Gespräche, als er, István, bereits geglaubt hatte, er habe alles erzählt und Veron ihm trotzdem leise Fragen stellte, ihre Fragen waren kurz, es waren beinahe Stammsätze, mit deren Hilfe sich allmählich herausstellte, daß István nicht alles erzählt hatte, die Worte der Fragen und Bemerkungen durchleuchteten die dämmrigen Nischen des zuvor Erzählten, und dann begann Veron zu erklären, sie erklärte: was István gesehen hatte und warum er das, was er sah, so gesehen hatte, wie er es eben tat. (Welch eine Übereinstimmung, daß Sándor Gergely, der Federführer ‹seine Laufbahn hatte er im konterrevolutionären Ungarn begonnen, sie kam in Moskau zur Vollendung, im geistigen Hochofen der Revolutionsliteratur der Emigranten – so die weisen Bücher›, auf Mátyás Rákosi bezogen genau die gleichen Empfindungen hatte: der Druck, der Klang, die Heiterkeit, die Stammsätze, dämmrige Nischen, das Was und Warum: das alles, alles! – Das Leben also ist phantastisch und wunderbar, schön und heilig, es ist in Ordnung, wir pfeifen auf alles, die anderen können tun, was sie wollen, die Welt ist doch ein besserer Ort, das Leben ist großartiger, als es dem nüchternen Menschenverstand erscheinen mag; *wirklich* würde ich das trotzdem nicht nennen.)

Kummervoll lungerte er in den krummen Straßen unserer Stadt, ganz dem Mondschein vergleichbar. Doch was zum Mondschein paßt, tut es noch nicht zu Pista Medve! Mit seinen Schulterpolstern streifte er an den Hauswänden entlang, und seine Schulterpolster wurden immer mehr abgewetzt. Entsetzlich! Man muß das wohl nicht näher ausmalen. Sogar seine Schulterbänder waren allmählich abgerissen. Er konnte nicht einmal bei den gemeinsamen Bacchanalen (z. B. Ernteablieferungs-Fest) auftauen. Einmal war es dann der teure Mensch selbst, der ihm eine diesbezügliche Frage stellte:

Wie denn, junges Blut, tanzen wir nicht?

Ich kann nicht.

Rákosi blickte für einen Augenblick erstaunt drein, dann trat er ganz nah zu ihm, und leise, ernsthaft, sagte er folgendes: So ist es nicht recht, Genosse. Zu arbeiten haben Sie gelernt. Doch auch das Vergnügen muß erlernt werden!

Medve stürzte sich in diese Aufgabe, Tag für Tag saß er am oberen Flügel von T-förmigen Tischen, während die Ermunterungen des teuren Mannes in seinen Ohren widerhallten, und zwar mit der doppelten Welle des Liebesschmerzes! Pista Medve hatte sich an das Trinken gewöhnt... Allerdings nicht an irgendein Getränk! Sondern an das Wasser der Redner! An jenes Glas Wasser, welches man für die Redner *bereithielt!* (Das Land blüht auf, wird schöner; das ist bekannt.)

Mit einer hoffnungslosen Leidenschaft und mit enttäuschtem Schwung kippte er das Getränk hinunter, als sei es ein Glas Wodka. Anfangs setzte er gehemmt an, seine Hand bewegte sich zentimeterweise schräg in Richtung Glas voran, glitt an Falten entlang oder durch blasse Flecken hindurch, so meinte der arme Mensch die ausgeklügelten Wanderungen seiner Hand mit der Logik der Geometrie glaubwürdig zu machen. Mit dem Glas spielte er nur herum, als hätten sie beide nichts Ernsthaftes miteinander vor, seine Finger spielten am Glasrand Klavier und so weiter. Doch einen Augenblick nur, dann war die feine Art dahin, und die verkrampften, zitternden Finger des István Medve verstrickten sich (!) am Glas – und nun mit einem einzigen Zuge!

Später war es vorbei mit diesen gebührlichen Skrupeln, kaum hatten sich die Vorsitzenden auf ihre Plätze niedergelassen, räkelten sich gutgelaunt, und schon senkte sich Istváns Hand auf sein Gläschen hinab... Doch bleibt die Leidenschaft, obwohl das doch in jedermanns Interesse wäre, niemals in den ihr gesteckten Grenzen, und auch mit Medve ging das Pferd durch; bei Gott, manchmal schleuderte er sein Glas verwegen hinter sich, so daß es klirrend und scheppernd an den mannshohen Büsten zerschellte, und offensichtlich hätte man nicht viel länger warten müssen, da hätten die Vorsitzenden den Wasserschwall ins Gesicht bekommen, und so weiter, als sich eine Lösung fand: Medve wurde einfach ausgeräuchert.

Eine Enthüllung

Auch Rajk hatte man ausgeräuchert. Und vielleicht war dies die dunkelste Rauchwolke, die zu unserer Neuen Sonne geschlichen war...

Die Verschwörung hatte Rajks Dienstmädchen entdeckt und verraten.

Sie war auf eine sehr seltsame Weise darauf gestoßen.

Eines Abends war sie allein in Rajks Wohnung. Aus lauter Langeweile kam ihr die Idee, den allerbesten Anzug ihres Herrn anzuprobieren. Nachdem sie den tatsächlich angezogen hatte, trat sie vor den Spiegel und bewunderte sich, denn sie gehörte zu jenen Frauen, die gerne Männersachen tragen. Zu ihrem großen Schrecken hörte sie plötzlich Schritte, und mit mehreren Freunden kam eben der Minister nach Hause.

Dem Mädchen stockte der Atem, und um ihren guten Herrn nicht zu erzürnen, wollte sie die Flucht ergreifen, doch hatte sie keine Zeit mehr, und so kroch sie unter das Bett. Im nächsten Augenblick waren Rajk und Co. eingetreten. Und bis Mitternacht berieten sie sich über die Angelegenheiten der Verschwörung. Das Dienstmädchen hörte jedes Wort, und am nächsten Tag rannte sie wie besinnungslos, um die Bande anzuzeigen.

Man hat nur einen Vater

István Medve war kein flaumiger Jüngling mehr, als er sich acht Tage Urlaub nahm, um sein Elternhaus zu besuchen. Große Freude gab es, es herrschte reges Treiben, seine Mutter buk und kochte, mit viel Sorgfalt bereitete sie das Lieblingsgericht ihres Sohnes zu, die Griebenpogatschen. Nach einigen Tagen, die er bei ihnen verbracht hatte, entdeckte er in den Reden seines Vaters manche Gedanken verbotenen Ursprungs. Und wie es die Ordnung verlangt, nahm er den Befund auf.

Sobald das vollbracht war, kehrte er zu seiner Kaserne mit dem Gefühl der wohlgetanen Arbeit zurück, und über den besagten Fall erstattete er, wie es die Ordnung verlangt, der zuständigen Obrigkeit eine Meldung. In der international gespannten Lage fand dieses Bravourstück großen Widerhall, und man merkte ihn sofort als einen »außerordentlich eifrigen und zuverlässigen Mann, als den heimgekehrten Sohn« vor. Das war der Ausgangspunkt, von dem aus er seine Kollegen alsbald überflügeln konnte.

Die Wirklichkeit aber sah so aus, daß die ganze Sache vorher schon abgemacht war. Der Sohn hatte den Plan vorgelegt, und das väterliche Elternteil opferte sich gerne; an heißen Nachmittagen übten sie den zu sagenden Text in der Gartenlaube, denn der Junge, der nichts dem Zufall überlassen wollte und Abhörkontrollen befürchtete, wollte das Verbotene in einem echten Gespräch entdecken, und schließlich kostete ihn diese ein wenig schäbige Reklame, die immerhin viel Staub aufgewirbelt hatte, kaum einen Forint (Kost, Quartier, Griebenpogatschen), doch das Ziel, es war erreicht.

In Abwesenheit des Oberstleutnants hatte seine Vertretung aus einer konkreten und das Volk bedrohenden Situation heraus Blätter drucken lassen, nach deren Inhalt es den Auszusiedelnden und Ausgesiedelten verboten war, sich mit den bei ihnen dienstlich verkehrenden Stasis zu verbrüdern, in individuell gefärbter Weise über ihre Schicksale zu berichten oder durch ein bürgerlich humanistisches Gehabe das schädliche, beherrschende Wesen zu vertuschen oder Karten zu spielen (Rot sticht) oder auch nur über Literatur, Kunst oder Liebe plötzlich loszureden. Diese Plakate wurden in den Räumlichkeiten der Klassenfremden – meistens in den sogenannten Salons, die oft nichts anderes waren als die winzige Verlängerung eines unförmigen Vorraumes oder eine Dielennische – an die Wand gehängt.

Die Stasis genierten sich zutiefst, daß sie nun wegen einiger unreifer, in manchen Fällen seelisch geschädigter Kollegen, die sich möglicherweise nicht ordnungsgemäß verhalten hatten, eine so peinliche Beschämung treffen mußte, aber es half kein Erröten, denn solange die Anordnung galt, konnten sie nichts gegen sie ausrichten.

Einmal machte der Oberstleutnant eine Reise, um sich von der wirksamen Verwirklichung der Aussiedlungen zu überzeugen. Nachdem er seine Geschäfte erledigt hatte, wusch er sich die Hände ‹manum lavat›, vom köstlich schönen Herbstwetter animiert, nahm er die Rückreise mit dem Wagen vor, und damit die Zeit schneller verging, denn er mochte es nicht, wenn sie anders verging, löste er währenddessen Kreuzworträtsel. Als der Weg an den Weingärten vorbeiführte, bemerkte er, daß bei dem Preßhaus zwei Männer, einfältige Leute vom Land, mal französisch, mal englisch oder mal deutsch mit österreichischem Akzent miteinander redeten. Ausnahmslos imperialistische Sprachen; er ließ den Wagen anhalten und führte eine Kontrolle durch.

Nachdem er alles für ordnungsmäßig befunden hatte, er zuvor jedoch in der Senkrechtspalte mit der Nummer 54 seine Probleme hatte, sprach er den wortlosen Mann folgendermaßen an: Sagen Sie, mein Herr, begann er stilvoll, wer hat denn damals, seinerzeit, Dániel Berzsenyi ‹den großen ungarischen Klassiker› entdeckt?, könnten Sie mir das freundlicherweise sagen? Worauf der »einfältige Mann vom Lande« kopfschüttelnd auf den Wandaushang verwies. »Verboten ist«, sagte er abwechslungshalber in der »richtigen Sprache«. Jetzt erst las der überraschte Oberstleutnant den ohne seine Kenntnis erlassenen Aushang, und über dessen Inhalt war er selbst erstaunt.

Zu dem schadenfroh lächelnden Manne sagte er: ... !! Damit stieg er in seinen Wagen und ließ eilig davonfahren.

Bald kam ein Erlaß, mit einem großen roten Stern versehen, daß die widerwärtigen, odiosen Plakate sofort zu entfernen seien. Die »einfältigen Männer vom Lande« zuckten mit den Schultern.

Wer ist der Größte im ganzen Land?

Imre Macskási, Staatssicherheitsoffizier, war durch seine staunenswert große Kraft berühmt. Einmal zum Beispiel stand er Wache vor der Nummer Sechzig in der Andrássy-Allee, und da ihm ein Streich in den Sinn kam, ließ er sich durch den Gedanken verführen, für ein, zwei Stunden abzuhauen. Köstlich lockte ihn eine neue Eroberung, eine kleine Schwarze. Doch neben der Verlockung wollte er auch den Eingang in Sicherheit wissen. Er fand also einen alten abgenützten Mühlenstein am Platz-des-siebten-November, nahm den Stein unter den Arm und stemmte damit das Tor fest!

In einem abgewrackten Gräfchen jedoch fand er einmal seinen Meister. Er wollte seinen Wagen, einen stahlgrauen Tschaika, bei ihm reparieren lassen. Als der fertig war, sagte Macskási:

Laß mich die Düse sehen!

Hier ist sie, mein Herr!, antwortete der Nachkömmling etwas zu zahm, da ihm das Wort Genosse nicht recht von der Zunge wollte; und da er nicht noch mehr verlieren konnte als ohnehin schon, ging er auf keine Kompromisse ein. Er lebte, wie er das für richtig hielt und wie es ihm möglich war.

Die ist schlecht, quengelte Macskási geziert, und knack, brach er die Düse entzwei, als wäre sie eine Butterbrezel. Das Gräfchen blickt ihn mit unbewegter Miene an und gibt ihm noch eine Düse. Jener bricht auch die entzwei. Die dritte endlich ist in Ordnung, was kostet sie?

Eine Einheit, antwortet der Graf. Der Genosse überreicht das runde Geldstück; die ist nicht gut, so jener, und bricht es entzwei. Desgleichen geschieht mit dem zweiten Stück, er zerbricht es. Das dritte ist endlich in Ordnung.

Das ist ja gut. Der verblüffte Stasioffizier übermittelt dem starken Gegner noch eine zusätzliche Einheit für diesen gelungenen Scherz. (Nachdem er mit seinem stahlgrauen Schiff davongefahren war, setzte sich der Graf auf die Veranda, stützte sich auf seine Knie und blickte lange vor sich hin. Es schauderte ihn. Mit seiner ölig-fettigen Hand griff er sich in die Haare. Dann zeichnete er mit den Fingern merkwürdige Gebilde in den Sand. An jenem Tag arbeitete er gar nicht mehr. Seine Hauswirtin mied ihn mit aller Vorsicht und war still. Anderntags stand er in aller Frühe auf, wie auch Macskási.)

Unter den unzähligen Möglichkeiten, die sich bieten, hatte sich die Begeisterung über die Wiederherrichtung oder gar über die Selbstbesetzung des eigenen Landes auch diesmal für die Form des spontanen Aufmarsches entschieden, um so ihre überschüssigen Kräfte abzuleiten, und mit der gehißten Fahne schritt das heitere Heer in der Andrássy-Allee voran. Der Raum war da, es gab Sonnenschein, alles war da, junge Damen mit rauschendem Haar, Mädchen, Frauen, Freiheit, Kraft.

Die Straßenecken und den Eingang eines bestimmten Hauses bewachten Uniformierte mit Maschinengewehren; der Gehweg jedoch wurde durch Pfeiler, auf denen schwere Ketten montiert waren ‹Selbstzensur›, gesperrt. Von diesen kleinen Pfeilern und aus den Fensterläden, die die Frontseite der Andrássy-Allee säumten, nickten rotköpfige Geranienreihen den Maschinengewehren zu.

Und Musik gab es auch! Tolle Musik! Das Stasi-Orchester hatte uns eingeheizt, gab den Ton an, zu dem wir ausschreiten konnten. Da begann ein Mann neben mir zu kichern, seine weißen Haare zitterten vor Lachen.

Was lachen Sie denn, Alterchen, fragte ich ihn betroffen.

Na, wie denn, mein Junge – und er zeigte auf die rotgesichtigen, begeisterten Musiker –, wie denn werden diese braven Burschen beweisen, daß sie die ganze Zeit über lediglich Musik gemacht haben?

Der Alte lachte noch lange. (Ich konnte nicht wissen, daß in ihm schon der reinigende Sturm der Zukunft rauschte.)

Fragment

»Mit anderen Worten, der Genosse meint, Kant sei bei voller Vernunft gewesen?!« Wumm ...

Kulturpolitik

»Révai hatte es sich – aber natürlich auch mir – nicht verzeihen können, daß er: meinen Roman mochte.«

»Lieber Herr Kollege, wenn ich Ihre Kritik richtig lese, trachten Sie lediglich nach meinem Leben, das Buch aber hat Ihnen womöglich gefallen. Ich danken Ihnen, danke, lieber Freund, ich danke!« (Engherziger Herzensfreund.)

Der Schriftsteller und die Macht

»Was wollen Sie von mir?! Sogar Ihr Enkelkind wird meinetwegen durch die Prüfung fallen! ... Attacken, immer diese Attacken, ach ... Ich habe Sie so satt.«

Das Elend der osteuropäischen Kleinstaaten

Einmal hingegen wandte sich Miklós Horthy hin und her und durchbrach die Schranken seiner Klasse. Klirrr. Blirrr.

Wir kommen und gehen; literarische Pläne

(Ich möchte nicht, daß es mir so er*geht*, wie folgt:) Ein Mann *ging* 1949 einkaufen, und, das ist die erste Version: Er *kam* nie mehr nach Hause. Die zweite Version: Für 23 Forint hatte er alles gekauft, und seitdem klagt er seine Frau an, daß sie nicht in der Lage sei, mit so viel: auszu*kommen* ...

STOP

Pál Királyhegyi, der bekannte Humorist, man weiß nicht, warum, kurz und gut, er kam 1949 nach Hause, er schnupperte umher, und dennoch, was war das eigentlich, er nickte, dann ging er zur Hauptpost und gab folgendes Telegramm auf: J. W. STALIN, MOSKAU, KREML, DAS SYSTEM HAT SICH NICHT BEWÄHRT STOP KIRALYHEGYI. Das war alles.

Der Traum des Künstlers

Traum: L. ‹siehe auch unter dem Titel »Rache«› und Pál Királyhegyi gingen Hand in Hand am Vörösmarty-Platz spazieren und amüsierten sich über Stalin. Da nähern sich aus Richtung Váci-Gasse einige Panzer (Haute-Couture-Modelle). Pál winkt einen herbei: *Panxi!,* und heiter kutschieren sie davon.

Zum Kodály-Jahr

Kulturelle Zeiten auf ihrer höchsten Höhe, Empfang; da sind Frau Emma, die Ehefrau, der Meister selbst und Révai. Mit dem lauten Organ der Schwerhörigen ruft Frau Emma: »Paß auf, Zoltán! Man sagt, dieser Mann sei ein Kommunist.« (Trotz allem ist das nur die eine Hälfte der Geschichte – das entspricht allerdings ganz der Absicht.)

Die Angst der Mutter

(Wie fesch dein Sohn doch ist!) Oh, wenn ihr ihn dazumal gesehen hättet, als er in seinem blendend weißen Leinenanzug, so mir nichts dir nichts in der Früh ausgeritten war (sie bemerkt, daß neben ihr eine linkswärts hoch verdiente, einflußreiche und als blutrünstige Matrone bekannte

Parteilady steht) ... aber auf was für einem klapprigen Gaul...!

Feste, die gibt es

Pécs, dort das berühmte Kaffeehaus Nádor. Keuchend kommt der Bote mit dem Ruf: Unser geliebter Führer, die brennende Fackel und Lanze, Stalin!, er ist gestorben. Verständlicherweise setzt eine ungeheure Stille ein, das Orchester verstummt, die Kellner erstarren gleichsam zwischen zwei Tischen, denn wer könnte wissen, was in einem solchen Augenblick zu tun ist. Und da, in dieser allmählich kaum zu ertragenden, dumpfen, asiatischen – oh, Pannonien – Stille, klirrt jemand (der Onkel eines großen Dichters?) an sein Kaffeeglas, und mit leiser, fahler Stimme sagt er nur: KELLNER, CHAMPAGNER. Nach N Jahren war er entlassen. ($N \geq 1$).

Korporative Freude

Nur Messer, Stasi, Feuer, Licht sollen euch trennen! – So war es denn auch: Und wenn sie nicht gestorben sind, leben sie noch heute, hinterher sterben sie dann.

Ein Witz

»Ich habe eine gute und eine schlechte Nachricht. Die gute Nachricht: daß ich nur *eine* schlechte Nachricht habe. Die schlechte Nachricht: daß du, Genosse, sterben werdest.«

Flaubert beim Staatssicherheitsdienst

»Elende Ratte, willst du immer noch behaupten, daß *wir für das Sagen und nicht für den Besitz geschaffen sind?!* (Nous sommes faits pour le dire et non pour l'avoir. – Flaubert: Corresp. II., zitiert von Arnold Hauser in der Gesellschaftsgeschichte der Kunst und Literatur.) Dann kriegst du's, nimm's, verfluchtes Viech: DAS IST FÜR DICH!«

Fragment

»Nein, ach, oh, nicht doch, teurer Mensch, nicht schlagen.« – Und dann dieses Lachen und Lachen.

Nostalgie; Stasidisco

»Hol der Teufel dieses verdammte Leben, aufpassen, Jungens!, *Zeit ist Geld,* von da an machen wir es noch einmal: ja nicht, ach, oh, nicht doch, teurer Mensch, nicht schlagen, doch, dich werd ich noch kurieren, mein Alter, lach nur, lach nur!; und grins nicht, winsel nicht, keinerlei Übertreibungen, lach nur befreit und glaubwürdig, *ok?*«

Gulaschkapitalismus

Ist es wahr, daß im Sozialismus die Menschen in Milch und Honig baden?

Nun also, das eben würde ich nicht unbedingtemente sagen; doch grapschen Sie da in eine gute Richtung, Genosse, wenn ich Sie damit nicht verletze.

Stilübung

Nachdem er das mehrstöckige, düstere Gebäude, in dem er zeitlose Zeiten verbracht hatte, verlassen hatte, blinzelte er, dem Licht preisgegeben, er taumelte beinahe und dann doch nicht; er wandte sich zurück, wie sich jemand zum Elternhaus zurückwendet, während er sich auf einen langen, unbekannten Weg macht; oben, an der Gebäudespitze, glänzte ein Roter Stern. Rückwärts schreitend, entfernte er sich, und daher taumelte er doch ein wenig – der Triumph des Realismus hinter den Gärten –, und die hinunterkippende Sonne deckte sich zunehmend genau mit dem ZEICHEN: dessen Ränder begannen zu gleißen, als wären sie es, die das Licht ausstrahlen: die neue Monstranz der Neuen Zeit!

Schön, sagte er mit herber Zufriedenheit in seinem Herzen, das ist trotz allem schön; und er setzte sich an den Rand des Gehsteiges, er saß, saß und saß und schaute nur vor sich hin, unter sich fühlte er manchmal die Erde durch die großen Busse erbeben.

Es war Frühsommer, die Zeit blühte. Im Hochblicken hätte er am Gehweg die Frauen in ihren leichten Baumwollkleidern vorbeischweben gesehen oder daß sie sich im gegenüberliegenden Büro mit vollem Gewicht auf die Schreibtische setzten und die wichtigen, amtlichen Papiere unter sich zerknüllten. Die liegen jetzt auf ihrem angestammten Platz, hätte er denken können.

Aber er sah nur die verwegenen Sandläufte auf dem Asphalt, die ruckenden Busfahrkarten und die Zigarettenkippen. Inzwischen brach der Abend herein, bald wurde es auch kühl, vor dem Gebäude wechselte die Wache, und einer von ihnen, ein Junge mit flaumigem Kinn, trat, nun schon in der tiefen Nacht, zu dem fahlen Unbekannten, legte seine Hand auf dessen Schulter und sprach: Stehen Sie auf, Alterchen, Sie erkälten sich.

Bald aber stellte sich schwer und lastend die Stille ein, die Himmel ist und Sterne.

Bevor ich auf die Abenddämmerung dieser Zeit zu sprechen komme, möchte ich, frei nach meinem Freund Lörinc Dániel, zwei frivole kleine Geschichten vortragen.

In der ersten wird von der Freiheit die Rede sein, vom Leitgedanken der Epoche. Die betreffenden Namen weiß ich zwar, aber ich will sie nicht sagen, denn möglicherweise könnte das für jene Familien, die jetzt wieder wohlhabend leben und ausgeglichen sind, unangenehm sein. Die Personen sind die ewigen Personen, das heißt, ein *Mann* und eine *Frau.*

Ach, Genossin, Sie sind grausam! Warum lehnen Sie meine sinnliche, vollblütige Liebe ab? Mein Herz, sehen Ihre Augen denn nicht meinen rasenden Stab in der prüden Gefangenschaft der Hose? Ist denn nicht auch der Schoß der Gnädigen taubenetzt bereit?

Den ausufernd mächtigen Stock, der zum bestialischen Sprung bereit ist, sehe ich allerdings, doch Sie, Sie sind dermaßen häßlich!

Nun, Gottchen, uns Männern steht es frei, ein wenig häßlich zu sein!

Ja, ja, doch Sie, mein Freund mißbrauchen diese Freiheit zu sehr ... ---

Die Folgegeschichte könnte man vielleicht unter dem Titel Stasigetändel zusammenfassen. Zwei Stasijungen, noch flaumig und zerbrechlich wie das Rehkitz im Röhricht, hielten eine Rast am Waldrand, und im weichen, tiefgrünen Gras streckten sie sich aus, denn sie waren von ziemlich sinnlicher Natur.

* Freiheit!, so hieß der Gruß der fünfziger Jahre (und im Volksmund die Antwort darauf: Das brauchten wir und etwas Regen dazu).

Zunächst lagen sie bäuchlings im Gras, hielten Ausschau nach den Lilien auf der Wiese und nach den Vögeln am Himmel, die Ammern lockten, die Maulwürfe wühlten, die Eichhörnchen knabberten Nüsse, Rehe steckten ihre anmutigen Köpfe ängstlich aus dem Gehölz, um gleich wieder zu entfliehen, etwas entfernt polterte ein Wildschwein, in der Nähe bogen sich die Gleditschien- und die Geißkleezweige; hernach drehten sich die Jungens auf den Rücken, verschränkten ihre Hände am frischgeschorenen, ungeschützten Nacken (an ihren Handrücken würde man den tiefen netzartigen Abdruck der kräftigen Gräser noch lange sehen), Tausendschönchen hielten sie, als wären es Kippen, locker in den Mundwinkeln und drehten sie lutschend, betrachteten den unerbittlichen Zug der Wolken, während sie den Frühlingsgeruch und den Erdgeruch tief einsaugten, freundlich krauchten zwischen den Grashalmen Ameisen umher, und der gelbe Löwenzahn stach scharf in die faulen Mienen.

Mit einem Mal trat eine dörflich fesche Waldbeerensammlerin beerenessend aus dem nahen Wald hervor. In der Tat, sie hatte ein prächtiges Dingsda. Unverzüglich sprang einer der beiden auf die Füße und, indem er dem aufgeschreckten Dirndl den Weg verstellte, legte er mit seinen Neckereien los.

Na, Schwesterchen, jetzt bist du aber an den rechten Ort geraten. Nun mußt du, wie es sich gehört, einen Zoll entrichten.

Natürlich!, entschuldigte sich die Waldnymphe, die sich auf diesen schlechten Platz verirrt hatte.

Mir scheint, so der sophistische Stasi, daß du für verbotenes Zeug, weil es sein *müßte,* schon zahlen würdest, aber dann wirst du es für Nichtverbotenes *weitaus lieber freiwillig* tun.

Um wieviel geht es denn, fragte das schnippische Mädchen etwas verstört.

Man muß nicht zu Tode erschrecken, mein Täubchen, es wird schon nicht zu viel sein, lediglich ein unschuldiger Kuß.

In Gottes Namen also, diesen Zoll gestehe ich der Volksdemokratie noch zu, doch tiefer lizitiere ich nicht mehr mit, antwortete die kleine Göre mutig. Und nachdem sie dem verblüfften Stasijungen ihre Lippen für einen Augenblick zugeneigt hatte, sprang sie lachend auf und davon. Wie eine fliegende Melodie, das Leben ist nichts anderes.

Die Aussagen eines Augenzeugen

Niemand kann sich seine Eltern aussuchen, aber ebensowenig seine Freunde. Wir mögen nämlich jemanden durchaus nicht aus dem Grund, weil er schön oder klug oder charaktervoll ist und auch nicht, weil er uns ähnelt und wir mit dieser Zuneigung, dummdreist und hinterrücks, uns selbst aufwerten könnten. Nein. Wir können einem jeden lieben.

Die Geschichte der *Eindämmerung* hatte ich von meinem Freund Lörinc Dániel vernommen, der zu den damaligen Mitspielern gehörte. Dániel lebte mitten in der Zeitgeschichte, nahe am Hochofen; er ist mein Freund, aber ich glaube ganz und gar nicht, daß ich alle seine Taten auf mich nehmen würde. (Es dämmerte – düsterte ein.)

Wir saßen im Hinterzimmer des Café Folter; dort war es weniger elegant, es war etwas vernachlässigter, gleichzeitig exklusiver und körpergerechter, das Publikum war erlesener als im vorderen Raum. Neben der salpetergelben Feuerwand ließen wir uns an einem der mitgenommenen, fleckigen Eisentische nieder, ich bestellte Bier, mein Freund zwei Krüge mit Sodawasser (!); die breite Kellnerin, Margó, nickte unbeteiligt, doch als sie die Krüge vor uns abstellte, war in ihrer Bewegung ein wenig Spott, Wässerchen, sagte sie charmant. Lörinc Dániel schlürfte das Wasser, ab und zu wogte Margó an uns vorbei. Ich hatte die fixe Idee, daß sie nach Benzin roch. Lörinc Dániel schwieg ganz ungeheuerlich, als könnte von da an niemand mehr ein Wort sagen.

Aber vor dem Einbruch dieses Schweigens sprach er darüber, daß die Moral der Leute zu sinken begonnen und die überstandene Gefahr die Menschen hart gemacht habe, sie seien, wie die Matrosen nach dem Sturm, grausamer, dümmer, blindwütiger und, was ihre Sünden und Unsittlichkeiten betraf, verstockter geworden als zuvor.

So weit würde ich nicht gehen, sagte ich auf meine vorsichtige Art...

»Ich könnte nicht sagen«, so begann D. seine Erzählung, »wann und wie es mit dem Gestank angefangen hatte, ob es überhaupt etwas mit Namen zu Nennendes gegeben hatte, was da entstand und verging, verging und entstand, oder ob es nur dieses Sickern gab, das Strömen der Angst, das wir erst bemerkten, als wir in unserem Entsetzen schon stumm und lahm geworden waren, also weiß ich nicht, ob es beginnen *konnte,* und wenn ja, wann es seinen Anfang nahm... Das bedrückt mich.«

(Unwillkürlich hatte da mein Freund L. D. etwas Wichtiges berührt. Denn Menschen leben ja nicht in der Rákosi-Ära oder unter König Mátyás oder in dem Wer-weiß-was des entwickelten Sozialismus, so etwas würden nur Politiker in ihrem Hochmut behaupten, schon um uns ein wenig einzuschüchtern: »Nur langsam, Genosse Bürger, und du sollst dem Himmel danken, daß du in den Zeiten der ersten Kapitalanhäufung lebst.« Für gewöhnlich erschrecken wir dann in der Tat. Aber auch, wenn wir daran zugrunde gehen oder zum hohen Licht gelangen sollten, *so* geht es trotzdem nicht: Auf keinen Fall kann man aus einem ganzen Land ein Gefängnis machen: *Denn die Gitter befinden sich andernorts:* Und sollten sie daran auch zu Krüppeln werden: Wir waren jung gewesen, hatten schallende Stimmen, waren selbstvertrauend, und die Welt gehörte uns, weil wir einander liebten und haßten, verrieten und erlösten, dann allmählich begannen wir zu vergreisen, zu verschleißen, wir betrogen einander, stahlen, logen, opferten uns auf, suchten, kratzten, lachten, schwiegen. Unser Leben ist öde und phantastisch. Im Vergleich dazu ist Rákosis Cliquenwirtschaft ein Schmarrn. Nur eben...

Ich gebe das Wort zurück.)

»Suchen wir denn bei unserem Forschen Ruhe, Frieden, Glück? Nein, nur die Wahrheit, und wäre sie höchst abschreckend und häßlich... Willst du Seelenruhe und Glück erstreben, nun, so glaube, willst du ein Jünger der Wahrheit sein, so forsche. Dazwischen gibt es eine Menge halber Standpunkte. Es kommt aber auf das Hauptziel an.

Auch die Zeit wurde in Abschnitte zerstückelt: Mal war sie vorhanden, mal war sie nicht vorhanden (es war einmal – und mit einem Mal war es wieder nicht!), da waren Dinge geschehen, von denen wir keine Ahnung hatten, dies natürlich pflegt man immer so auszudrücken, um sich selbst zu entlasten, und man sagt, daß diese Dinge ja *mit uns* geschehen sind, dann aber, nach einer Zeit, merken wir, daß sie geschehen sind, und so fort. Ich suche keine Entschuldigung. Als man überall hörte, die Zeit sei endlich gekommen und daß nicht nur die Fabrik, sondern auch unser Leben uns gehöre, waren wir *die Nebenspieler unseres Lebens.* Anstatt Hauptrollen zu bekommen, mußten wir uns über einige Stars freuen. So kamen wir abschnittweise immer bitterer voran. Währenddessen lebten wir natürlich und arbeiteten, und das Land, es wurde aufgebaut.

Eines Abends ging ich unschlüssig und mit bedrückten Gedanken nach Hause und wußte nicht, was tun. Überall herrschte eine große, hohle, unangenehme Stille, denn die Leute hatten, als wäre es um eine gemeinsame Übereinkunft gegangen, die Gewohnheit angenommen, nach Sonnenuntergang ihre Häuser nicht mehr zu verlassen.

Plötzlich ging die Tür auf, und an der Schwelle stand meine Frau, Ilon Bagits (sie war an diesem Tag aus dem Erholungsheim zurückgekehrt), sie strahlte wie die Titelseite der *Szabad Nép*, doch fühlte ich, daß etwas nicht in Ordnung war.

Was ist mit dir?, fragte ich leise. Meine Stimme war heiser und rauchig, gereizt senkte ich die Nägel in die Armlehne des Sessels, aus meinem Kopf war das Blut verschwunden. Was ist mit dir? Ilon war mit jenem unaufmerksamen und unpersönlichen Strahlen an der Schwelle stehengeblieben, das einen rasend macht. Sie lächelte.

Lieber Gott, was soll mit mir sein! Nichts, gar nichts. Nur finde ich dieses Leben ein wenig merkwürdig, bemerkte sie beinahe melodisch. Das konnte ich nicht länger ertragen und rannte zur Straße hinunter. In der samtigen Dunkelheit holte ich tief Luft. Am weiträumigen Platz-des-7.-November blieb ich ein wenig stehen, betrachtete die lächelnden, heiteren Abbildungen der Staatsmänner. Mit methodischen Atemzügen versuchte ich, das Gewicht, das sich auf meine Brust gesenkt hatte, zu vertreiben.

Da sah ich eine Menschenmenge in der Andrássy-Allee, und ich fand, daß sie alle in die Luft starrten, um zu sehen, was nach der Aussage einer Frau (?) deutlich erschien, nämlich einen weißgekleideten Engel, der ein feuriges Schwert in der Hand hielt und es über seinem Haupt schwenkte, und unerschütterlich behauptete sie, daß es Mihály Farkas sei. Sie beschrieb jeden Teil der Gestalt naturgetreu, und das arme Volk wiederholte eifrig und bereitwillig: Wir sehen es vor uns, heller als den lichten Tag; ich muß aber bemerken, daß es Nacht war.

Ich sah ebenso ernstlich wie die anderen hin, aber vielleicht nicht mit so viel Bereitwilligkeit, mich täuschen zu lassen, und ich erklärte, ich könne nichts weiter als eine weiße Wolke sehen, die auf einer Seite leuchtete, da der Mond auf der anderen schien. Da wandte sie sich von mir ab, nannte mich einen gottlosen Kerl und Spötter und stellte mir vor, es sei eine Zeit des göttlichen Zorns, und es nahten schreckliche Strafgerichte, und Verächter so wie ich würden sich wundern und verderben.

Ich mußte einsehen, daß es vergeblich sei, sie davon überzeugen zu wollen, daß ich über sie nicht lachte und daß ich eher von ihnen mißhandelt würde, bevor ich es fertigbrächte, sie über ihren Irrtum aufzuklären. Zu meinem Glück kam in der Nummer Sechzig Bewegung auf, von dort kam ein hübscher Jüngling mit schläfriger Miene und mit seinem Maschinengewehr, und mit herzlichen Worten bat er die Leute, daß sie sich zu dieser späten Stunde doch freundlichst zu Bett begeben sollten, denn morgen sei auch ein Tag, auch morgen gebe es Arbeit, und möglicherweise schlafe der Feind nicht, daher müßten sie fit sein, in any case. Und da seine Beweisführungen gewinnend und kernig waren, ging die Menge auseinander.

Ich war beunruhigt, die Aufregung verstand ich nicht, verstand gar nichts, aber der Schrecken war sehr überzeugend, so daß ich mich wieder und wieder daran erinnern mußte, was grundsätzlich vorhanden ist und was das modische Hochstilisieren bedeutete. Nur war der Tag längst noch nicht zu Ende. Am Jókai-Platz, dort, wo heute der Autoshop ist, stand ein Mann und starrte zwischen den Stäben in die Richtung, wo jetzt die Auslage ‹Selbstzensur› ist... Ich bin ja nicht irgendeiner, also sagte ich ihm hart ins Gesicht:

Es ist freundlich von Ihnen, daß Sie sich für meine Angelegenheiten interessieren. Ich wußte gar nicht, daß Sie für dergleichen so empfänglich sind.

Nur, wenn es um andere geht. – Seine Augen glänzten. Gleich darauf sagte er:

Jetzt aber werde ich mir etwas notieren, wenn Sie erlauben, Kapitän. Er lächelte mir ins Gesicht. Und das war der Augenblick, in dem ich zur Besinnung kam. Ich werde es niemals vergessen. Denn ich war mir so sicher, wie ich lebe, daß es etwas über mich war, was er sich aufgeschrieben hatte.

Wie oft habe ich daran zurückgedacht, wie viele Nächte habe ich mir darüber den Kopf zerbrochen! Mehr noch, sogar heute würde ich viel dafür geben, wenn ich mir dieses Notizbuch verschaffen könnte.

Und ich kann ruhig behaupten, daß ich nicht die geringste Ahnung hatte, was ich in jenem Augenblick mit ihm hätte anstellen sollen.

Da doch das Leben von den Formen abhängt.

Beispielsweise kann man in einem solchen Augenblick, während man sich dem anderen bereits angebiedert hat, nicht wieder wütend oder jetzt erst zornig werden.

Und trotzdem. Ich argumentierte nicht viel herum, sondern ging zu ihm hin, nahm ihn am Kinn und hob seinen Kopf wie den eines Mädchens, damit er mir in die Augen schauen mußte. Da erblaßte er sofort.

Amüsieren Sie sich ruhig mit Ihren Aufzeichnungen, mein Herr, sagte ich ihm und noch dazu sehr sanft.

Offensichtlich sind sie lehrreich, fügte ich hinzu. Ebenso sanft.

Und nun fort mit Ihnen, sagte ich plötzlich.

Ah, Sie also werfen mich hinaus, er versuchte ein wenig zu lächeln. Er konnte nur schwer etwas sagen, denn meine Hand war immer noch dort, in seinem Gesicht.

Ja, sagte ich. Sie haben mir gute Ratschläge gegeben, ich werde sie sicher befolgen, aber die Nacht ist schon alt. Dabei drückten meine Augen das Folgende aus: Einmal lasse ich dich noch laufen, aber solltest du wieder zwischen meine Hände gelangen, wird es um dich schlecht bestellt sein.

Und daraufhin gaben wir uns sogar die Hand. Auch das war sehr merkwürdig. Wir beide haben darüber lachen müssen. Auch darüber. Endlich ging er dann.

Ich aber blieb mitten auf der Straße stehen und dachte das Folgende:

Na schau, so weit ist es gekommen? Und immer noch stand ich dort.

Dann dachte ich:

Es macht nichts.

Aber es hatte doch etwas ausgemacht: Als ich gleich darauf zu Hause ankam, lief mir ein kleiner Hund unter die Füße, ich stolperte und rollte die Treppen hinunter.

Einige Wochen vor der Verhaftung von R. hatte sich ein gleißender Komet, ein sog. Haarstern am Himmel gezeigt. Ich sah diesen Stern, und ich muß gestehen*, ich hatte so viel von den allgemeinen Vorstellungen in meinem Kopf gehabt, daß ich darauf eingestellt war, ihn als den Vorboten und Warnzeichen von Strafgerichten anzusehen. Obwohl ich wußte, daß natürliche Ursachen von den Astronomen als Gründe für solche Dinge angegeben wurden und daß ihre Bewegungen, ja sogar ihre Umdrehungen berechnet werden oder daß behauptet wurde, sie würden berechnet, so daß es unbegründet gewesen wäre ... *unbegründet*.

* Ich flehe Sie an. Alles können Sie haben. Nur nicht mehr schlagen. Bitte. Ich flehe Sie an.

Meine Frau hatte mich ohne jeden Vorwurf gepflegt. Einmal, als ich schon am Genesen war und sich Ilon über mich beugte, um meine feuchten, zusammengefallenen Kissen zu richten, sah ich hinter dem leichten Kleid ihre zitternden Brüste, die mich anzugreifen schienen, die Brüste einer Studentin, vielleicht weil sie nie gestillt hatte – da stützte ich mich leider auf, und mit den Händen griff ich nach ihrem Hals und halb nach ihrem Gesichtchen; ich zog sie zu mir herab, aber die Krankheit hatte mich wirklich geschwächt, und daher knickte mein Ellenbogen um, was die gesamte Bewegungskette stürmisch und in der Folge offenbar beängstigend erscheinen ließ: Ilons Kopf schlug an meinen Lenden auf.

Sie konnte sich nicht beherrschen und schrie derart entsetzlich, daß es den tapfersten *Mann* erschreckt hätte; doch damit nicht *genug*, gleich darauf begann sie, im Haus hin und her zu laufen, wie eine Verrückte rannte sie durch das Treppenhaus. Und dieses Gerenne auf den Treppen konnte ich schon wegen der Nachbarn nicht erlauben.

Was ist los?, fragte ich sie, nachdem ich ihr einfach eine Ohrfeige gegeben hatte. Ilon druckste herum wie jemand, der eine Lüge ausheckt, dann erzählte sie eine verworrene Geschichte, die mit ihr geschehen sein sollte, aber in der Geschichte erzählte sie über sich selbst so, daß sie von einer Frau, von einer *unglücklichen Dame* sprach, usw., sie sprach also von einer von ihr unabhängigen Fremden, und eine ganze Weile verstand ich kaum, wovon die Rede war.«

(Der geneigte Leser wird wohl bemerkt haben, daß auch mein Freund Dániel in etwa das gleiche tut. Eheleute ähneln einander.)

»Sie sagte, daß ich also wissen müßte, daß heutzutage auf jedermann ein Schatten fällt, doch man kann trotzdem frei herumlaufen, und einer von ihnen, ein solcher Jedermann, spazierte singend an der Ecke Váci-Straße / Kígyó-Straße auf und ab, die Fußgänger hielten ihn für betrunken, er selbst aber wiederholte, daß er *frei* sei, *unabhängig, ein ausgereifter Mann,* und später, dort in der Gegend, wo jetzt der Honig-Teddy-Laden steht, verbesserte er sich, indem er sagte, er sei ein dogmatischer Revisionist, beziehungsweise, er sei eine . Als er gegen die erwähnte Dame (!) geprallt war, wollte er sie küssen. Und so weiter, so daß die unglückliche Frau zu laufen begann, er aber hinter ihr her, und er rief ihr dergleichen Dinge wie *bürgerliche Tussi* und *bourgeoises Flittchen* nach, und am Ende habe er sie wirklich geküßt, Ilon sei nun deshalb so erschrocken gewesen.

Ich glaubte ihr kein Wort. Sie war von mir angewidert. Wir haßten uns selbst in dem anderen. Aber es kam auch vor, daß die Gemütsbewegung nachließ. Einmal gingen wir gemeinsam zum Markt am Lehel-Platz und wollten Suppengrün kaufen. Ein Mann verkaufte kleine bunte Luftballons, plötzlich kam Wind auf, und die Luftballons schnellten in die Höhe. Ihr Besitzer bemühte sich mit aller Kraft, sie festzuhalten.

Sieh nur, unsere Mutter, sagte Ilon und zeigte in die Richtung. In diesem Augenblick konnten sich einige Ballons befreien und flogen hinauf in den luftigen Himmel. Ilon jauchzte.

Sieh nur, was fliegen muß, das wird schon fliegen! Aber das war nur eine Episode.

Ein Unheil führt immer ein anderes herbei; diese Ängste und Befürchtungen der Leute trieben sie zu tausenderlei absonderlichen, närrischen und verruchten Dingen, wozu sie nicht durch eine Sorte wirklich gottloser Menschen ermutigt zu werden brauchten... Von der allgemeinen Aufregung konnten sich auch die Ämter nicht freimachen. Folglich gab es ruchlose Kollegen, die sich etlicher großer

Sünden schuldig machten, derart, daß beim bloßen Gedanken daran die menschliche Seele zurückschrecken würde. Man muß das ehrlich gestehen.

Und wenn der Gegenstand der Irrungen nur die alte Herrscherklasse gewesen wäre... mein Gott... Bei Mohács hatte man mehr zu beklagen... ohne Tote kein Krieg... unsere tiefe Anteilnahme den Angehörigen... aus und vorbei, es ist passé. Tragisch war aber eben, daß die Schlange der Arbeiterbewegung sich in den eigenen Schwanz gebissen hatte... In meinem Traum war ich zwei Katzen, und ich spielte miteinander auf diese Weise, auf blutige Weise. Eine Zeitlang hatte man morgens, eher aber schon nachts, auch bei uns geklopft, man bat uns mitzugehen, abends dann entschuldigten sie sich und ließen uns nach Hause. (Damals pflegten wir den Tag so zu loben: Wir hat einen guten Tag. Heute hat sich niemand bei uns entschuldigt.)

Man hatte uns die Geldbörse, die Uhr, die Füllfeder, die Zigaretten, das Feuerzeug, den Gürtel, den Schnürsenkel weggenommen. Wir waren immer im gleichen Raum, entweder hingepackt oder schräg zusammengedrängt, wir zuckten, tappten voran, tiefer und tiefer. Währenddessen war es völlig still und stumm. Öl- und Benzingerüche schlugen uns an die Nase. Die Gesichter der Männer nahmen sich eher streng entsetzt aus als aggressiv. Linkerhand befanden sich drei kleine Eisentüren. Die Länge des Raumes mochte sechs Fuß gewesen sein, die Breite zweieinhalb; die rechte Seitenwand war zusätzlich durch ein Brett von anderthalb Spannbreite ausgefüllt, das auf Eisenträgern befestigt war und auf dem eine mehrfach zusammengelegte Pferdedecke lag. Auf allen Wänden und auf der mit Mennige gestrichenen Eisentür hafteten immerfort aufquellende Wassertropfen, die gelegentlich zu einem Bächlein anschwollen, wenn ‹Selbstzensur›. In einer quadratischen Vertiefung schwitzte eine nackte Glühbirne.

Ich erwähnte bereits, daß sich der Anblick der Dinge sehr veränderte. Kein Wunder, daß auch das Bild der Stadt entsetzlich war. Obwohl ich der Überzeugung war, daß zahllose außerordentliche Begebenheiten nur anderen zustoßen können, hatte der Zweifel, daß am Ende auch ich eine  sei, Wurzeln geschlagen. Ich war Augenzeuge von schauderhaften Vorkommnissen: Ich sah Menschen, die mitten auf der Straße tot zusammenfielen, ich hörte jammernde, schreiende Frauen, gestandene Genossinnen, die in ihrem Leid die Fenster ihrer Schlafzimmer aufrissen und mit herzzerreißender Stimme zur Straße hinunterschrien. Es fällt einem schwer, zu glauben, welches Entsetzen bei den einzelnen Familien sich täglich abspielte. Der eine wurde von Verzweiflung und Wahnsinn übermannt, den anderen überkam unheilbare Schwermut.

Beinahe jedes Haus war voller Schmerzen und Tränen, besonders anfänglich, dann später stumpften die Menschen ab, und nicht einmal den Verlust ihrer besten Freunde konnten sie wirklich betrauern, sie zitterten nur, daß in der nächsten Stunde vielleicht sie an der Reihe sein könnten. Ich muß offen gestehen, vielleicht ist es ein Fehler, oder es war ein Fehler, aber mich konnte auch *Dunapentele* ‹ursprünglich ein Staubnest, später: gigantische Industriestadt, genannt Stalinstadt; noch später: Pseudostadt, mit dem Namen Donauneustadt› nicht trösten.«

Hier fiel dann mein Freund Dániel ins Schweigen, beziehungsweise sprach er zunächst über die sinkende Moral und daß die Menschen grausamer, dümmer, blindwütiger und, was ihre Sünden betraf, verstockter geworden waren als zuvor.

Nach einer kurzen Pause sagte ich meinem Freund

Lörinc Dániel: In vielen Menschen ist das Gewissen erwacht, zahlreiche harte Herzen wurden durch die Tränen erweicht, viele gestanden ihre lang verheimlichten Sünden. Die Menschen gestanden offen Diebstahl und Mord, aber es gab niemanden, der stehengeblieben wäre und Näheres gefragt hätte oder ‹Selbstzensur›.

Da antwortete Dániel: »Wie viele Wörter, wie viele bunte, aufgeblasen bunte Seifenblasen, als würden Ochsenaugen unter den Flügeln eines Adlers flattern... eine Volksdemokratie für ein kluges Wort.« Mißmutig ließ er ein wenig Wasser auf den Boden schwappen. »Niemand stirbt heute an tödlichen Wahrheiten: Es gibt zu viel Gegengift... Leute, welche uns ihr volles Vertrauen schenken, glauben dadurch ein Recht auf das unsrige zu haben. Dies ist ein Fehlschluß; durch Geschenke erwirbt man keine Rechte.«

Ich sagte zu meinem Freund Dániel: Wir wollen muthig sein, mein lieber lieber Freund! Ich glaube jetzt immer nur an das Besserwerden, an *unser* Besserwerden, an unser Wachsen in guten Absichten, guten Mitteln usw. – Margó blieb bei unserem Tisch stehen, mehr oder minder horchte sie. Ihre Brüste breiteten sich mächtig aus. (»Was schauen Sie? Das alles gehört mir.«) Jetzt gehen wir mit einander, eines Glaubens und eines Hoffens! Was Du erlebst, erlebe ich, und es giebt nichts mehr, was einer von uns noch für sich wäre... nichts Gutes und Rechtes! Ich danke dir, mein Freund, ich danke dir!

Dániel antwortete: Nein, davon dürfen wir nicht miteinander sprechen. Oder vielmehr: so wie wir beide sind, zwei sehr getrennte Wesen, dürften wir davon nicht einmal miteinander schweigen. – Er trank. – Wo wir nun hingehören? Wir sollten uns lieber freuen, daß wir derartige Fragen überhaupt stellen dürfen!

Ich sagte: Väter haben viel zu tun, um es wieder gutzumachen, daß sie Söhne haben. – Ich winkte Margó, weil ich zahlen wollte. (Der Mund würde aufspringen, ehe man sie zu Ende geküßt hat.) – Jeder Mensch hat seinen Preis; das ist nicht wahr. Aber es findet sich wohl für jeden ein Köder, an den er anbeißen muß.

Dániel antwortete das Folgende: Wir vergessen unsere Sünden, sobald wir sie einem anderen gebeichtet haben, *nur* daß der andere sie nicht wieder vergessen wird.

Wir erhoben uns, in goldenen Krügen stand das Bier auf Margós schmucklosem Tablett. Mit meinem Freund beschloß ich: Es bleibt dabei, wenn wir uns wiedersehen, so lächeln wir – mit Recht. Ich fragte noch: Und Ilon? – Die ist eine *Distel,* antwortete er schnell.

Aber lassen wir das. Mami, meine Großmutter, würde darauf sagen: Gleitet nur und lastet nicht.

III. (»?«)

Freilich bleibt dann eben keine Frage mehr;
und eben dies ist die Antwort.

Wittgenstein

Was behaupten wir?

Nehmen Sie die Brille ab? Lassen Sie den Blödsinn? Wir wissen alles? Mach doch nicht gleich in die Hose, Kossuth? 〈Lajos Kossuth war der Anführer des Freiheitskampfes 1848/49; während der Kämpfe hat er viele schöne Teil-Erfolge verbuchen können, doch wie gewöhnlich war ein Habsburg-Sieg das Ende.〉 Kleiner Baldower, wir wissen, daß die Sonne scheint, und wissen, daß es regnet? Nicht doch? Wozu denn diese Trotzigkeit?

Mit dem Fragesatz gibt der Fragende seiner Wißbegier Ausdruck, und gleichzeitig ruft er den Zuhörer zur Befriedigung seiner eigenen Wißbegier auf? Im allgemeinen ist der Standpunkt des Redenden nur in einer Hinsicht fragwürdig? Ist das für gewöhnlich eine Lüge? Oder haben wir, wenn wir zu solcher Zuflucht uns gedrängt fühlen, nicht vielmehr die Pflicht, zu gestehen, daß wir am Ende sind? Das ist es, was das starkbetonte Wort des Fragesatzes ausdrücken will?

Was hat denn der Schimi-Schumi vorgebracht?* Wo ist nun der Herr Pálfi abgeblieben, und was tut er? Du hungerst nach Aasfleisch? Und Zärtlichkeit wird die Tunke sein? Eure Disposition hinsichtlich der verdorrten Mägdlein befindet sich in Ordnung? Ist die Macht eines Werwol-

* Oh, das faule, rote Tier hat nichts vorgebracht.

fes auf ein gewisses Territorium beschränkt oder universell?* Wie hat die Ferne Marci und Frici verlocken können?

Das Rätsel gibt es nicht? Wenn sich eine Frage überhaupt stellen läßt, so kann sie auch beantwortet werden? Denn Zweifel kann nur bestehen, wo eine Frage besteht; eine Frage nur, wo es eine Antwort gibt, und diese nur, wo etwas gesagt werden kann?

Bin ich hier am *rechten* Ort? Ich bin hier? Ich passe hierher und kann mich selbst ertragen? Sind Sie gastfreundlich? Ritterlich? Verwegen, stolz, tapfer und offen? Keck, trotzig, sinnlich, bitter oder mißmutig? Verstockt, schweigsam, ein Einzelgänger, oder suchen Sie gar Zwietracht? Und daher fehlt Ihnen das Vertrauen? Die Unabhängigkeit und der Alleingang sind Ihre größten Schätze? Sie sind ein Kurucze?

Unter dem breitzapfigen Baum wirkt das bißchen Schnee erbärmlich, das vermoderte Laub schimmert durch, auf den Zweigen der kleinen Büsche liegt der Schnee, als wäre er Tüll, der schlechte Erinnerungen weckt, zähe Winden haften an den Birken im Garten, zwischen den Bäumen öffnen sich unversehens Räume, durch die der Sonnenschein fegt?

Es dampfen die Rücken unserer drögen Gäule?

Doch wenn es die eine oder andere unserer grillenhaften Wolken so will, breitet sich unverzüglich Stumpfheit über der Gegend aus, es wechselt Grau mit Grau, und nur sehr weit oben am Firmament taucht ein wenig Farbe auf, eine Abart von Rot, was das Gelände umso beklagenswerter erscheinen läßt?

* Schwer zu beantworten (nach dem Stand der Dinge).

Ermüdet und abgehärmt wie ein verweintes Auge? An den Ästen mächtiger Bäume baumeln Kleider, Überröcke mit Zierpaspeln, mit Fuchspelz besetzte Leibröcke, mit Goldfäden durchwirkte Tücher, Vielfachröcke, weichselrote Samtdolmane? Das graue Schneewasser setzt sich auf die biegsamen Stiefel? *Sind Sie damit einverstanden?* Im Gegenteil, Sie halten es für Unrecht? Es ist Ihnen einerlei? Sie haben keine Meinung? Oder Sie pfeifen auf das Ganze? Haben Sie den Gang nach Canossa hinter sich, sind Sie noch nie Spießruten gelaufen? Nun? Geht es um eine der Kindheit entstammende Erinnerung an Demütigung?

Oder um unbeholfenes Herumstehen? Um ein quietschendes Parkett? Glitschige Mayonnaisekartoffeln? Mußten Sie sich bis in den Boden hinein schämen? Wohin? Man hat Sie gehörnt, das heißt, Sie dürfen nicht mehr den großen Max spielen? Hat Ihnen das Schicksal den Marsch geblasen? So allgemein, im Grunde, in der Grundschule? Im Gymnasium? Wo denn?

Einmal mußten Sie in der Biologiestunde ein Froschskelett präsentieren, quasi zur Belohnung? Hätten Sie nicht rückgratlos in die Arbeitsgemeinschaft eintreten müssen? Späte Reue verdirbt den Magen? Unnütz trieben Sie sich am Donauufer zwischen den nach Arpád und nach der Freiheit benannten Brücken herum, mit dem einzigen Erfolg, daß Sie der Schrecken der Angler wurden, was aber auch schon zählt? Schließlich jedoch fanden Sie die Lösung und kutschierten zum Stadtwäldchenteich? Sie schlenderten über die kleine Brücke, wobei Sie die Biologie-Lehrerin in Gedanken scharf verurteilten, in der Ferne kicherten zwei Mädchen in einem Boot? Eine von ihnen war die Drahosch?

Sie lehnten sich vor, rieben Ihre Lenden lange und kräftig an einer Art Brüstung? Sie vollführten winzige, unsichtbare Kreise, bissen die Zähne zusammen, während

Ihr kleines Herz heftig klopfte? Verängstigt schauten Sie sich um, aber Sie sahen keinen Verdächtigen? Steinlenden? Es tat wohl, inklusive der Peinlichkeit? Unterdrücken Sie oder kompensieren Sie im allgemeinen? Sie verarbeiten? Nach innen? Ist das eine künstlerische Form? Oder ein moralischer Tiefpunkt? Stänkern Sie, ätzen Sie, intrigieren Sie auf familiäre Art, graben Sie altmodisch eine Grube, sticheln, stechen Sie, sägen Sie an, giften Sie herum, schmieden Sie Ränke? Sind Sie ein Wurm? Eine Ratte? Oder sind Sie ein Übergang, der die Erinnerung erleichtert?

Was taten Sie nach dem ersten ERKENNEN? Sie waren neunzehn, saßen entsetzt auf der Toilette der Universitätsbibliothek, und als Sie nach Hause gingen, versuchten Sie, niemandem ins Gesicht zu schauen?

Sind Sie fesch?

Der Kurucze und das Fesche, Kurucze und Schneidigkeit sind unzertrennliche Begriffe? Gefällt Ihnen die Schneidigkeit ohne Demokratie? Hatten Sie schon demokratische Erlebnisse at all? Wäre es für Sie wichtig, solche Erlebnisse zu haben?

Haben Sie (hatten oder hätten Sie) derartige Erlebnisse (immer, des öfteren, selten, nie) in folgenden Fällen: Selbsttäuschung – blutiger Kampf – Heimatgefühle (kleines Handbuch der Demokratie) – Grammatik?

Wie sind die Symptome? In welcher Stellung befinden sich Ihre Beine?

Seid ihr ganz weg davon? Und so zum Spaß gesagt: Seid ihr von den Socken? Würdet ihr für ein Scheffel Gold nicht tauschen, freut ihr euch wie der Mops über das Ei? Den Tanz kennen wir schon? Nicht doch?

Selbst der Floh hüpft vor Freude?

Werden wir niemals sterben? Oder doch? Wann? Alles, was zur Volksherrschaft führt, ist himmlisch, paradiesisch? Natürlich heiligt das Ziel die Mittel nicht, nicht wahr? (Wie denn, daß es solche gibt, die das vollkommen Offene und das Gelassene mögen, andere hingegen die Verschlossenheit, den Dogmatismus, und das ist ihr Stekkenpferd? Andere wiederum sinken auf die Knie, lärmend jammern sie, und im Gegensatz dazu baumeln manche mit den Beinen in der Luft, ringend holen sie Atem, als würden sie spielerisch den Nackenstand üben?)

Der erste Eindruck kann entscheidend sein? Die Zeitpunkte? 49, 67, 19, 45, 48, 56, 68? Euer Liebden spielen Lotto? Immer wieder trifft man rationale, positive oder sogar ganze Zahlen an, die von Stille oder Lärm umgeben sind und nicht von Gesprächen, vom Denken, Abwägen und der Moral? Geht es um dergleichen? Ein Demokrat zu sein bedeutet vor allem, sich nicht zu fürchten?

Sollten wir einmal so reden, wie Gott es will? Das ist nicht zeitgemäß, meine Freunde?

Von wegen Gott und Freunde? Na, na, das darf man nicht, nun, mein liebes Schätzchen? Wir schweigen einfach: Nachdem wir an der Grenze unserer Kenntnisse und Möglichkeiten angelangt sind? Sollten wir das ordnungsgemäß konjugieren? Ich bin angepaßt, du bist ok, Sie kommen mit sich aus? Nehmen wir uns die Freiheit? Wehren wir ab, lethargieren, apathieren, denunzieren wir, sollen wir vogelfrei sein, umherstreunen, sollen wir zu Tode erschrekken? Werden wir allgemein? Müssen wir zur Last fallen, vor Wut schnauben, zaudern, uns sträuben, uns widersetzen, argwöhnisch sein? *Sollten wir uns an den Glauben halten?*

Einigen wir uns?

Sollen wir keine hartgesottenen Männer sein, laßt uns nicht übermütig werden, machen wir uns aus dem Staub, geben wir Fersengeld? Sollen wir Rotz und Wasser heulen? Haben wir die vollkommene Friedensumwelt, Friedensversorgung? Na also? Haben wir zu stammeln, uns jammervoll zu gebärden, unseren Bemühungen einen individuellen Anstrich zu geben, der Halbwelt anzugehören, zu genießen? Nun, du sündhaftes, kümmerliches, lumpiges Volk? Heimat, ich hasse dich, mögen dich Würmer lebendigen Leibes zernagen?

Was ist das?

Nur zu, nur zu? Sollten wir Faxen machen, verworfen sein, nicht der Rede wert sein? Bist du glücklich? Bubi, du, so raffiniert bist du also, daß dein winziges Herz dermaßen pocht? Oder das bekommen noch wird eine cremefarbene Nuance? Sehnen Sie sich nach Verständnis für die Kuruczen? Wir könnten einander sehr viel geben?

Also kann man mit uns auf den Vogelfang gehen? Wollen wir singen und springen? DIE PAROLE IST: KOSEN? Demokratie ist Erneuerung, Lebenserwachen, Frühling, angenehme, sprühende, aufregende, hoheitsvolle, kapitale, vollkommene Entspannung nach dem täglichen Schuften? Nicht doch?

Schwänzeln Sie vor Freude? Wackeln Sie mit dem Hintern? Greifen Sie im allgemeinen plötzlich, ungestüm, wild nach einer Frau? Was meinen Sie, die Volksherrschaft, sie stößt Ihnen sozusagen zu, oder im Gegenteil, Sie erschaffen sie erst? Diese Frau will und will nicht reden, rührt sich nicht, hält sich an der Kaminsäule fest, schließt die Augen, als wäre es ihr gleichgültig, was in der nächtlichen Dunkelheit hinter ihr geschieht, während sie sich ausmalt, was sie herbeisehnt? Ein altes Weib tritt ein, um nach dem Feuer zu sehen, als sie Sie beide erblickt, verzerrt sich ihr Gesicht zu einem teuflischen Grinsen, Sie jedoch stört ihre Anwesenheit überhaupt nicht, und heiser lacht sie: treib es nur, treib es mit ihr nur, gnädiger Herr, mit meiner guten Gnädigen, die Frau richtet sich auf, und seufzend, mit müde zitternden Knien, zerschmettert, mit nebligfeuchtem Lächeln und geschlossenen Augen wankt sie davon?

Clara gehöret zu den Zween, deren Hintern sich prächtig erheben, nimm ihre Titten, es macht ihr nichts, selbst gegen mehr hat sie nichts? Mit ihrem Pelz scheuert sie den Bauch des Kuruczen blutig?

Ich trage gerne enge Jeans, manchmal schmiere ich meine Brust und den Bauch mit Babyöl ein, und zu verachten ist es auch nicht, wenn man die Duschrosette abschraubt, die Rose ist eine Rose ist eine Rose – bin ich ein fescher Kurucze? (Wuuu!!! welch eine Frage, selbst den Slip behalte ich an . . .) Bin ich vielleicht scheu und grüblerisch, leichtsinnig und blind glaubend, mein Verstand ist klar gegliedert, begreift in großen Einheiten, ist ausgewogen, schlicht, konzis? Kann ich einen Esel bei seinem Fell vom Boden heben? Kann ich auf mich achtgeben, habe ich Kontakt zu mir und meinem Körper, bin ich *hier,* bin ich der passende Kerl, bin ich ok, komme ich mit mir aus? Wollen wir der Lüge, der Heuchelei, der Undurchsichtigkeit, der Feigheit den Krieg erklären? Sollten wir blindlings herumschießen, weniger auf bekannte Ziele, eher um die aus ihrem Schlaf geschreckten Einwohner zu beeindrucken? Sollen wir die

Stille durchbrechen? Muß jemand endlich einen Knoten an das Ende dieses unendlichen Fadens knüpfen? – Seelenhurensöhne?

In die Kulturgeschichte ist das eingebettet, die Hodensäcke sind festgenagelt?

Die über uns alle wachende Zeit bietet Lösungen auch gegen uns? Mit unendlicher Verstocktheit wäscht der Regen Spuren von den Mauern dereinst bezwungener Burgen, die Jahrhunderte brechen den hohen Glanz der Türme, das Firmament gleicht einem uralten beschriebenen Pergament, an dessen unterem Rand – in der Form der in einem Sturm untertauchenden Sonnenscheibe – das Siegel zerbröselt, noch bevor man auch nur annehmen könnte, daß sich der Rauch über den traurigen Ebenen jemals legen wollte und daß der Flachs seine blauen Blüten wieder öffnete oder der Morgentau die giftigen Tollkirschenbeeren reinwaschen würde? Es ist kalt, sagt Miska Halassi, und er wendet sich vom Fenster ab? Der Wind pfeift durch die dicken Mauern?

Ich hingegen stehe mit aufgesprungenen Lippen vor der riesigen, ovalen Silberplatte, die aufgehängt als Spiegel dient; sie verzerrt kaum, mein Gesicht ist feierlich blaß, Altsilber, die Dunkelheit hat sich herabgesenkt, draußen sind die schwarzen Bäume verschwunden, der harte Schnee glänzt in eisigem Weiß, aufgequollene Anhänger der Habsburger, die Labanczen, lauern am Waldrand, nette deutsche Herren mit Haarbändern, rabenschwarze Kavaliere, Hunde mit mageren Flanken, Köter mit zotteligen Beinen, ihre Rippen scheinen aus Weidenruten geflochten, an ihren Eckzähnen blitzt der Mondschein, diese aus Licht geflochtene Melancholie, eine wilde Horde mondfarbener Hunde, ich streiche an den unveränderbaren Furchen meiner Stirn entlang, im Kamin knistert das ungewisse Feuer, was für eine bittere, ehrlose, elende Armut! – vielleicht warte ich auf unser Boot, damit ich am Meer der Freude entlangfahren kann?

Würden Sie bitte einige Skizzen von jenen Situationen entwerfen, in denen Sie eine Möglichkeit, und sei es nur die leiseste Möglichkeit, für eine Volksherrschaft sehen? In solch zweifelhaften Zeiten dürften Sie an jedermann erproben und seinem Antlitz ansehen können, was er in seinem Herzen birgt und vor wem Kopf und Knie zu verneigen seien?

Zwickt man an Ihrem Rechtsempfinden? Auf welche Weise? Den Fall vorausgesetzt, was Gott behüte? Bedeutet Ihnen diese Form der Schneidigkeit viel? Wieviel? Zwackt man auch an Ihrem Sprachempfinden? Bejahen Sie das, oder entweicht Ihnen das Blut, indes Sie zu Tode erschrecken?

Mit welcher Methode erreichen Sie das empfindliche Gleichgewicht Ihres Rechtsempfindens? Durch langwieriges Herumfingern, mittelbares Zwacken? Ist es wichtig, das Gewissen wach zu halten, oder ist es eine Frage der Gewohnheit? Das Ihrige ist wischi-waschi? Schnarchen Sie auch? Sollte man über die Schlaflieder reden? Nun? Die Phantasie ist Projektion bunter Bilder auf eine sozusagen salpetrige Wand? Oder aber es stund an, die arme ohnmächtige Stadt nach dem nicht erwarteten und wirksamen Angriff des Seitenflügels zu brandschatzen, ihre Steinmauern zu Staub zu zerschlagen und das Präsidium zu verschleppen?

Wenn in blutigen Schlachten demokratische Impressionen erreicht schienen, was wollten Sie dann für vorteilhaft erachten, die Politik der harten Hand – die der weichen – der schnellen – der langsamen? Das völlige oder teilweise Eindringen in die Probleme, das Eindringen und die Unterbrechung? Hat für Sie die Größe oder das Format der Gedanken einen Vorrang? Und welcher wäre Ihrer Empfindung nach besonders geglückt: der lange und traditionelle, der kurze und gängige, der spindelige, schlagfertige und so weiter?

Oder meinen Sie, man sollte ganz ruhig bleiben und kuschen? Den heiß ersehnten Augenblick sehnen Sie heiß herbei? Und bei dieser Gelegenheit spielen Sie selbstvergessen mit den Banden der gesellschaftlichen Disziplin? Das soll gerade mir einer sagen?

Lieben Sie es, Ihre Karten unaufgedeckt zu lassen? Werden Sie oft darum gebeten? Auf welche Art? Wer macht Ihnen die Angebote? Pflegt der hornhufige kleine Teufel aus dunklen Nischen abgelegener Busstationen hervorzutreten? Oder sitzest du mit deiner überaus schönen Geliebten an einem mit gelbem Tuch bedeckten Tisch, die Kerze brennt knisternd, weil der Docht zu lang ist, in der Nähe hocken der Mann mit der Ziehharmonika und der einsame Schlagzeuger, und wie zwei alte Weiber unterhalten sie sich über das Wetter, über Lottozahlen und wie schwer es ist, das Geld einzuteilen – als einer der Kellner mit dem Haselnußstecken einen magischen Kreis ziehet? Und fürderhin sind die Speisen mit einem Male ohngesalzen, die Schöße der Weiber sind bei aller Qual unfruchtbar, die Kerzen stinken? Doch ihr sollet euch nicht ängstigen, ihr sollt zuschauen? Die Kellner zwinkern verheißungsvoll, der Mann mit der Ziehharmonika übernimmt, sagen wir mal: die Macht, verzückt kreist er zwischen den Tischen, und aus seiner schmutzigen Tasche streut er weißes Pulver, vermutlich Salz, in die Teller. Besänftigend greifen wir nach der zitternden Alabasterhand unserer überaus schönen Geliebten? Die Wodkagläser trocknen aus, in den Knochen verdorrt das Mark, die Kartoffelcroquetten verschimmeln, die Küchlein brechen auf, im Fleisch finden sich rosarote Würmer, die Leberknödel schrumpfen ein?

Der Mann mit der Ziehharmonika gebraucht eine veraltete Gaunersprache, supersicher, der einsame Schlagzeuger ist supersicher, er ist verstört virtuos, während sich der Kellner bei deinem Tisch verneigt und sich bei dir selbstsicher wegen des Malheurs entschuldigt? Der Mann mit der Ziehharmonika spielt mit einer unglaublichen Lautstärke die Hymne, hier und da rutscht vielleicht auch mal ein falscher Ton hinein, der Kellner fragt mit höflichem Lächeln, ob deine Geliebte *irgend etwas* benötige; du springst vom Stuhl, und ungeschickt, jedoch mit großer Hingebung, versetzest du ihm eine Ohrfeige? Dann verhauen sie dich fürchterlich?

Sind andere Formen der Schneidigkeit und des Feschseins (Öffentlichkeitsarbeit, Baumpflanzung, die Unterstützung gesellschaftlich Benachteiligter, die Friedensbewegung, Rente usw.) wichtig für Sie? Oder sind Sie scharf auf das »auf, vorwärts, mein lieber Sohn«?

Sind Sie ein Regulärer? Seit wann? Gibt es wieder die lustigen Jahreszahlen in steigender Reihenfolge? Hat das eine Wirkung auf das Feschsein? Haben Sie Freischärler-Erfahrungen? Haben Sie jemandem schon einmal das kalte Eisen in die Brust gestoßen? Was fühlten Sie dabei? Wie entwickelte sich dann der Kontakt zwischen Ihnen? Gewerkschaftsmäßig? Sind Sie ein Materialist, oder flehen Sie gerne zum Gott der Ungarn, wobei Sie klangvoll sogar die Jungfrau verfluchen, oder verhält es sich bei Ihnen umgekehrt, wobei Sie jeden Einzelfall berücksichtigen sollten? Wenn Sie ein einsamer Wolf sind, inwiefern ist das eine

* Sollte dieser Text aus den dreißiger Jahren des XX. Jh. stammen, könnte er ein Seitenhieb gegen Horthy sein, so daß ihn zugleich auch Gömbös verstehet. Wenn nicht, dann eben nicht.

Sache der Entscheidung? Ahnen Sie, wer wessen Wolf ist? Wer was horthet?*

Sind Sie Anhänger des Bruderkrieges? Soll Ungar gegen Ungar stehen? Wer aber ist Ungar? Sind Ihre Feinde grundsätzlich heimatlose Schurken? Hat Sie eine ungarische Mutter auf die Welt gebracht? Haben Sie die gleiche Milch getrunken? ‹Kennen Sie ungarische Sprichwörter, die sogenannten *Reden-sagen?*› Würden Sie, wenn man Sie höflich bittet, selbst Ihr Hemd hergeben? Vitam et sanguinam? Und Ihren Hafer? Sind Sie nach dem zweiten Überlegen treffsicher? Wie ist der Ungar, weinend wird er heiter? Es fällt Ihnen nicht im Traume ein, zu zittern und zu zaudern? Um Gnade bitten Sie nicht? Und um den Dolmetscher? Tragen Sie Ihr Herz auf der Zunge? Gehen mit Ihnen die Pferde leicht durch, sind aber schwer zu zügeln? Machen Sie Winkelzüge?

Und wenn Sie aus irgendeinem Grund doch unbedingt (?) gegen das Töten sind, weil Ihnen ein abgeschnittener Arm, sogar wenn er einem Bourgeois gehören sollte, Brechreiz verursacht und der Anblick des aus einem Bauch quellenden Gedärms Ihnen keine Freude macht und Sie auch keinen Nutzen darin sehen, Sie sind also ein zimperlicher Humanist, wie finden Sie denn diesen unbewegten Gemütszustand? Würden Sie ihn auch anderen empfehlen? Wie planen Sie weiter, wie lange noch?

Das stolze Heer breitet sich am Abhang aus, Sporen werden gegeben, die Hufe klopfen laut, still herrscht das Tal über die Berge, die Kugeln schwirren, bringen den edlen Tod – Sie aber stehen herum und sind bestenfalls: verzweifelt? Sie meinen, man müßte das Fesche in unserem Volke vernichten? Schon in der Kindheit? So allgemein, im Grunde, in der Grundschule? Im Gymnasium? Und warum, wenn nicht? Kann man Sie mal?

Wie riechen die Kaisertreuen, die Labanczen?

Was halten Sie von der Revolution?

Haben Sie auch das Gefühl, es sei schön, über derlei Dinge zu plaudern, und es sei sehr angenehm, daß wir uns so gut verstehen? Zieht es den Kuruczen zum Kuruczen oder eher zu den Labanczen? Und wenn schon Kurucze, dann ist es scheißegal? Ist das ein Schritt in Richtung Selbstverwirklichung? Oder müßte es *ganz anders* zugehen? Nicht doch?

Doch noch etwas?

Gott gebe uns selige Ruhe –

Dreht sich uns das Herz im Leibe? Müssen wir Frondienste leisten? (Apropos: Sind Sie ein Adelssprößling?) Die Not ist ein großer Herr, der größere aber ist die Unmöglichkeit? Haben wir die Kröte geschluckt? Aus Pflicht und nicht aus eignem Antrieb? Auf alle Fälle ist der Teich im Stadtwäldchen Ihnen als froschreiche Gegend erschienen? Schlenderten Sie auf dem Brücklein gleich sorglos weiter und versuchten, die Probleme der Königsberger Brücken sich vor Augen zu führen, weil Sie in die Arbeitsgemeinschaft für Mathe gegangen sind? Ein Musterkind? Während Sie sich zum Wasser beugten, drückten Sie, preßten Sie Ihre Lenden gegen die passend hohe Brüstung und rieben, rubbelten, scheuerten, schrubbelten sie in für weltliche Augen unsichtbaren Kreisen? Man sollte eher von einer leichten Berührung reden, während Ihr Herz heftig klopfte? In der Ferne kicherten zwei Mädchen in einem Boot, und den Dank, Herr, begehrten sie?

Eine der beiden ist schön, die andere hingegen unvollkommen und unausstehlich, gefräßig, untersetzt und geschwätzig, sie hat plumpe Waden, einen krummen Rükken, einen kräftigen Leib, derb die Gestalt und derb die Zähne, dunkelgefärbt und unförmig die Lippen, das Gesicht verzerrt, schielend das Antlitz und erbärmlich das Haar, sie riecht schlecht, ihre Bewegungen sind zügellos, ungeschlacht baumeln ihre Brüste, sie mag Lieder, Instrumentalmusik und die vollkommene Lust, ihre Lippen beben, die Nase ist platt, sie ist zwergenhaft und buckelig, zwischen ihren Brüsten zieht sich eine schwarze Linie, pustelig, ekelhaft, nicht zu heiß, nicht zu kalt, ihr dichter, fester Flaum scheuert den Bauch des Kuruczen auf, sie ist verliebt, bei dem Geruch ihrer Erregung hält man es neben ihr nicht aus, ihr Gang ist der des erregten Elefanten, ihre Brüste sind lüstern und schwül? Sie ist wirklich gräßlich?

Es gibt keine Ausrede?

Mit diesem Mädchen sind Sie später einmal gegen Abend mit der S-Bahn nach Hause gefahren? Als Sie das Mädchen erblickten, haben Sie sie trotz der schwarzen Linie, die sich zwischen ihren Brüsten entlangzog, sofort ins Herz geschlossen? Im Gegenteil, waren Sie eher wütend auf sie, haben Sie sie oberflächlich gehaßt, weil sie Ihnen in den Sinn kommen ließ, daß Sie allein sind, mutterseelenallein?

Sind Sie trotz Ihrer jungen Jahre bewandert in der Einsamkeit? Sind Sie ein alter Fuchs auf diesem Gebiet, einer, der Nachtwächter schon tagsüber sterben sah? Sind Sie unzählige Male mit nächtlichen S-Bahnen gefahren und kannten zur Genüge jene Verzögerungen, die eine Art Einfluß auf die Zeit nehmen wollen? Damit sie stehenbleibt? Sich umkehrt? Damit etwas anderes aus ihr wird? Aber die S-Bahn ist pünktlich wie der Tod? Brauchten Sie einfach irgendeine Frau? Das Licht des silbernen Armleuchters gleitet aus, der Kapellmeister, ein kleiner Wurm, winkt, neuerlich hebt die Seide zu rauschen an, träge verdrehen sich die Strümpfe an den Waden, unser heißer Atem beschleunigt sich, unsere Gesichter überziehen sich rot, und unter unseren leichten, karierten Blazern sind wir schon leicht verschwitzt, unsere Krawatten fliegen wie Kraniche, auf die karmesinroten Stiefel setzt sich der Staub, unsere verdorbenen kleinen Kusinen versuchen wir in Richtung *Zauberschachtel* zu lenken, und wenn sie sie vorsichtig öffnen, wobei sie die Züchtigen mimen, werden sie zwar schreiend zurückschrecken, aber in ihren Augen leuchtet dann der tückische Triumph?

Haben Sie wirklich versucht, in dämpfig frühen Morgenstunden, während Sie sich eilig zu Ihrer Arbeit begaben, den traumgesichtigen Frauen anzusehen, wie sich ihre Nacht abgespielt hatte? Wie genau schauten Sie und auf welche Weise? Haben Sie unter ihren Augen nach den Säckchen, in den Winkeln der Schmollmünder nach dem süßen Speichel gesucht, die den Schäferstunden entstammen? Wo denn mögen sich die verräterischen Spuren verstecken? Und wenn wir schon bei der S-Bahn sind, waren Sie absichtlich unterwegs, um solche Schäferstundensäckchen zu finden? Ihre Vorstellungen waren neblig, aber der Nebel war warm, stimmt's?

Es taucht die ausgeprägte Silhouette einer entfernten Prager Verwandten auf, die Tante genannt wurde, Sie sehen vor allem den von den fülligen Hüften herabfallenden Seidenrock, der die Vorstellung eines *exklusiven* Pfadfinderrockes erweckte, offensichtlich um das Gewissen hinsichtlich der Alters- und Verwandtschaftsprobleme zu beruhigen, und bei einem gemeinsamen Urlaub am Meer, lange ist es her, nachträglich kann man das sachlich feststellen, versuchte die Prager Verwandte Sie für sich zu gewinnen, Sie hingegen, da Sie noch nicht bewandert waren, konnten das einfach nicht wahrnehmen, weshalb Sie später, an jenem einsamen Samstag, den Kopf gegen die Wand schlagen wollten? Oder wogegen?

Seinerzeit hatten Sie sich oft über das Benehmen der Frau geärgert, ohne zu verstehen, weshalb sie zum Beispiel als Erwachsene so viel lachen mußte, weshalb sie ohne jeden Grund sich in die Nähe Ihres Gesichtchens neigen mußte (Tabakgeruch!), oder weshalb sie gegen die mit Ihnen gleichaltrige gertenschlanke Tocher des Hotelbesitzers gereizte Bemerkungen machte, nachdem Sie die Nase rümpften und klagten, jene hätte die gemeinsame Box-Auto-Fahrt auf der Kirmes verweigert, die Frau nannte sie einen mageren Frosch, klapperdürr, mickrig und sogar eine raffinierte Person, und sie bemühte sich, Sie in eine reifere Richtung zu lenken, während es doch gerade ihr daran mangelte?

Was Sie ihr in Ihrer wählerischen Art übelnahmen, ihren Unernst nämlich, offensichtlich war die Frau etwas verkrampft – nicht zu sehr, so wichtig waren Sie auch wieder nicht –, die daraus resultierende Verhältnislosigkeit fiel Ihnen auf, und Sie litten darunter? Die Tiefpunkte und die Höhepunkte sind ein Ringkampf? Sie standen am Ufer, aufmerksam beobachteten Sie irgendein Ballspiel, als die Frau auf einmal mit ihrem schon bekannt zu nennenden hitzigen Lachen herbeilief, spielerisch hielt sie Ihnen die Augen zu, aber, natürlich!, Sie wußten gleich alles, wer es war und worum es ging, schüttelten grob die Hand der Frau ab, deren Laune durch diese Tapsigkeit nicht schlechter wurde, im Gegenteil, heiter und offen provozierte sie Sie, indem sie lauthals verkündete, Sie seien für sie im Fangenspiel, sage und schreibe, kein Gegner; mit einem ziemlich überheblichen Blick, den Sie von Ihrem Vater entweder abgeschaut oder von ihm geerbt hatten, maßen Sie die Frau ab, dann rannten Sie los, ohne auch nur ein Wort zu sagen, die neidische Betrachtung der Ballspiele hatte Ihren Tatendrang ohnehin aufgepeitscht, empfindlich, mit leichten Schritten schwangen Sie sich von ihr los, am langen, sanft gebogenen Ufer rannten Sie an der Grenze zwischen Wasser und Erde entlang und genossen den derben Geruch des Meeres, das Klatschen Ihrer Füße im Sand, und dann hinein in das seichte Wasser, ungestüm wie ein Welpe, im Sprinten schlugen Sie Wasser und Sand hoch, mal wurden Sie langsamer, mal blieb die Frau beinahe ganz zurück, und als Sie sie an sich herankommen ließen, sahen Sie den lila Lippenstift an ihrem Mund, in den Mundwinkeln schäumte Speichel, was Sie damals ekelhaft fanden, Sie wollten wieder beschleunigen, da rief die Frau *warte, ich kann nicht mehr,* gnädig warteten Sie, die Frau lachte immer noch, keuchte lachend, während sie mit den Händen überschwenglich umherschlug, was Sie teilnahmslos und vom hohen Roß herab beobachteten, jetzt jedoch machte die Frau einen unerwarteten Sprung, *ich hab dich,* rief sie glücklich, Sie traten sachte zurück und verachteten diese Gaunerei, der unfaire, aber nicht fachgerechte Angriff wäre leicht abzuwehren gewesen, Sie hingegen, und Sie wissen selbst nicht warum, rührten sich nicht, erschraken sogar durch die Berührung der hochgeschleuderten Frauenarme, gleich auch vor dem dunklen Anblick der Achselhöhlen, und in einer panischen, plötzlichen Bewegung fielen Sie auf den Rücken, schon wälzten Sie sich gegen Ihren Willen in den skandalösen Pfützen, die die Ebbe zurückließ, lachend spritzte die Frau das schneidende, grobsandige Wasser hoch, und verzweifelt versuchten Sie sich von ihr zu lösen, Sie waren beinahe am Ersticken, weil Ihr Kopf an den Körper der Frau gedrückt war, es kann Sie schließlich kein Vorwurf treffen, da Sie sich den Kopf über regelgerechte Ringergriffe zerbrachen, das alles jedoch fand viel langsamer statt als bei den Kämpfen in der Schule, und durch einen trickreichen Beingriff (vor kurzem hatte sich der Griff gegen Korom als glanzvoll erwiesen), mit dem Sie sich unerbittlich um ihre Schenkel flochten, wodurch sich auch die Scheinangriffslust der Frau verminderte und sogar ihr Lachen sich in eine erstaunte Heiterkeit verwandelte, gelangten Sie endlich in eine günstige Lage, stützten sich auf die Ellenbogen, hoben sich von der Frau ab, *bist du blöd?,* fragten Sie duzend, weil Sie Verwandte waren, das war zwar keine notwendige, doch eine hinreichende Bedingung (Arbeitsgemeinschaft für Mathe!) für das Duzen, die Frau entwand sich Ihnen und legte sich auf den Rücken, Sie hockten wütend im Schneidersitz, die Haare der Frau sogen sich mit nassem Sand voll, was Sie als abstoßend und unvorteilhaft empfanden, plötzlich stand sie auf, strich an sich entlang und begab sich ins Wasser, da bereits überkam Sie eine irritierte und schlechte Laune, gleich darauf froren Sie an Ihrem Hintern, standen auf, hatten am ganzen Körper eine Gänsehaut, die Verwandte kam schreitend aus dem Wasser, *gehen wir nach Hause,* sagte sie leise, und weil sie nicht zu Ihnen schaute, haben auch Sie sich abgewandt, Sie froren nicht mehr, feingliedrig gingen Sie neben der Frau einher, dann reichten Sie ihr wortlos die Hand, die Finger der Frau waren kalt, die Ihrigen heiß, und so gingen Sie weiter, Hand in Hand?

Einmal haben Sie sie auch beim Duschen gesehen, vermutlich durch Zufall, aber es wäre auch nicht ausgeschlossen, daß hier die Hand der Frau bewußt im Spiel war? Von der Frau tropfte das Wasser herab, der mit Perlen bedeckte Körper bog und wiegte sich, langsam, ohne jede Eile, schloß sie die Tür mit einer Natürlichkeit, die jeden bezaubert hätte, doch Sie nahmen daran eher ein wenig Anstoß, scheu nahmen Sie daran Anstoß, Sie haben den Anblick des nackten Körpers *verschlungen,* als hätten Sie ein

Geschenk vor Augen? Etwas traurig drohte die Frau mit ihrem tabakgelben Finger? Wenn Sie jetzt die Augen schließen, blitzen die grell und geschmacklos lilagefärbten Nägel immer noch magnetisch vor Ihnen auf? Später dann, mit reiferem Kopf, das heißt, als es für Sie keinen Mangel an Frauen mehr gab, dankten Sie dem Himmel? Ist das ein pharisäischer, aber stichhaltiger Gedanke?

Ach ja: auf welche Art betrügen Sie sich? Fällt es Ihnen überhaupt auf? Haben Sie dergleichen schon gesehen? Haben Sie heimlich jemanden erspäht, der soeben seinen Mittelfinger befeuchtete? Forcieren Sie Gedankenkonstruktionen, jene instabilen Systeme, die bei uns beheimatet sind und in denen auch eine geringfügige Veränderung der Grundvoraussetzungen, der Dinge, Tatsachen und der Wahrheit einen wirkungsvollen Erfolg versprechen?

Oder wäre es eher ein außergewöhnlich kluger Satz, der die Welt flugs veränderte? Oh? Ist es eine Selbstattacke auf der Gefühlsebene, von der Sie mit stürmischer Eile gerührt sind, Sie halten sich für liebenswert, wertvoll und anständig und schnappen auf diese Art nach dem Köder? Sind Sie Ihr eigener Honigfaden? Üben Sie Sprachterror aus, mögen Sie Vergleiche und Sprichwörter? Schauen Sie auf die Lippen des Volkes und ziehen Ihren Nutzen daraus? Oder aus den Klassikern der Literatur? Den Klassikern der Politiker, der Religion? Der Ma(r)ximen? Gebrauchen Sie (Liebste) Ihren Finger, die Hand, Ihre Handfläche? Die Bierflasche, den Bettüberwurf, den Rand der Bettdecke? Den Teddybär?

Obwohl: wer weiß schon, was wir fühlen, wenn wir auf den Rücken eines Pferdes niedersinken, auf das warme, dampfende Tier, oder wenn wir sitzen, im Dunkeln auf feuchten Steinen sitzen, während der Nebel durch unseren

Schädel aus- und eintritt und uns aus der Ferne fetzenhafte Hurra-Rufe erreichen, die im Wind stöhnen?

Im Zusammenhang mit dem Rechtsgefühl beobachten wir zwei, drei Fakten? *Füttere die Bestie?* Die anderen Fakten, der Rest, dient zur Abdeckung des gesamten moralischen Knotens? DIE PAROLE IST: UNTERSTÜTZUNG? Ich glaube, das sind Fragen des Stolzes und der Hemmungen?

Eine meiner Brustwarzen ist groß und empfindlich? Hin und wieder zwick ich sie, kneife, zwacke, quetsche, drücke, schlage, ergreife, betaste sie? Die Mutter ringt die Hände?

In jenen gesteigerten, außerordentlichen, hervorragenden Augenblicken, die vor dem ERKENNEN liegen, sind wir offen, tolerant und progressiv, ich hebe meinen Hintern, schlage zwischen die Pferde, die legen die Ohrwaschel an, *hü, hott!,* während die amtlichen Jungens die Heimatgefühle langsam und mit vorsichtigen Muskelbewegungen vom Programm wegheben?

Alles hat eine eigene Geschichte?

Am Anfang des demokratischen Erlebnisses müssen wir mit der FUK, mit *FU*rcht vor der *K*ühnheit, rechnen, denn es ist alles wund, und folglich ist es verständlich, wenn wir uns ein bißchen ängstigen? Aber wenn wir doch schon gelernt haben, daß der Selbstbetrug ein großer, befreiender Ventilator ist, unsere Mähne flattert, während wir unsre Feschheit unter Kontrolle halten, damit in Kürze das Ehrgefühl anschwellen kann, das Gefühl des Kuruczen, dem es also möglich war, mit einem schmucken Geschenk – sich selbst – zu überraschen?

Selten denken wir daran, daß dies, ein Kurucze zu sein, nicht nur ein logischer Fund ist, mit dem man kontra die

Labanczen antreten kann, sondern daß dieses Wort von vornherein einen bunt zusammengesetzten Begriff beinhaltet? Jene Leichtigkeit, mit der die Kuruczen mit Hilfe des Selbstbetruges demokratizieren*, widerspricht auf alle Fälle jenem volkstümlichen Klischee, demnach die Ansprüche der Kuruczen unverhältnismäßig und kindlich unbedarft seien, und daß er einen passenden Despoten bis ans Ende der Welt begleiten würde? Die Dinge in Augenschein zu nehmen kann der Kurucze weder von sich noch von seiner Pflicht und seinem Recht aus absehen?

Es besteht die Gefahr, neue Sachen zu gut zu verrichten, schließlich wird uns die in sich gekehrte Feschheit, wo nämlich Subjekt und Objekt, Räuber und Häscher ein und dasselbe sind, Ausführender und Erleidender, Mittelpunkt und Ziel, Annahme und Erfolg identisch sind, vermutlich mehr konvenieren als die Angelegenheiten unseres verehrten kaiserlichen Gegners, den wir etwa an einem kühlen morgendlichen Morgen in seinem unversehrten, sicheren Quartier aufstören, zerknittert sitzt der Arme am Rand des bequemen Bauernbettes, aus den aufgeschlagenen riesigen und dennoch federleichten Federdecken schlagen die schwefeligen Gerüche der Nacht hervor, aus den Augen des Mannes hängen gelbe Trieler, es kribbelt ihm im Nacken, als hätten ihn tausend verspielte Teufel überfallen, mit eiskalten Füßen kriecht er in seine klammen Stiefel, seine

* Manchmal gebrauchen wir dieses Wort, *demokratizieren*. Es handelt sich um ein Verb. Die aktive Form des Verbes ist dazu berufen, jene allgemeine Auffassung zu modifizieren, die die Volksherrschaft mit dem himmlischen Manna vergleicht, oder als könnte etwas so ohne weiteres in voller Rüstung aus dem Kopf eines oder mehrerer Menschen hervorspringen; die Wortart läßt Möglichkeiten der Kuruczen erahnen, und zudem schließt sie die Unschuld aus. Das Verb ist ungebräuchlich, entsprechend muß man mit ihm umgehen.

zottelige Kleidung ist ekelhaft und leblos wie eine abgeworfene Schlangenhaut, in der Küche steht die *Hausfrau* in einem dünnen Hemd auf dem Steinboden, sie ringt die Hände, eines ihrer kräftigen Beine wendet sie in der lauwarmen Asche, durch das dünne, weiße Linnen scheinen ihre dunklen Lenden, als säße dort ein Schatten, ein merkwürdiges, stummes Tier, ihre zwei arbeitsamen Hände, die sie bis dahin an ihren Unterbauch gepreßt hatte, läßt sie nun baumeln, unser kaiserlicher Gegner macht sich hektisch fertig, Sapperlot!, keucht er ärgerlich, indem er sich mit seinen Stiefeln abmüht, als er durch die Küche rennt, würdigt er die Frau keines Blickes, es ist richtig, daß er sich beeilt, draußen wartet auf ihn schon unser nacktes Eisen?

Überraschenderweise forcieren die Söhne des Landes keineswegs die Suche nach dem Selbstbetrug? Obschon? Obschon das für uns eine heilige Handlung ist? Das ist sie aber, weil sie von ***uns*** abhängt, weil ***wir*** sie kontrollieren, weil sie ***uns*** zum Strohfeuer entfacht? Es ist ein winziges Schrittchen in Richtung Freiheit, denn es ist doch etwas anderes, wenn wir es uns selbst ORDENTLICH GEBEN und uns kein Deutscher mit seinem roten Kopf, verschwitzt, mit Ungeziefer in den Haaren und räudig nachschnüffelt, in dessen zufriedene Visage wir blicken müssen, während es uns an allen Gliedern zerrt und wehtut?

Es tut weh.

Damit sich unser Rechtsgefühl nicht entzündet, benutzen wir diese und jene Cremchen? Zwischen unseren Schenkeln liegt eine leuchtende Taschenlampe? Die Wärme tut so gut?

Draußen liegt die klamme Nacht, fallende Lüfte kreisen, die Hand stemmen wir gegen einen zugigen Spalt, es zieht scharf, entfernte Berge sind zu erahnen, lange, tiefe Täler, und alles ist grau, blau und braun, freundlich und grimmig? Elegant und barbarisch? Ich verriegele die Türen, liege bewegungslos, atme kaum und starre ins Nichts? Ich ekle mich vor mir selbst, ich klebe, bin einsam, es ist kalt? Durch meine Rippen weht der Wind, durch mein Gesicht weht der Wind, Schnee verklebt meine Augen, Schnee klebt an meiner Stirn, mein Hals ist ungeschützt, ungeschützt ist mein Hals?

Tapfer, geknickt niederhangend, bohème, familiär, grimmig, anmutig, keck, vertraut, ausdauernd, windig, dunkel, lustig, weise, kribbelig, niedergeschlagen, fest, zurückhaltend, neugierig, treu, flatterhaft, selbstgetreu, selbstironisch, lebendig, persönlich, ewig wandelbare Menschen: sind wir so?

Nun ja?

Wir passen uns der Zeit an? Da wir unter Elstern leben, hüpfen wir umher? ‹Kennen wir ungarische Sprichwörter, die sogenannten Reden-sagen?› Wissen wir, woher der Wind weht? Erst verzärteln, dann verkratzen? Werden wir zum Narren gehalten? Haben wir Tollkirschen gegessen? Sind wir auf den Leim gegangen? Sind wir in die Grube gefallen? Hat uns die ganze Welt verschaukelt? Sessi bon?

Sind wir auf der Landstraße unserer Gedanken an jenem Kilometerstein angelangt, der von abgemagerten Kötern umlagert wird und wo wir bereits akzeptieren, daß der Kurucze, um es bildlich zu sagen, ein Recht auf sich selbst hat – solange der Kurucze ein Kurucze bleibt, das heißt, bis er den Labanczen akzeptiert und für einen edlen Haß gegen und für das gemeinsame Spiel in Dreck und Blut bürgen kann?

Oder es wird der Tag kommen, an dem man gegen den Troß der Vorurteile keinen Krieg mehr führen muß, daran, daß wir leben, daß wir unser ödes, phantastisches Leben leben, werden wir unsere Freude finden, wir entdecken uns selbst, lernen uns kennen (Selbstverwirklichung!), und dazu werden wir nicht nur in unserem kleinen Stübchen Lust und Gelegenheit haben, nicht nur in Kellern mit stinkigem, verschimmeltem Heuwasser, nicht in der dunklen Tiefe der Wälder versteckt, sondern gemeinsam, öffentlich, zusammen mit den anderen »Personen«, sowohl mit den Kuruczen als auch mit den Labanczen, alle miteinander, wir Ungarn?

Irgendwo stinkt das? Können wir selbst noch am Guten ein Wort aussetzen? Sind wir mißtrauisch gleich einem Raven?

Kann alles vorkommen? Folgt nun der große FIK-FUK: Die *F*urcht vor der *I*solation *K*ommt, die *FU*rcht vor der *K*ühnheit? Oder kommt das ERKENNEN? Ziehen wir die gelbe Schmetterlingsdecke über den Kopf, der Körper schwebt, lebt, pulsiert, blüht auf, schmerzvoll genießen wir, der Kopf ist leicht und leichtfertig, die Geräusche liegen weit ab, als würden in der Ferne Alphörner erschallen, die Zeit rinnt langsam wie Honig, der Raum ist zerbrechlich, alles ist süße Hitze, Wärme, pulsierende Dunkelheit, alles ist sengend, flammend, geil: im guten Sinne des Wortes, der Körper fließt hin, ist weich – ich kann mich nicht rühren: mein Körper hat – dort – keine Grenzen: ich sage nicht: dies: ja, dies: nicht mehr, ich urteile nicht mehr, sondern empfange, dieser Akt bin ich selbst, das rückgratlose Dasein, unter der Voraussetzung, daß die Gegenstände eine Ethik haben: Ist das alles?

Auuu! Demokratie auf dem Rücksitz eines Pobjeda –

Ein wenig ernster müßte man mit dieser verhurten Zeit schon umgehen? (Warum? Wann?)

Sollen wir nicht aufgeben? Die Stecknadel im Heuhaufen suchen? Oder nur den Labanczen mit seinem fühlenden Herzen? Hüten wir uns vor Illusionen, Jesus, hilf? Ich tu dies und jenes, aber dabei komme ich mir derart lächerlich vor? Das Keuchen unseres kaiserlichen Gegners wird stärker, mit seinem knochigen Knie stößt er uns in die Schenkel?

Nicht nur nach Meinung der siechenden Kaiserlichen, sondern auch in den Augen der gebildeten Allgemeinheit muß der Kurucze fesch sein, scheiß ich also drauf? Lieber gar nichts als erbärmlich? Von Motten zerfressen? Denke ich hier an die Versager und an die Labanczen-Schovinistenschweine? Doch vermischen sich Ursache und Wirkung wie die Karten in der Hand eines ungeschickten Spielers, wir demokratizieren nicht, es ist *also* unwichtig? Oh, oh? Ob wir nicht bereits eine Art »Labanczen-Dienstleistung« betreiben? – Aber verdammt, mit diesem kaputten Leben, wenn ich das Strohfeuer seiner schwammigen, morschen, schimmelten Art schon zum Lodern bringe, werde ich vielleicht verlangen dürfen, daß er sich das bißchen Zeit nimmt, bis die ganze Scheiße aus ihm rauskommt?

Möchte ich der Hauptdarsteller meines Lebens sein? Stehen wir wartend, und wartend betrachten wir unseren aufgeregten Labanczen, der mit einem gestohlenen Huhn unterm Arm über den tief verschlammten Hof rennt, über seinem krummen Rücken spannt sich der zum Speien häßliche Kittel der Kaiserlichen, gerötet ist sein Gesicht, und auch er, der Teure, hat seit Wochen nicht mehr gegessen, unsere forschenden Hände könnten jämmerlich an seinen lieben, mageren Rippen entlangtasten, an den vorstehenden Beckenknochen, dem vorstehenden Brustbein, dem vorstehenden Schlüsselbein, den vorstehenden Schulterblättern, den entlang der Wirbelsäule hervorstehenden Knöchelchen, den dem Rücken entlang hervorstehenden Wirbelknochen, den krumm herabgebogenen Schultern, dem stacheligen, armen Nacken mit seinen eitrigen, roten Wunden, an der trockenen, runzeligen, blassen Haut, den ungeheuren Kratzstellen (Vitaminmangel!), am rissigen Ellenbogen des Armen und den armseligen Haaren auf seiner Brust? An den Ärmeln seines zerfransten Mantels klebt dreckiges Heu?

Welch eine Szene, von unserem Versteck kann man den aufgebrachten Bauern sehen, wie er blaugefärbt nach der Holzgabel rennt, woher diese Entschlossenheit? woher der Wagemut? die Courage? woher die Kühnheit?, woher, da doch kein Huhn mehr flattert, die Haushüter bewegungslos liegen, die Kälber weinen über ihren Tod, und das Lämmchen blökt zitternd?, woher, wo doch die Pferde entwendet wurden und, die noch geblieben sind, nicht mehr aufzustehen vermögen, nur die tiefsitzenden, bläulichroten Augen heben sie zu ihrem Herrn empor, auf dem Schindeldach schnurrt schon die Feuerkatze, die Frau schluchzt nicht, stumm umklammert sie ihre blutigen Kleider – und von unserem guten Platz aus sieht man auch, daß der dürre Kerl, der an dem rußbeschmierten Tor lauert, sein Gewehr ansetzt?

Immer diese Warterei? Dieses Was-und-wo-wird-es? Was kann ich wissen? Was muß ich tun? Was darf ich erhoffen?

Wie man es auch sehen mag, der Schlüssel für alles ist: der Labancze? Er braucht den Sieg, den er dann unter Einhaltung der Amtswege seinem hoheitsvollen Kaiser vermelden kann? Kehrt sich mir davon der Magen um? Und dies wiederum ist eine der jugendlichen Übertreibungen, während ich bereits älter werde?

Chercher la MEHR?

In meinem Mund ist es dunkel, ich fürchte mich?

Mein Gott, ich habe einfach mal abgeblockt, versteh doch endlich?

Hat der Labancze ein *schiefes Gesicht?* Oder hängt es davon ab, aus welchem Blickwinkel wir ihn betrachten? Gibt es den *zögernden* Labanczen und den *böllernden* Labanczen? – Wenn der Herrgott unser Schicksal in ein Burgverlies lenken wollte und alle, die da athmen und krauchen gantz darnach trachten wollten, ihr Unwesen mit uns zu betreiben, dürstend nach unserem geringen Hab und Gut, wir hingegen profitieren uns aperte und publice als Kurucze; in unseren zerrissenen, bluthigen Leinenhemden stehen wir in dem weiten Burghof, wir erwecken kein Aufsehen, hier einer, dort einer, jedem wird genügend zuteil, oben, in den rundlaufenden offenen Gängen, den italienisch anmutenden Galerien, sind gelangweilt aufmerksame Männergesichter zu sehen, die Hände dieser Männer fingern weiterhin am Sattel, nageln Bretter zusammen, hämmern, enthäuten, verbinden, werkeln, die Frauen sind aufgeregter, unterhalten sich mit blutrünstigen Schreien, *hängt ihn beim Schwanz auf,* und wenn man ihnen, während sie grölen, auf den Hintern haut, sind sie keineswegs beleidigt, im Gegenteil, sie beugen sich vor und drücken, pressen ihre hügeligen Becken gegen die passend hohe Brüstung, und sie reiben, rubbeln, scheuern, schrubbeln sie in für weltliche Augen unsichtbaren Kreisen, eher sollte man von einer leichten Bewegung reden?

Wenn das launische Leben uns zu einem böllernden Labanczen führt, gibt es nicht viel zu zögern und zu säumen, dieser Molch ist ein unerfahrenes Grünohr, von Zeit und Tod weiß er nichts; ohne viel Firlefanz und ohne viel Drumherum ist er piff-paff geschwind fertig mit uns, bald breitet man den zerschlissenen Loden des Märtyrers auf unsere klapprigen Schultern, während er sich auf die andere Seite dreht und schnarchend den Schlaf der Gerechten schläft?

Der zögernde Labancze gestattet keine frivolen, lässigen Schreie, und indem er verbietet, auf die üppigen Hintern zu schlagen, sichert er sogar eine Art solide Feierlichkeit, aber gegen die unsichtbaren kleinen Kreise ist er offensichtlich machtlos, daraus folgt sein Zynismus, unser Labancze verschränkt seine Arme vor der Brust, er steht nachdrücklich gespreizt, aber zugleich ist er sanft, seine Sprache ist gewinnend, gewählt, *Wörter sind vorhanden,* und langsam, klug, ohne Eile kommt er mit ihnen voran, währenddessen spielen die Soldaten in einem Schuppen angestrengt Karten, die gefüllten Gewehrmulden ruhen wie getreue Schäferhunde zu ihren Füßen, die Eichel ist Trumpf, in der Nähe ihrer Kürassiere besänftigen sich die koketten Damen, atmen schön und leise, ihre rosigen Lippen glänzen feucht, öffnen sich, *verwaist stehen wir mitten im Raum,* sind darüber ein wenig gerührt, doch nur kurz blitzt die Rührung in uns auf; wir bringen eben sehr viel Liebe auf, für alles, vor allem für uns selbst, unser Labancze ist zuverlässig und ruhig, läßt sich von unseren amateurhaften Großtuereien nicht beeindrucken, ohne Fehl und Tadel verrichtet er seine Aufgaben, seine Stimme psalmodiert fachgerecht, und diese Behandlung der Zeit, als ginge es da um etwas wie Sand, dieses *Mal-fassen-mal-lassen*, wird uns bald auf das gesegnete Strohfeuer schleudern?... Natürlich wird es schließlich kühl, klare Sterne kommen am schwarzen Himmel auf, die Wache wird gewechselt, die Frauen gehen mit faulen, weichen Schritten von hinnen, klebrig wird man auf dem schmutzigen Heu sitzen können?

Am selbigen Tage blickte der Himmel sanft auf uns herab?

Und dann dieser Wählerische, der die Nase rümpft, er tupft sich die Hände ab, fragt, ob denn unsere Schwerter rostig, ob unsere Ketten rostig sein müßten, und pfui Teufel mit unserem Blut, steht es ihm höher an?

Was den *Abenteuerlustigen* betrifft: Schon wenn er zu reden beginnt, stockt mir der Atem: Was ist dem alten guten Kriegsgaul denn jetzt wieder eingefallen?

Und das *Heimchen,* das hier auf seinem einfältigen Gaul im Kreise herumsäbelt, als würde es an einer amtlich organisierten, relativ günstigen Reise teilnehmen, in der Vorsaison? Ein Sonderangebot?

Man muß allerdings sachten Umgang pflegen? Seitens des Kuruczen sind auch die Höflichkeit betreffende Gesichtspunkte in Erwägung zu ziehen?

Ich bin nicht so auf den Kopf gefallen, daß ich diesem frischgebackenen Schurken, meinem verehrten kaiserlichen Gegner, diesem bebänderten, eitrigen Viech, den ich mit meinem unterwürfigen Auftritt, meiner fehlerhaften Sprache, meinem geringen Verstand, doch mit reinem Herzen und wahrer Liebe grüße – der Herrgott möge ihn behüten, so lange Er es für richtig hält –, daß ich ihm erkläre, wie das geht und wie nicht (das Wie-und-wie-nicht!), denn in seinem Eifer würde er sich nicht entblöden, Minimeisterschaften zu organisieren, um prüfen zu können, wie viele Treffer es gab, nur damit er dann beweisen kann, daß er es ist, neben dem ich das ERKENNEN lerne? Und ich derweil, ich sehe nichts vor lauter Wut?

Und wenn ich doch sehe und ich die etwas nervösen, aber anständig gemeinten Bemühungen des tapferen Gegners sehe, daß er sich nämlich nicht schonen will (indem er uns nicht schont), seine Hände sind blutbeschlammt, auf seinem Gesicht schnurrige Rauchstreifen, habe ich nicht das Herz, zu klagen, daß es mit der Demokratie so und so stehe, das würde seiner Eitelkeit offene Wunden versetzen? Die Zeit ist ein alter Kumpel, und seinen Nächsten kennt man immer näher?

Das alles kann sowohl diskrete als auch brutal offene Formen annehmen?

Es gibt verschiedene Arten der Angst: angefangen vom leisen Zittern bis zur verkrampft lauten Raserei? Sollte man die Symptome nach der vorliegenden Fachliteratur durchspielen? Sobald der Kurucze ein Schrumpfen der Gesellschaftsordnung entdeckt, was man mit einiger geringer Übung behend beweisen kann, schmeißt er vor Freude sein eigen Hintern herum?

Soll doch der Labancze glauben, er sei der große Zampano?

Einerseits? Andererseits halten wir unseren Hosenbund verkrampft und mit blaßblauem Gesicht und beugen uns würgend über die kühle, gekachelte Einbuchtung, die ebenfalls blaßblau ist? Nicht doch? An Ungar is an Ungar is an Ungar? Auch wenn er niedergeschlagen und geschlagen ist? Summertime, sie geht vorüber? Weiß du wo die Männer sind, wo sind sie geblieben? Die Stirne aufgeschnitten, blutgetränktes Haar, zu Boden gesenkt der Blick? Draußen im Wind wehen die Blätter weinend, und grimmig fragt der Greis, wozu die Kinder wachsen?

Gibt es auch einen, der da greint? Die Elster, fragt das Elsterbein, ist sie der Elsterbeine Feind?

Der krumme Deutsche meint, vom Gesichtspunkt des ERKENNENS sei es am besten, MAN GÄBE ES UNS ORDENTLICH, und wenn das klappt, also ER GIBT ES UNS ORDENTLICH, und wir kriegen es, das ERKENNEN, dann ist alles ok?

Unsere Leidensgenossen aber sehen noch nicht klar, daher also errichten sie selbst jene Mauern, zu deren Füßen sie dann heldenhaft kämpfen können, bis ihre Arme erlahmen und die Laune sie verläßt? Jedenfalls müßten Entscheidungen auf jenem Bewußtsein beruhen, daß es das, was ich will, auch gibt, und auf der Freiheit, daß es dergleichen gibt? Es weht ein kalter Wind?

Und nochmals: Auf alle Fälle? Auf alle Fälle steckt der Labancze in uns, überheblich dreht er sich, schiebt, drückt, greift zu, dreht uns, dringt tiefer, seine starkriechenden Parfüms stechen in die Nase wie Meerrettich, und sein schlecht rasiertes Gesicht schürft uns tiefe Wunden?

Dann aber Schwert gegen Schwert? Das Heldentum brauchen wir? Blutig stürzen unsere Rosse darnieder, achten kaum noch auf das IZZ, auf das *I*rrationale *Z*ucken der *Z*ügel, getreulich gräbt der gute Kamerad seine deutschen Krallen in unseren pickeligen Nacken, sind wir etwa flaumig und zerbrechlich wie Rehkitze im Röhricht, ich mag ihn in meiner Körpernähe fühlen, sein entsetzt schweres

Atmen hören, sein Keuchen, Stöhnen, die krallenhaften Biegungen seiner Finger, jenes labanczenhafte Pulsieren fühlen, in dem eine ganze Welt umfassender Pläne, Planungen und großartiger Wünsche unschwer wiederzuerkennen ist; als würden Sterne in seinem Blut pochen, die ich ausgeschüttet habe?

Einander nahe sein? Unsere Gesichter berühren sich, und beispielhaft packen wir uns gegenseitig am Schlafittchen, das ist die Phase des Anpackens, die also, die auf das Mal-fassen-mal-lassen folgt; er beißt mich, ich lecke mein salziges Blut, fühle mit der Zunge den Abdruck der kleinen Zähne, während wir einander fest an der Haut packen, rollen wir, rollen quer durch den behäbigen Fluß, durch Sümpfe, über graue Wiesen, gleichmäßig liegt auf den Grashalmen der Zementstaub, quer durch Schlammhaufen rollen wir über den Schutt, über zubetonierte Spielplätze, Zebrastreifen, vorgeschriebene Fahrtrichtungen, an bedeckten, vernagelten Springbrunnen vorbei, quer durch Pfützen, und dabei zerdrücken wir die mit Tauperlen bedeckten Maulwurfshügel – erschöpft hören wir den Herzschlag des anderen, mit erstarrten Muskeln atmen wir aus dem anderen heraus, um schließlich in seinen Armen einzuschlafen, wegzufallen, weg, weg, weg, über unsere Gesichter kriechen einfältige Ameisen? Eine große Umarmung ist die Welt, können wir uns vorlügen, wenn wir noch leben?

Ich hocke im Gras und bin klein wie ein Häufchen Elend?

Sind wir unerbittlich einsam? Will ich dies ausdrücken, wenn ich sage, daß der Kurucze zur Freiheit verdammt ist? Sie aber liegen nur herum und flüstern vor sich hin: lausig, dreckig, verfault, schändlich, heidnisch, gefangen, ungarisch, fahl, schuftig, infam, bestialisch, fürchterlich, frech, beschämend, niederträchtig, stinkend; Dreck, Schmutz, Eiter, Mist, verhurt, lumpig, armselig, kreischend, verächtlich, Fetzen, Tand, Lumpen? – Puppentheater, wie es die scharfsinnigen unter den Labanczen sagen? Und wenn ihm, dem Labanczen, das ERKENNEN früher kommt als Ihnen, Eure Gnädige, ist dann Eure Gnädige außer sich? Verkrampft sich Ihnen der Magen, denken Sie zunächst: oh, scheißegal, es macht nichts, es war ganz nett, solange es stattfand, *doch plötzlich beginnen Sie zu trotzen, und Sie wollen und wollen es nicht verstehen, warum Sie sich damit abfinden sollten?*

Wo doch der Olle sich seine zehn vom Blutdrang beschlichenen knolligen Finger ablecken könnte, daß wir es waren, die er bekommen hat?

Das Leben ist schön? Unser Wahrheitsempfinden ist lebhaft, kauzig, wir selbst sind, als ob wir Funken sprühten, die Sinne tanzen, die Westen der jungen Frauchen und der Mägdelein spannen sich, die stolzen Perlenknöpfe können die ehrenvolle Last kaum tragen, im Trubel heben sich Röcke, vor unseren Gauneraugen liegen die runden Küchlein der Knie und die gefährliche, süße Gegend der rosigen Schenkel, der Boden dampft vor Staub, die Stiefel und die Silberpantoletten klopfen, der wilde Schweiß schlägt durch die Schönheitsmittel, die Nasenflügel beben empfindlich, auf der Lichtung läßt man die Leute sanfte Feuer überspringen, die Frauenspersonen, die unreifen und die greisen, springen weit gespreizt, um sich dabei zu wärmen, der Mond, einem herausfordernden Stachel gleich, reckt sich dort oben am Himmel, Arm in Arm wogen wir durch die Spalten, die man in den Leib unserer geliebten Stadt geschnitten hat, durch die Ringstraßen, die Sternstraßen, die Prospekte und durch die Nebengäßlein, in denen der

Verkehr in eine Richtung gelenkt wird, und mit Tränen in den Augen singen wir die Hymne; die Gäste, auf den offenen Terrassen an quietschende, blendend weiße Rohrstühle gefesselt, springen auf, und zusammen mit ihren Stühlen gesellen sie sich zu uns? Unsere Hymne ist die schönste und traurigste Hymne der Welt, die Augen füllen sich mit Tränen, und fremde Menschen küssen einander?

Es geht um Variationen? Ob wir auf den Rücken sinken und nicht einmal wissen, wer uns betastet, oder ob wir auf allen vieren unter den rasenden Blicken des Feindes taumeln, die Pferdehaarfüllung schürft uns die Knie auf: wir reißen und reißen die Gesäßmuskeln entsetzt zusammen, und obwohl wir unser *sors bona* hinlänglich kennen, überrascht uns die simple Konsequenz immer wieder – »Was ist das?«, »Oh?«, »also wirklich?«, starren wir mit flaumiger Naivität in die riesige, ovale, als Spiegel dienende Silberplatte?

Die Asymmetrie unserer Augen flößt leichtes Mißtrauen ein, es handelt sich um Hinterlist, um beharrliche Verantwortungslosigkeit, obwohl selbst der schäbigste Feind sich gewiß schon entfernt hat, er, der unsere psychischen Probleme lösen könnte, ist auf und davon mit seinem offenen Brustkasten, seinem zuvorkommenden, aufgelösten, dampfenden, ausgeschütteten Gedärm, mit seinen an den Stümpfen zuckenden, zersäbelten Endgliedern; da sitzen wir einfach am Fuße des Pflaumenbaumes, rund um uns fallen in Reichweite die trägen Früchte, wir sinken zusammen, Natternköpfe knirschen im bösen Wind, das ist das Gewohnte, das Gewohnte, das Gewohnte, aus der Ferne vernimmt man seufzerartige Hurrarufe, eine Pflaume fällt, blas mir einen, flüstert jemand kühl aus dem nahen Fliederbusch, zünd dir eine Zigarette an, dreh dich auf die andere Seite, schlaf, Kumpel, morgen ist auch ein Tag?

Man hatte mich geschändet?

Geschändet hatte man meine nicht zu hohe, nicht zu knappe Gestalt, mein schmales, bräunliches Antlitz, geschändet hatte man meine schwarzen und glanzvollen Augen, nebst meiner etwas gröblichen, krummen Nase, daneben die nicht kleinen Ohren, die langen Arme, die Zehen meiner Füße, deren Nägel ohne Schönheit und kümmerlich verwachsen sind, wohl möglich, es ist wegen der engen Stiefel so, geschändet hat man meine schmalen, dem Hechtbauch vergleichlichen Hüften, mein schönes, gepolstertes, ganzes Gesichte, den Hals, die Kehle, meine Schenkel, meine Flanken, geschändet hatte man sie?

Was, zum Teufel drängen wir also? Die Vergangenheit habe ich vergessen, seinen neuen Lauf tritt das Leben an, fahl werden die schönen·Erinnerungen, denn mein Kummer ist schon ausgebrannt? Das Firmament ist blau indessen, da ich jetzt den Weg zu mir fand? DIE ZEIT BLEIBT STEHEN, WAWAWAWA? Am Himmel stehen stumme Sterne, wawawawawa? Du schweigst, und ich schweige?

»Geh dich mal waschen.«? »Ich brauche dich.«?

Oh, ihr von euren inneren, von des Herzens inneren Schmerzen und und Schluchzen geplagten Einfältigen, ihr bedauernswürdigen armen Unbeholfenen? Es sei in Erwägung gezogen?! – *Du mußt dein Leben ändern!* Welch ein Herrgott außer dem Obristenkapitän dürfte derartiges sagen?

Sprechen wir einmal von Unterdrückung und Revolution? Ad notam: sprechen wir von den Huren: wie geht es der lieben Mama? ‹Über den Gott der Ungarn fabrizieren wir unübersetzbare Wortwitze.›

Revolution? Wat is tieß? Ein Journalistendreh, ein Feuilleton-Trick? Die Mehrzahl der Labanczen ist schlecht informiert, grinsend steht einer neben seinem riesenhaften Pferd und ruft: Wer da? Es ist das alte Spiel: der Labancze will, daß MAN'S IHM ORDENTLICH GIBT, der arme Kurucze will das ERKENNEN: und itzt: Was denn soll das Neue daran sein? Die Wiese ist abgetreten, das Leintuch ist matschig und zerknüllt – wo bleibt hier die Revolution? Hier gibt es nichts als Reklame, Leistungsdruck, neue Märkte? Doch ist irgendein farbiger Fetzen für den Hals oder als Taschentuch oder eine glitzernde Münze am Busen längst noch nicht das, ist noch nicht der frisch geschaffene neue Mensch mit seiner Schönheit und Freiheit, bestenfalls geht es da um diesen oder jenen Geschmack?

Die Neue Feschheit ist Bluff, ein Fall vom Regen in die Traufe. Ungarische Dolmane, ausrasiertes Haar, blaue Äuglein: ist es das, was wir brauchen, bedeutet es grad soviel? Disko? Mein Gesicht soll heiter und voll Lächeln sein, weil das Leben wunderbar ist und top fein? Wenn ein Kurucze einmal am sommerlichen Deich herausfordernd entlangsprengt, sein Pferd wiehert – vergessen wir nicht: auch Pferdegrölen ist ein Grölen –, unbändig jagt er durch den stillen grünen Nachmittag, der Labancze aber kraucht aus seinem Winkel hervor, rupft sein verschlafenes, verknittertes, stoppeliges Gesicht zurecht, und die beiden stoßen aufeinander – na, was geschieht dann? *Du bist frei,* flüstert der Träge mit den Bändern im Haar, während er sich an sein knochig großes Pferd lehnt – doch das eben wollten wir für Scheiße erachten, weil doch der Kurucze, wenn er die Dinge mit Verstand verfolgt, nicht auf die Art frei sein will, daß er das gut geschmierte Labanczen-Modell der Feschheit und der Schneidigkeit übernimmt, sondern er würde eher eben seinen eigenen Weg suchen, der von Unkraut und Werg zugewachsen ist?

Nicht doch? Bleiben wir bei Verstand? Saugen wir die Muttermilch aus, der Labancze kann uns ruhig mal, so daß wir es hübsch abkriegen und geschlagen davonlaufen, bis zur Drau hinab und hinauf an der Vág entlang? Und ausgeschlossen dürfte auch nicht sein, daß er sich dabei ein Eigentor verpassen wollte? Wir sind nicht gestern erst vom Baum gestiegen? Sondern jetzt eben? Kinderlein, sagt der alte Mann im Tabakladen, dem vom Rumpf ab beide Beine fehlen, merkt euch, man muß für alles zahlen? Ein Päckchen Kaugummi und eine Sonnenbrille?

Auch wir haben allerhand auf dem Kerbholz? Vergebens ist der Kurucze schöner als der Labancze, da gibt es die gemeinsame Kultur, die Sprache, die Vergangenheit (beispielsweise der Kornspeicher Europas); und es gibt auch solche unter ihnen, die nichts als lausige Ratten sind, und daher ...? Holla, wir haben den Fuchsenpelz, und es gibt andere Schurken noch außer mir, holla?

Sie pflegen tapfer zu reden, gepfeffert, passend und fesch, so daß jenen, die der Metro eilig entsteigen, der Atem im Busen steckenbleibet, und sie werfen (während sie weitergehen) einander Blicke zu, daß so etwas also erlaubt sei, sogar das sei schon erlaubt? Und indem Sie diese unausgesprochenen Fragen aufschnappen, glättet sich Ihr Gesicht, Sie werfen Ihren Blick empor, als wären Sie die Hauptfigur eines etwas älteren Plakates, aufgeklebt noch zur Haupterntezeit: Ja, meine Freunde, nunmehr ist auch dieses erlaubt? Die Luft wird heiß, und wenn man auch beim Aussteigen zahlen müßte, wenn das die Regel und eine alte Gewohnheit wäre, daß es einen Preis für das Nichtmetrofahren gäbe, dann würde jetzt niemand zahlen, und die Kontrolleure würden bei diesen Ausschreitungen die Augen schließen, entweder weil sie großzügig denken oder weil sie erkannt haben, daß sie mit der berauscht wogenden Menge nicht anders umgehen können, daher schütteln sie auch niemanden zurecht, kneifen niemanden in die Ohren, erteilen keine Lektionen, stellen kein Standbein, werfen niemanden in den Graben, demütigen niemanden und beschimpfen keinen?

Nein, wir stecken keine Ohrfeigen ein, man packt uns nicht am Schlafittchen, man wischt uns keine aus, wir kriegen keine hinter die Löffel, man verpaßt uns keine Schläge, wir flennen nicht um unser Leben, man packt uns nicht in Teppiche, wickelt uns nicht in nasse, allmählich trocknende Leintücher, die zusammengepreßten Zähne stemmt man uns nicht mit Taschenmessern auseinander, um uns den Mund mit Salz zu stopfen, die Fußsohlen sind nicht aufgequollen, sind nicht blutunterlaufen, nicht blaurot, auf unsere abrasierten Köpfe pflegt in der Regel kein Wasser zu tröpfeln, es spannt kein Geschwür in den Achselhöhlen, man tritt uns nicht in den Magen, unsere Fingernägel sind mehr oder minder unversehrt, und falls sie es nicht sind, können die Vorwürfe nur uns selbst treffen, Gott sei Dank tritt man uns nicht zwischen die Beine, unsere Hoden sind schön, ordnungsgemäß, funktionieren gut, glänzen gesund, das Gedärm reißt man uns nicht aus: nein?

Ist es des Guten zu mies –

Wollten wir während Streicheleien erwachen? So, daß es die verdammte Stille, in der das Kuschen lohnenswert erschiene, nicht gäbe, doch auch keinen Lärm, der einen ausschließlich beschmutzigen könnte, wir erwachen auf friedliches Gerassel, auf die warme Musik unseres eigenen Körpers, der sich streckt, unsere gelbe Schmetterlingsdecke wogt sanft und vorwitzig wie ein kleiner Teich?* Sollten wir nach dem Meer lechzen, sollten wir uns nach den stürmischen Pfützen sehnen, die die Ebbe hinterließ, und würden wir uns dort gerne herumwälzen, um lustvolle Mangelgefühle auszukosten? Sollen wir unter die Decke kriechen,* über die Natur der Dunkelheit staunen, tief atmen, die Würze der abgestandenen Luft genießen, sollen wir mit unseren Zehen den entfernt gelegenen Teil der Decke anheben, und dort soll ein Lichtpunkt erscheinen?

Warum sollten wir nicht über uns nachdenken können? Warum sollten wir nicht auf Attribute stoßen? Horribile dictu: auf Aussagen? Welchen Grund könnte es für die Abtötung jener in glühend unbekannte Richtungen strebenden Anlagen geben?

Doch so lange diese schizoide Aufteilung nach amtlich und nicht amtlich, öffentlich und privat, nach echter und unechter Wirklichkeit der Welt besteht, setzen wir unsere moralische Verpflichtung außer Kraft, in diesem Weltfließen die Rolle eines Dammes, einer Quelle oder eines Tampons zu übernehmen, eher forcieren wir kümmerlich das Ethos der Machtlosigkeit, während, und hiermit gleichzeitig, das Leben an den weitest abgelegenen Grenzen sich kommerzialisiert, von unserem Privatleben werden immer größere Happen abgebissen, und immer weniger sind wir in der Lage, auf deren tiefe und schmerzliche Bedeutung zu achten?

* Ein Bild: Auf einem breiten Bett liegt unter einer gelben, weichen, leichten, warmen, molligen Schmetterlingsdecke eine junge, braune Frau. Ist es Drahosch? Angewidert blickt der Mann (?) zu ihr, wie einen Waschlappen reißt er die Schmetterlingsdecke hoch. Vom Rumpf aus fehlen der Frau beide Beine. DIE PAROLE IST: GEHENNA?

Das sollte ich sein? Ist das mein Gewissen, sind das meine Gewissensbisse, sind das meine Gefühle für die Nation, ist das mein Rechtsgefühl, und daselbst die Fesseln der Gesellschaftsordnung und meine schönen, fülligen Hüften – all das ist mein Hoheitsgewässer, und wenn ein heimatloser Rüpel, ein Nichtswürdiger, angesehener, aufgeblasener Wetterhahn gegen meinen Willen Boot fahren wollte, dann los, Baby, los, schlag zu?

Warum sollte ich keine Fragen stellen dürfen? Das hier sind absichtlich ungeschlachte Fragen, damit man hernach umso besser triumphieren kann? Würden Sie *geschlachte* Fragen vorziehen? Und dann überhaupt, was nämlich Sie betrifft: sind Sie grobschlächtig? Möchten Sie es sein? Oh, oh? Kennen Sie die Ungeschlachten von Tihany? Handelt es sich dabei um ein Fleischgericht? Um etwas Geschlacht- bzw. Geschlechtliches? Oder um eine rätselhafte Reverenzerweisung? Ts-ts-ts?

Ist Miska Halassi etwa tot, hat man seine Kehle herausgerissen, sein Gesicht mit einem Säbel gespalten, das bläuliche Blut klebte wie Blei in seinem Bart?

Die Zukunft bedeutet ohnehin den Weg zur Qualität und reicht von den einfachsten Anfeuerungsrufen bis zur komplexen Schneidigkeit, und dabei denke ich jetzt nicht an technische Raffinessen, an Bombardements, an Röhrenfeder, Petting, Flügelangriff, Zeitungen, obwohl auch diese Dinge nicht uninteressant sind, sondern eher an jenen Unterschied, den es zwischen einem Pflänzling und einem astreich weitverzweigten alten Baum gibt, bei letzterem meine ich die Form und die Struktur, die schon individuell geworden sind?

Sind Sie individuell? Sind Sie ein Pflänzling oder ein astreich Weitverzweigter? Sie aber haben beizeiten gelernt, wie weit Sie sich strecken dürfen? Sind Sie einer von denen: Reich begonnen, arm geendet? Sind Sie mehrmals in der eigenen Glut erstickt? Sicher ist sicher, und als Wolf im Schafspelz schreiten Sie mit gespaltenem Schwanz einher? Glücklich ist, wer vergißt, woran nichts zu ändern ist? Na, Kumpel, bin ich dein Kumpel? Also sind Sie ein fader Jüngling voller Spleens? Was ist mit den Ladies? Wer haftet für ihre Sicherheit? Tun Sie es?

Nicht doch? Nicht einmal für jenes Exemplar von einer Lady, mit der Sie einst gemeinsam in der S-Bahn spazierenfuhren? Könnte der Grund eine Art von Schiß gewesen sein? Oder die Ureigenschaft unseres Volkes, dieses eher zweifelnden Volkes, dessen Skepsis allerdings nicht dem Zynismus entspricht, sondern der Nüchternheit, es handelt sich nicht um eine zynische Bitterkeit, höchstens um einen melancholischen Verzicht mit Schulterzucken, gemindert um einen wohlmeinenden und überheblichen Humor? Hier hängt alles davon ab, ob ich es *liebevoll und von innen* oder aber vom Äußeren her betrachte? Im allgemeinen sind die Fehler identisch mit den Tugenden, nur der Blickpunkt wechselt?

Unsere Heimat ist? Per def.: Diese eigentümliche Formation auf einem abgegrenzten Gebiet? Heute ist sie: eine Gegend mit Girlanden? Wir haben die Zeiten der Bonvivants? Was also ist zu tun? Zunächst einmal sollte man wissen, was László Németh folgendermaßen formuliert hat: »Die Verachtung mag als Urteil ihre Berechtigung haben, nicht aber, wenn es darum geht, wie wir uns verhalten? Unser Land mag uns als ein zurückgebliebener und bedauernswerter Ort erscheinen, als jener Ort aber, der uns für unsere Tätigkeiten zugewiesen ist, ist er von allen Plätzen der wichtigste? Der Ort, an dem wir in die Welt gesetzt wurden, verpflichtet uns ebenso sehr wie die Natur, die wir in die Welt setzen?«

Und darüber hinaus?

Nehmen Sie die Brille ab? Mein Freund? Wir haben sehr viel Vertrauen in Sie? Daher sollten Sie nicht herumblödeln? Wir wissen alles? Wozu diese Trotzigkeit, ohne jeden Zweifel sind Sie mit Ihren mächtigen Schritten atemlos zur letzten S-Bahn gelaufen? Denn die Bahn ist pünktlich wie der Tod?

Auf der Plattform schnaufen Sie, Ihr Atem geht laut; selbst wenn Sie wollten, könnten Sie es nicht unterdrükken, diese Schnellbahn hat noch die alte Konstruktion, sogar das Grün daran ist ein anderes Grün, die häßliche Lady steht in der Ecke, lehnt sich an jene rätselhafte Winde, die Sie so anziehend finden, hauptsächlich, weil Sie nicht wissen, was es ist und wozu es da ist, und diese Zwecklosigkeit – wie bei jenen drohenden Briefen, in denen man die Drohung nicht finden kann, die Briefe sind richtungslos, beinahe schon liebenswürdig verrückt, so daß man plötzlich zu Tode erschrickt – steigert bei Ihnen das Ansehen der Kurbel? (Am einfachsten könnten Sie sie als die Lenkung begreifen, doch durch die Wirklichkeit, durch den Anblick der Schienen, wird Ihr Traum zermalmt?)

Sie ziehen es vor, das Spiegelbild des Mädchens zu betrachten, dieses entfernte, verwischte, unwirkliche Gesicht: Das Mittelbare beruhigt Sie, läßt Sie das Gewicht der Verantwortung, die Ihnen die Einsamkeit beschert, nicht fühlen, so wird das Gewicht der Verantwortung zurechtgeschnitten, während Sie den gelben, langen Strickschal, der beim Laufen in Unordnung geraten ist, zurechtzupfen: Eine vollkommene Lösung für das Binden gibt es nicht: Weder sind Sie in der Lage, den Schal zu binden, noch zu knoten und großzügig über die Schultern zu werfen? Innerlich hassen Sie das Mädchen und beten es an?

Die Fälle unbegründet schlechter Laune haben sich nach Art der Ratten vermehrt?

Von dem senkrecht über der Winde befestigten, kurzen, aber dicken Griff wird der Schenkel des Mädchens eingedellt, Ihre Assoziationen sind lüstern und plump, am Mantel entsteht eine Mulde wie bei einem eingedrückten Gummiball, der in einigen Sekunden seine feurig wirkliche Gestalt offensichtlich zurückgewinnen wird, und das treibt vielfache Spannung in das Material? (Dachten Sie auch damals an Entsprechendes, als Ihnen eine Frau gesagt hatte: *Mein Klitoris explodiert gleich?* War das ein schwerwiegendes Mißverständnis? Hatten Sie einen Bock geschossen? Im Gegenteil?)

Aber Versprechung hin, Falsch her, Sie sind ein feiger Hase, möchten sich aus dem Staub machen, Sie bangen um Ihr hühnerbeschissenes Leben? Und ob? Verstecken sich unter dem Rockschoß? Oder möchten Sie gerade von dort losrennen? Oder dorthin zurücklaufen? Unter die Glocke? Steckt in Ihnen bereits die vielschichtige, lausige, drükkebergerische Bewegung, rührt sich das Bein auf dem dreckigen Boden, in der goldenen Scheide steckt ein Weidenspeer? Beileibe nicht: jegliches Schwert ist weit entfernt von jeglicher Scheide, was nämlich Sie betrifft?

Ist Ihnen das Herz in die Hose gerutscht? Absolut? Pocht es dort? Bubi, du, so raffiniert bist du also, daß dein winziges Herz dermaßen pocht? Ihre Hand ruht in Ihrer Tasche oder in den feinen Windungen des Schals, verzichtend nicken Sie oder senken nur kurz die Wimpern, ja, gerade wollen »Sie sich bitte in das Wageninnere begeben«, als sich das Mädchen mit einer breiten, häßlichen Bewegung aus der Ecke dreht und ihren wäßrigen Blick ohne jede Tarnung in Ihre Augen versenkt? Sie möchten mit Ihrem Blick zur Mulde der Schenkel fliehen und sehen, was dort geschieht, sobald der starke Druck der Kurbel nachläßt, gleich darauf möchten Sie die Überheblichkeit in den Augen des Mädchens suchen, aber Sie finden sie nicht? Wegen der Beleuchtung? Forschen wir nicht? Auch Sie sind nicht ganz astrein? Nichtwahr?

Die Lady ist nicht nur gräßlich, sondern auch unappetitlich? Mit irgendeinem niveaulosen und bei den Haaren herbeigezogenen Palaver treten Sie zu ihr, das nimmt sie mit berstender Freude auf? Nun lehnen Sie sich gegen die Kurbel, doch als Sie die obligate Mulde am eigenen Schenkel erblicken, erschrecken Sie, es überkommt Sie ein schlechtes, leicht übles Gefühl, Sie zweifeln an der Echtheit der Dinge, daran, wer wer ist, es könnte jetzt der unappetitliche Veitstanz der vertauschten Personen anheben, Sie wären die Lady usw., aber das Mädchen ist nüchtern, läßt Ihnen keine Zeit für die Köstlichkeiten Ihrer Seele, lange spricht sie über ihre Arbeit, über die Eigenart der Löhne für Hasplerinnen und über allerlei Mißstände, und überrascht nehmen Sie die lockeren Satzfügungen und die hinter der lässigen Wortwahl vorblitzende Ironie und Selbstironie wahr, die in der Natur des Mädchens grundsätzlich gelegen haben mochten, die Sie ihr aber keinen Augenblick lang angesehen haben? Mitesser stecken in ihrem Gesicht, nicht nur an den verzeihlichen Stellen, an der Nasenwurzel, sondern auch in den offenen Gebieten des Gesichts, zwischen den spärlichen Härchen in den Augenbrauen, auch auf der Stirn, und sie sind groß, haben einen schwarzen Punkt in der Mitte? Das

Mädchen erweckt einen schmutzigen Eindruck, sie ist eine Schlampe, was Sie aber keineswegs bedrückt?

Die Entwicklung läßt nicht lang auf sich warten? In einer leichten, verlassenen Kurve puffen Ihre Knie gegen die des Mädchens – sind Sie knorpelschwach? –, Sie erwarten geradezu, daß Ihre dreiste Unverfrorenheit, die dem Zufall entsprang, eine gebührende und entschiedene Abweisung erfahre, aber eben malt das Mädchen die heimtückische Männermentalität der Werkführer noch stürmischer aus, in deren Tiefe verberge sich offensichtlich das impotento grosso, so meint es das Mädchen, das sich nun vorbeugt, lacht und Ihr Knie zwischen die ihrigen nimmt? Das ist dermaßen unmöglich, daß Sie ab sofort keine Hand mehr für sich einlegen wollen?

Jedoch, Sie umarmen das Mädchen, und weil Sie den Kuß, das Schmusen, diesen unnötig persönlichen Umweg, unbedingt vermeiden wollten, bohren Sie Ihren Kopf neben ihren Kopf, viel haben Sie dabei nicht gewonnen, die Haare des Mädchens stinken säuerlich, eine klebrig harte Locke sticht in Ihr Gesicht, stählerne Haare, nicht im mindesten geschmeidig, die hin und her geschlagen, gehauen und geprügelt werden (wie ein apolitisch Eiserner Vorhang), und sie verdecken den Nacken, mit dem Sie die Zeit in Sicherheit zu vertreiben gedachten?

Das Mädchen spricht unentwegt, nachträglich bewundern Sie diese raffinierte, zärtliche Psychologie, wie spitze Scherben liegen also die störrischen Haarbündel in Ihrem Gesicht, und was fühlen Sie mit einem Mal? Sie fühlen, daß die zweifelhafte Person, diese teure Seele, in Ihre Raglanjacke greift, gleich geschickt auch unter Ihren Pullover, und um es kurz zu sagen, diese Hand ruht auf Ihrem Bauch? Zusammenfassend: *Heiße Frauenhände streicheln Ihren Bauch in der leeren Schnellbahn?* Der Atem erstarrt, quasi leblos halten Sie Ihre Hand auf der Hüfte des Mädchens, dann, zur Erwiderung, wollen Sie mit der Hand ebenfalls unter den geheimnisvollen Spalt in den Mantel des Mädchens schlüpfen, Ihre gute Absicht stolpert aber gerade über den Auslöser Ihrer Absicht, über die Mädchenhand, als Ausgleich greifen Sie da linkisch zum Hintern des Mädchens? Zu ihrem After? Zum vertrauenswürdigen Hintern, derben Arsch, zum gewählten Gesäß?, verschönerndem Achterteil, den lustigen Vier Buchstaben, ihrem Allerwertesten, ihrem weiblichen Schinken, ihrem kindlichen Popo, ihrem Podex, ihrem Steiß, ihrem verlängerten Rücken – greifen durch den Mantel, durch möglicherweise vielfache Umsetzungen?

Doch ist der Augenblick bedeutend (orbitant?), denn dies ist der Zeitpunkt gewesen, daß Ihr Männerstab das erste Mal (von Fremden) geltend berührt wurde, die vorgehenden spielerischen Berührungen nämlich, ganz gleich ob die der Geschwister, der Mutter oder der mutierenden Klassenkameraden, können wir nicht gelten lassen? Hat es für Sie das Erkennen gegeben? So, als würde die Welt explodieren? Daß sich die Welt in einem lichten, glänzenden Punkt versammelt und gleich darauf wirklich explodiert? Lendenexplosion? Anarchismus? Resignation und Terror? Rote Brigaden zwischen Ihren Beinen? Sie beißen sich die Lippen wund, damit Sie nicht schreien, es blutet, das Mädchen grinst taktvoll und sucht nach einem Taschentuch?

Die Zeit, die man wirklich ernst nehmen müßte, rast mit Ihnen davon, und Sie merken es gar nicht? Später nimmt sich der Schluß aus wie ein schlechtes Schauerdrama, als die S-Bahn nämlich in der Sankt-Stephan-Siedlung ächzend stehenbleibt, schaut die Lady hinaus und, indem sie *Jessus* schreit, stößt sie Sie von sich? Da stehen einige Kerle aus der Außenstadt mit dicken Backenbärten? Plötzlich ist es ekelhaft kalt geworden? Steig ja nicht aus, mein Kleiner, sagt das Mädchen, und in ihrer Stimme steckt bereits die Verteidigung und, ohne Übertreibung, auch der Verrat, daß Sie jetzt zu ihrer Verteidigung wortlos geopfert werden, das Mädchen wird Sie als Knochen wegwerfen, ungewiß, wohin?

Steig ja nicht aus, mein Kleiner, denn die werden dich derart zerfetzen, daß du nie mehr in die Schule gehen kannst?

Empfinden Sie diese Möglichkeit als einen großen Schlag? Ist es, als würde man Sie des Wissens berauben? Oder geht es wieder um die Kälte? Feige, hastig und nervös zupft das Mädchen ihren Mantel zurecht, und leise fluchend trollt sie sich davon, nichtsdestotrotz schaut sie zurück, ihr flüchtiges Lächeln ist kompliziert, doch mehr als »na, Kleiner« sagt sie nicht.

Wir sind still wie der Frosch in seinem Schlupfloch? Auf dem Teich im Stadtwäldchen kicherten die Mädchen dämlich, und als ein Boot mit lockigen Jünglingen beladen unter der Brücke auftauchte, war es klar, daß nicht einmal dieses niveaulose Lächeln an Sie adressiert war? Waren Sie überzeugt, das Schicksal habe Sie wundersam vergeigt? Sie tappten am Ufer entlang, es gab massenhaft Frösche, lebendige? Kurz ist das Leben, doch dehnt es sich durch all die Armseligkeiten hübsch in die Länge?

Ihren Schatz, den Frosch, der sich in der Familienstreichholzschachtel duckt, pressen Sie leidenschaftlich an sich? Meine volksmärchenhafte Wendung hin zur Prinzessin würde sich jetzt gut ausnehmen? Etwas Entsprechendes mochte das Tier gespürt haben, denn es begann sich zu regen?

Es pocht der Frosch?

Doch dann warfen Sie die verkleidete reaktive Dame in den roten Topf, als wären Sie die leibhaftige Novellenfigur namens Wittman, Sie legten den Deckel auf den Topf, und ohne jegliche Gefühle entzündeten Sie das Feuer? Was die Entfernung der Weichteile betraf, leisteten die ekelhaft farblose Masse, der Frosch, die Lady, keinen Widerstand, hernach legten Sie die feuchten, schmuddeligen Knochen auf den Fenstersims, hinaus zur Sonne? Ja das schon, doch, wie es der Dichter sagen würde, sie wurden vom Winde verweht?

Also waren alle Opfer vergebens, der Eifer und die bravouröse Reihe der moralischen Tiefpunkte? Niedergeschlagen und geschlagen schlugen Sie den Weg zur Schule ein? DIE PAROLE IST: SPLEEN?: Mit Kummer geplagt? Oder eher: mit Grazie?

Beim Betreten der Klasse warfen Sie für gewöhnlich Ihre Mütze auf den Boden, um nachher die Hände freizuhalten; mußte man sie schon von der Tür aus unter die Bank schleudern, so daß sie gegen die Wand flog und viel Staub aufwirbelte: Das galt als besonders flott? Die bunte Geschichte vom Froschfang löste großes Interesse aus, Gegröle sogar, der Biologielehrer streichelte Ihren Hinterkopf, doch ließen Sie nicht mit sich handeln? Sie sind ein trotziger Hund?

Wurde der Bericht auch sonst noch abgeändert?

Keineswegs.

Stolz, eingeschüchtert reisen Sie weiter bis zur Endstation der S-Bahn, und dabei stellen Sie sich mit großem Einfallsreichtum immer wieder vor, wie man dies oder das bis zum Griff in Sie hineinsticht? Sie werden auf den ersten Wagen der Morgendämmerung warten? Ruft es in Ihnen: Dein ist mein ganzes Herz? Sie sitzen zunehmend abgestumpft auf einer kalten Bank, Ihre Lenden sind aus Stein?

Sind leer? Sind Sie leer? Ohnmacht und Betäubung, so weit das Auge reicht, aber wie könnte man auch nur irgend etwas auf diese Art definieren? Oder sind Sie nicht so erhaben? Aber doch, grad so erhaben sind Sie?

Sie lassen sich mit jungen Soldaten auf ein Gespräch ein, und bald schon überlegen Sie gemeinsam die Wege der Zukunft? Auch Sie johlen und kombinieren: Was möchte der Kurucze? Wir hätten es wohl gerne, daß unser Leben leichter wäre, wir liebten es wohl, die Straßen, die Ringstraßen, die Autobahn, die Nebengäßchen, die Feuergassen, die aus den neutralen Straßen zusammenlaufenden zufälligen Plätze und den Heldenplatz, die Alleen, die Sternstraßen, die Laubengänge, die Füße der Brüstungen, die öffentlichen Treppenhäuser, die Bushaltestellen, die Toilettendeckel, unseren Hals, den Rücken, die Lenden, die Gegend der Achillessehne sauber zu sehen, wir liebten es wohl, mehr Phantasie zu haben, kühn und großzügig zu sein, wie der Schwejk verzweifelt, kühn und anziehend, wir liebten es wohl, in den zutiefst tiefen Zimmern der Herrenhäuser barfuß einherzugehen, wir möchten zusammen sein, und wir möchten einander vertrauen können, wir möchten allein sein und unsere ewigen Höflichkeiten, unsere gute, verschlossene Erziehung und ausdauernde Beherrschtheit ins Bockshorn jagen, wir liebten es wohl, die scheinheiligen Larven wegzureißen, wir möchten mehr Leidenschaft und Gerechtigkeit, wir liebten es wohl, wenn der verrückte Labancze nicht nur eine riesige, in den Himmel starrende Idee wäre, die demokrazisieren will, wir liebten es wohl, wenn Dank mit Dank vergolten wäre, nun, Gott segne dich, Gott mit dir, mein lieber Kumpel?

Kränk dich nicht, Kleiner?

Leben heißt, in eine Umwelt von bestimmten Möglichkeiten hineingestellt zu sein. Leben heißt, eine wunderbare Verfassung zu haben, die zur Freiheit bestimmt ist, zur Entscheidung darüber, was in dieser Welt sein wird! Keinen Augenblick ist es unserer Entschlußkraft gegönnt, zu ruhen. Selbst wenn wir verzweifelt geschehen lassen, was geschieht, haben wir beschlossen, nicht zu beschließen, doch gerade da könnte das Leben vielleicht beginnen, denn Leben heißt, sich verloren fühlen, und da dies die reine Wahrheit ist – denn leben heißt, sich verloren fühlen –, hat, wer sie zugibt, schon begonnen, sich zu finden, seine wahrhafte Wirklichkeit zu entdecken; er ist auf festem Boden, instinktiv wird er, wie der Schiffbrüchige, nach etwas ausspähen, sich daran zu halten, und vor diesem schweren, drängenden, von Grund auf wahren Blick, denn es handelt sich um seine Rettung, wird sich das Chaos seines Lebens ordnen. Das sind die einzigen wahren Gedanken, die Gedanken der Schiffbrüchigen. Alles andere ist Rhetorik, Maske, inwendige Heuchelei. Wer sich nicht in Wahrheit verloren fühlt, verliert sich ohne Gnade; das heißt, er findet sich niemals, er stößt niemals auf die eigentliche Wirklichkeit?

Die jungen Soldaten winken also johlend hinter Ihnen her, adjö, mein kleiner Gardeoffizier, in dem überfüllten Wagen ist dicker Rauch, Sie blinzeln in die Karten der Spieler, es gibt solche, die ein ausgesprochen schlechtes Blatt haben, ein Bursch mit müdem Gesicht bittet dann auch, daß Sie sich zum Teufel scheren sollten, bevor Sie Unglück über ihn bringen?

Nachdem wir ausgestiegen sind, stehen wir lange herum, rücken mit einer unwillkürlichen Bewegung unseren blöden Schal zurecht und stehen wie ein alter Mann im Neonlicht des Morgens? Am windgefegten und windgeschliffenen Himmel glänzen reine Sterne, und ein fern blinkendes Licht läßt alle paar Sekunden einen grauen Schein darüber huschen, der Wind bringt den Geruch von Gewürzen und Stein, ist nicht einige Straßen weiter ein Auto die nasse Fahrbahn entlanggerutscht?, es braust davon, und gleich darauf durchbrechen wirre Schreie aus der Ferne die Stille?

Bald aber stellt sich schwer und lastend wieder die Stille ein, die Himmel ist und Sterne?

Unsere Reisegefährten sind die zum Himmel starrenden Pappeln, unter dem breitzapfigen Baum wirkt das bißchen Schnee erbärmlich, das vermoderte Laub schimmert durch, auf den Zweigen der kleinen Büsche liegt der Schnee, als wäre er Tüll, der schlechte Erinnerungen weckt, zähe Winden haften an den Birken im Garten, werden die Bäume, die Gräser, das Unkraut nicht verkommen, wird das Moos mit seinen grünen Verästelungen nicht verkommen? Schweben samtige Geräusche?

In der Dunkelheit der Wohnung kommen uns Tränen in die Augen, und das Weinen schüttelt uns stumm? Aus dem Herzen des schlafenden Hauses steigt dieses Weinen empor wie eine Blume, die aus der Stille treibt?

Wie das Chloroform auf dem Operationstisch tröpfelt der Morgen auf uns herab, der Schnee ist kalt, an den Ästen mächtiger Bäume baumeln die Kleider, Überröcke, Leibröcke, Tücher, Dolmane, es dämmert, wir zweifeln und analysieren, in der Ferne traben die Reiter hoheitsvoll und mit herausfordernder Kaltblütigkeit, Ungarn ist noch nicht gewesen, sondern wird erst sein?

Es wird werden müssen –

IV. (Der Ingenieur der Seele)*

I have nothing to say and I am
saying it and that is poetry.

John Cage

Auch die Übergabe der Reisedokumente ging unter derartigen Drohungen vonstatten. Zum Beispiel: »Bitteschön, mein Herr, ich stehe zu Ihrer Verfügung.«

Als er die winzigen Kriegsschiffe durch die quadratische Linse betrachtete, fiel ihm aus irgendeinem Grund der Sellerie ein – der sanft duftende Sellerie auf einer Beefsteakportion für dreißig Sen.

Ryunosuke Akutagawa

Der ausgestopfte Schwan

Wenn ich arbeite, dachte (   ), steigert sich in mir die Liebe. Für einen flüchtigen, überheblichen und etwas dämlichen Augenblick hatte er wirklich das Gefühl, er sei der Ingenieur der Seele gewesen; er winkte noch lange dem Taxi nach, das sich in dem herabgesunkenen Nebel mit solider und trauriger Poesie entfernte, rätselhaft wie die mächtigen Seeschiffe, von denen ewig frische Foxtrott-Töne herüberklingen, dann machte er sich auf den Heimweg, stieß mit seiner Stiefelspitze gegen die hart gewordenen Schneeballen und hatte noch nicht einmal den halben Weg hinter sich, als er plötzlich, sogar für ihn selbst unerwartet, zu weinen begann. Er weinte gleichmäßig und ruhig, die Tränen rollten sozusagen vorschriftsmäßig, aber

* Eine Redensart Stalins, wenn er vom Schriftsteller sprach; hier: (der Ingenieur der Seele): der ausgestopfte Schwan; das Mannequin; die Selbstbildnisse.

deren Verebben hätte er vergebens eine stufenweise Erleichterung genannt, das, was in ihm angestaut war, hatte sich alarmierend wenig verändert. Im Gegenteil: Er persönlich, er war der ausgestopfte Schwan.

Das Mannequin

Er wollte ausschweifend leben, um in einem beliebigen Augenblick ohne jedes Bedauern sterben zu können. Mit seinen Zieheltern und seiner älteren Schwester lebte er trotzdem weiterhin bescheiden. Daher hatte sein Leben zwei Seiten – eine helle und eine dunkle. In einem Laden für Europäische Moden sah er einmal ein Mannequin, und er überlegte, wie sehr er solch einem Mannequin ähnelte. Sein unbewußtes Ich – sein anderes Ich – hatte diese Stimmung in einer seiner Erzählungen längst schon zum Leben erweckt.

Der ausgestopfte Schwan

Wie ist der heutige Prosaschreiber?

Der heutige Prosaschreiber ist eine säuerliche, liebenswürdige Gestalt. Nach dem bizarren, neurotischen und albtraumhaften Morgenbrot hebt er seinen mißtrauischen Blick nur schwer vom Boden; wenn ihn gestrenge Studentinnen anreden, errötet er, und mit Gewissensbissen nimmt er ihre lustvollen Angebote an; er trottet und zottelt, betrachtet die pfiffigen Staub-Rosetten auf dem Gehsteig und den Zebrastreifen, dann die Verkehrsampel: Wenn er schlechte Laune hat, so kommt es daher, ist er jedoch gut gelaunt, dann eben darum; wenn später die stets geheimnisvolle Dämmerung sich zusammenbraut und herniedersenkt, schleicht er zu jenem Haus, von dem in der Stadt alle Bescheid wissen, von dem aber niemand Kenntnis nehmen will, verstohlen blickt er hinein, und während er sich in die eigenen Schenkel krallt, schaut er zu, wie der rotbehaarte Affe die todschöne Schilfprinzessin ohne viel Gewaltanwendung in Besitz nimmt; hernach geht er nach Hause, gießt sich Rotwein ein und schreibt all das, was er gesehen hat, säuberlich nieder. Für die Nacht versucht er sich eine Frau zu beschaffen, doch dafür bleibt ihm nicht viel Zeit; wie die Flut nähert sich der Augenblick des Morgenbrotes.

Wie ist der heutige Prosaschreiber?

Der heutige Prosaschreiber ist von solcher Art, daß er allein ist. Tag für Tag sieht er mit glücklichem Erstaunen die ihn umgebenden Menschen an, seine Frau, seine Söhne und Töchter, verschiedenerlei Freunde und Freundinnen. Es kommt vor, daß sie zum Stadtrand hinausziehen, dort auf karierten Decken sitzen und wildes Fleisch braten. Außerdem kommt es auch vor, daß die ganze Kompanie zum Kirschenstehlen geht. Das sind die Freuden des Sommers. Im Frühling scheint die Sonne zum Fenster herein. Im Herbst späht er nach den fernen Gymnasiasten und den schwirrenden Goldblättern. Der Winter wiederum, der ist rein. Auf diese Weise hält jede Jahreszeit etwas bereit.

Wie ist der heutige Prosaschreiber?

Der heutige Prosaschreiber ist ein stiller Mann und/oder eine Frau. Zwar ist er empfindlich, und darum zum Beispiel kann er das Summen des Haartrockners nie »zu Ende« hören, auch dann nicht, wenn es um seine eigenen Haare geht, daher ist er immerzu etwas verschnupft, schniefend zieht er die Nase hoch – also, er ist empfindlich, jedoch kein Schreihals. Ganz für sich denkt er trotz alledem an vieles. Er denkt an Gott, an seine Heimat und auch an andere Dinge. An den Absurditäten der Welt kann er sich tagaus, tagein einfach nicht sattsehen. »Das gibt es doch nicht«, schüttelt er den Kopf. Doch wenn er daran denkt, was ihm alles noch geschehen mag, ist sein Herz trunken.

Das aber wollte ich gar nicht sagen. Sondern: er ist still, hält den Mund, im besten Fall sitzt er da und werkelt und freut sich schon dann, wenn er jenes Blatt, worauf er soeben schreibt, beschreiben kann. Von seinen Grundanlagen verschmäht er den düsteren Blick, die Unbarmherzigkeit, den Wortwitz, den Kleinmut; er haßt den Selbsthaß, ergo sich selbst, er verleidet sich das Selbstmitleid, folglich ist er von seinen süßen Missetaten frei. Oder wer weiß. Für seinesgleichen ist das Dasein auch nicht annähernd ein Spaß. Dennoch bricht es manchmal aus ihm heraus, und er schreit folgendermaßen: »Diese betäubende, abscheuliche und empörende Welt liebe ich nicht. Ich will sie verändern.«

Wie ist der heutige Prosaschreiber?

Der heutige Prosaschreiber ist von der Beschaffenheit, daß sein Leben von der Beschaffenheit ist, daß es nicht von irgendwoher nach irgendwohin fortschreitet. Aus diesem Grund schreitet auch sein Roman nicht: von hier: dorthin. So blättert denn auch er in den Romanen des letzten Jahrhunderts und nimmt die zur Steigerung der Weltverblendung erfolgten und geglückten Anstrengungen mit verantwortungsloser Liebe zur Kenntnis. Wie aber ist dann sein Roman? Natürlich ist sein Roman wie er selbst, wie sein oder unser Leben ist: das heißt, dieses Etwas, das wir umstehen und naserümpfend und aufgeregt betrachten – doch so, als wäre es gar nicht unser eigenes. Wirklich, es kreiselt und dreht sich um sich selbst, wie ein begossener Pudel, und entsetzt sehe ich: Mal weint er, mal lacht er.

Konservative Werte

»Wie die Welt zerbröckelt?!« »Und wie!« Später dann: »Trotzdem glaube ich nicht, daß die Menschen von Gott weiter entfernt sind als früher.« Eben kam er aus der Stadtbücherei, diesem Gebäude, das nach der geflissentlichen Schinkel-Schüler-Art erbaut worden war, und er befand sich schon im Park, als er herablassend zu einer Frau mit Hütchen hinüberblickte, zu einer reichen Frau, die ihren Pudel spazierenführte und die solche kleinen Frechheiten nicht gewohnt war oder, wenn sie sie doch gewohnt war, nicht wortlos zu übergehen pflegte. Sie blieben stehen. Da merkte er, daß die Frau ihre Beine beiläufig spreizte, damit sich ihre Schenkel in der Hitze nicht berührten.

Morgendämmerung

Er war früh aufgestanden. Seine Hosenbeine waren vom Tau durchnäßt, das empfand er als eine Art persönlichen Sieg, und er hätte dafür, ohne wählerisch zu sein, gerne das Lob zweifelhafter Schulmeister kassiert.

Er harkte vor dem Haus herum; am Vortag nämlich hatte ein alter Herr bei ihm geläutet, er trug eine Armbinde am Ärmel, und mit einer Entschlossenheit, die um Verzeihung heischte, machte er (   ) auf den bevorstehenden Feiertag aufmerksam; vermutlich sei es auch für ihn kein *Geheimnis*, daß sich ein Feiertag nähere, und daher müsse man den Gehweg in Ordnung bringen, damit, wie man zu sagen pflegt, so der Alte, kein schlechtes Wort auf das Haus, auf die Vorderseite des Hauses falle, das könne man hier schon wort-wörtlich sagen. Die behördlichen Wörter konnten ihre Wirkung auf keinen Fall verfehlen, zudem würde sogar die Volksfront eine Kontrolle vornehmen. Zuvorkommend begann er zu nikken und dachte dabei, daß er zuvorkommend wirken wollte. Der Alte radelte auf seinem schweren Drahtesel davon. Langsam und lustlos schob er seine Harke hin und her, und allmählich zeigte sich ein kleiner Erfolg. Es kam ein alter Bekannter vorbei, er sah ihn schon von weitem, doch hörte er mit der Arbeit erst im letzten Augenblick auf; der andere war ein wenig dicker geworden, früher hatten sie einander nicht besonders gemocht, er den anderen gewiß nicht, aber das war jetzt unbedeutend, und es entspann sich eine freundliche Unterhaltung.

Jedenfalls mußte er währenddessen nicht weiterharken.

Das Gespräch drehte sich um die Familie, die tückische Schwiegermutter, die Fabrik, dann sagte der junge Mann plötzlich, daß er innerhalb von einem Jahr den Schuppen verlassen wolle. Zunächst verstand er ihn nicht. Der blonde Jüngling sagte, daß er dieses Land verlassen wolle, »Werkzeugmacher brauchen sie überall, Mensch, selbst in Kanada«.

Hier auch, sagte (   ) schlicht und logisch. »Dann erkläre mir einmal, wie lange ich noch zusammen mit meiner verdammten Schwiegermutter leben soll!« »Aber...«, wollte er einwenden, konnte jedoch nicht fortfahren. »Ich verstehe«, sagte er statt dessen und stützte sich auf seine Harke. Er fand es belustigend, lächerlich und furchtbar, traurig und aufregend, tragisch und erniedrigend und da capo belustigend, daß er gerade am vierten April die Vorderfront des Hauses säubern mußte: damit kein schlechtes Wort darüber falle.

Die Form

Im Fernsehen lief eine Sendung über eine Großversammlung der Arbeiter, als ihm einfiel, was er in einem Simplicissimus einmal von Wittgenstein gelesen hatte: Zwei

Professoren hören verwundert den Rufen der Arbeiter zu, die mit dem Einrichten einer umständlichen Brückenmontage beschäftigt sind, Laß obi – hüah – laß obi, sag' i – nacha drah'n mer's anders um!, denn diese Worte sind natürlich auf deutsch gefallen. »Es ist doch unfaßlich, Herr Kollege, daß eine so komplizierte und exakte Arbeit in dieser Sprache zustande kommen kann.«

Er las, daß die ortsansässigen Sprachschützer den ehemaligen amerikanischen Außenminister Haig an den Pranger gestellt hatten; Satzstruktur, Wortgebrauch, Betonungen und ähnliches, darum ging es, und daß es gut für ihn wäre, so empfahlen es die Fachleute, einige Monate nur lateinisch zu sprechen. – Nun malte er sich aus, wie das Parteizentrum zu den Piaristen ginge (zu Pater Kincs), zum Korrepetieren: ego sum, usw.

Der Tod des Meisters

Er hatte seinen Tee im alten Astoria-Espresso getrunken und stocherte in einer Portion Erdbeeren mit Schlagsahne. Die Sahne war nicht frisch, und er stellte sich vor, sie wäre aus einem Feuerwehrschlauch gespritzt worden. Auch Hamvas hat über Erdbeeren geschrieben, dachte er.

Er schaute zu, wie ein Mann von der oberen Galerie eine Granate hinunterwarf, ihr gelassen hinterherblickte, seinen Kaffee austrank und im allgemeinen Trubel hinausspazierte. Er folgte ihm. Zwei Tote hatte es gegeben, und das Handgelenk von einem kleinen Mädchen war zerfetzt. Eine der Toten war eine braungebrannte Frau, ca. 40 Jahre alt, eine feine und elegante Dame. (Als er in ihr Rückendekolleté schaute, mußte er sehen, daß ihr Büstenhalter mit einer verrosteten Sicherheitsnadel zusammengesteckt war. Wie konnte es so etwas geben?) Das Gesicht des anderen Toten war von Ekzemen übersät.

Er folgte dem Mann auf der Lajos-Kossuth-Straße, dann bogen sie in die Semmelweisstraße ein. Vor dem Pepita-Löwen wandte sich der Mann plötzlich um, schaute ihn streng an. Dann machte auch er auf dem Absatz kehrt und ging davon, obwohl er kaum 25 Jahre alt war.

Die Genauigkeit des Osteuropäers

»Ich befasse mich mit Osteuropa. Diese hochnäsige Aussage klingt nicht anders, als würde das in eine schäbige, rostige Badewanne gesperrte Fischlein so zu sprechen beginnen: Ich befasse mich mit der Badewanne. Zudem hat der Schmutz, der uns umfließt, nicht einmal vertraute, heimelige Merkmale: Das Wasser ist eiskalt, und unablässig müssen wir lebensgroße Kriegsschiffe umkreisen.

Hierzulande sind die Menschen aufgeweckt und wissensdurstig. In jenen seltenen ruhigen Augenblicken, in denen sie nicht gezwungen sind, den Wechsel auf Kiemenatmung zu üben, wenn sie durch Lichtbündel greller Ideen nicht in Scharen gruppiert werden, wenn ihre Ruhe nicht durch Minenexplosionen gesprengt wird, springen sie hin und wieder aus dem Wasser, schauen sich um, und verantwortungsvoll prustend versuchen sie eine Lehre aus jenen Wegen zu ziehen, die sie die Badewanne entlang kreiselförmig geschwommen sind: Was kann ein Mensch tun? Was muß er tun, damit er den Köder nicht verschluckt? Was kann und was muß die Literatur unter solchen Umständen tun?

Sie kann nur eines tun, das aber unbedingt: sie muß diese Lage genau bezeichnen und wahrheitsgetreu abwägen können. Diese nüchterne Genauigkeit bedeutet nicht zu viel, aber auch nicht zu wenig. Nicht zu viel, wenn wir bedenken, daß unsere Badewanne schon von manchen zu einem wonnevoll freien Meer deklariert, umlackiert, graviert, gehämmert, geknetet, geschlagen und gehauen worden war, die solcherart uns von der Suche nach dem Abfluß abzubringen suchten, und es bedeutet nicht wenig, wenn wir dessen gewahr werden, wieviel Tang aus Vorurteilen sogar in diesem bißchen Wasser steckte und daß wir auch die uns Gleichartigen kaum kennen

Die Aufgabe ist gestellt. Mit dem Geschwätz, mit dem Bluffgeschmetter, das aus den Lautsprechern dröhnt und auf das übrigens außer uns noch niemand hereingefallen ist, muß Schluß sein, und mit reinen, klugen Köpfen müssen wir eine Übersicht über die Lage bekommen. Wir müssen Osteuropäer werden, damit wir Europäer und einst vielleicht Menschen werden können«, las er bei Endre Bojtár.

Sie beide

Er betrachtete seinen Freund bei der Arbeit. Der hatte sich seit mehreren Tagen nicht mehr rasiert, sein Gesicht war dunkel wie ein Grabstein. Er hatte Angst um ihn. Er saß da und schaute zu, wie sein Freund Küchenmöbel zimmerte.

»Was tu ich eigentlich«, murmelte sein Freund. (   ) schien jede Art handwerkliche Tätigkeit wie eine Verschwörung mit dem Teufel, dabei hatte er solche Meister sehr geschätzt, bevor er sie zu hassen begann. Wie sein Freund die Dinge hexenhaft zusammenpassen konnte, war beängstigend. »Ich zäune den Raum ein.« Er nickte, und tatsächlich, jener hatte einen Zaun gezogen. »Und wozu? Um ein Glas Wasser hineinzustellen. Und was ist das Glas? Die Einzäunung des Raumes ... Früher hätte ich Tischler werden können ... Doch nach alldem ... wie könnte man ernsthaft an diesen Beruf denken? Raumeinzäuner ...«

Sein Freund dachte gerne ernsthaft über die Dinge nach. Er schien das bessere Ich des (   ) zu sein. (Unser besseres Ich ist natürlich nicht besser als unsere anderen Ichs, *es stürmt auch nicht mehr zum Himmel ...,* eher ist es mit einem Ernst beladen, der aus Gewicht, Kraft und Ordnung besteht und den wir, auch wenn wir es ungern gestehen, für groß erachten; ausgenommen, es wäre von uns persönlich die Rede.)

Dieser Freund war ein Romancier, hatte vier Kinder, von denen (   ) zwei beinahe haßte (abscheulich, wie sie mampften und lachten und kreischend oder still spielten), und nun, unlängst, hatte ihn seine Frau verlassen. Das heißt, sie war weggegangen. Sie war nicht mehr da.

Einem schlechten Kiebitz vergleichbar, mit wachsenden Kopfschmerzen, saß er in der Küche, konnte die immer schrecklicheren Hammerschläge seines Freundes kaum noch ertragen. Schließlich tauchte die Frage auf: *Was ist der Raum?* Ob das wirklich etwas sei, wovon man etwas abzäunen könne ...

Das Theater

Er hatte einen Brief erhalten, auf dessen Rücken eine ausgeschnittene Papiermargerite geklebt war, darunter stand: LEKTORIERT VON SÁRA. Sára war die Frau des Briefschreibers. Das alles schien ihm sehr sinnlich, so als hätte jemand hinter dem Rücken des Ehemannes, heimlich, tausend Gefahren auf sich genommen und diese Blume auf den Umschlag geklebt – wie in einem guten Boulevardstück. Jenseits des mit Austern übersäten Zaunes lagen dunkle Grabsteine; er schaute zum Meer, das hinter diesen Grabsteinen blaß leuchtete, und plötzlich fühlte er Verachtung für den Mann der Frau – für den Mann, der unfähig gewesen war, das Herz der Frau zu erobern. So las sich das für ihn.

Göttergelächter

Es störte ihn oft – meistens, wenn es sich um sogenannte Beschreibungen handelte –, daß ein Mund auf diese Art schmollt, und solcherart wiederum blitzt die Melancholie am Ohrläppchen auf; es war, als hätte er sich Menschen vorstellen sollen: den Tieren entsprechend.

Seine Verstörung war nicht ehrlich.

Die Frau

Eine Frau hatte ihn angerufen, sie wollte ihn kennenlernen; es sei ungeheuer wichtig undsoweiter. Er lebte allein; er war eher höflich als menschlich zu der Frau, die ihrerseits erschreckende Ausdrücke gebrauchte; er solle sich »ihrer erbarmen«, »ihr zumindest eine Chance einräumen« und »ihr das nicht antun«. Die Verbindung wurde mehrfach unterbrochen, im Hintergrund übte ein Symphonieorchester, das störte die Frau ungemein, und es war äußerst lächerlich. Während er sich ihre bruchstückhaften Geständnisse anhörte und dabei den Hörer lässig zwischen den Fingern schaukelte, überkam ihn das freundliche Gefühl, die Frau demütigen zu wollen.

»Ein feiger Scheißer bist du«, sagte schließlich die Unbekannte mit dem schönen Namen, die aschenhaarige Sulamith. Dies geschah jetzt vor sieben Jahren.

Der Meister

Erstens: alles ist Gnade. Zweitens: liebe mich. Der das sagte, sagte es auf eine Weise, als würde da ein subtiler, kosmischer Wachtmeister skandieren: erstens, zweitens.

Seine Familie

Sein Magen hatte geknurrt. Eben da saß er mit jemandem beisammen, dessen Vorfahr, um es sacht zu formulieren, ein Arbeitgeber Haydns gewesen war. Auf diesen Hintergrund zielte der Sprößling ab, als er sagte: Na schau, er müsse sich mit dem Musizieren des Magens bescheiden. So ist es demokratisch, antwortete (   ) beleidigt, wie ein Vertrauensmann der Gewerkschaft.

Tagebuch des Herbergsvaters

Das soziale Programm des Kurfürsten: »Und vor den Dienstboten hat man sich zu fürchten.«

Das Bild

Es hieß, auf dem Bauch jener feinen, gebildeten, eleganten und manchmal sperberhaft selbstsüchtigen älteren Dame, die er von Zeit zu Zeit aufzusuchen pflegte – und weil die Dame nicht mehr gerne aufstand, saß er dann am Rand ihres verzierten Bettes, in den phantastischsten, zauberhaftesten Nachthemden lag sie da, an Arm und Hals trug sie ihren schweren Schmuck, sie tranken miteinander Kaffee und Scotch Whisky, kauten getrocknete Pflaumen, die *Lieblingsdelikatesse* der Frau, und gemeinsam registrierten sie hastig, ja beinahe schon überstürzt, die winzigen Veränderungen ihres privaten Lebens, um dann das Wort auf die Belange der Welt zu lenken, auf die großen Zusammenhänge, die, aus welchem Blickwinkel man sich ihnen auch näherte, die schöne Matrone in jedem Fall zuversichtlicher und freudiger beurteilte als er, der seinerseits, ebenfalls in jedem einzelnen Fall, ihre Aufmerksamkeit auf einige grundsätzliche Lügen zu lenken versuchte, und er zitierte, daß eine reine Quelle schon von wenig Schmutz getrübt werden könne, was die Frau zwar anerkannte, und für einen Augenblick wurde sie darüber sogar traurig; auch das bewunderte er an ihr, diese tiefe, vorbeihuschende Traurigkeit; Sie werden aber doch einsehen, mein Lieber, daß es dem Land bisher, *wenn Sie bitte verstehen wollen?,* noch nie so gut ergangen ist, bitte, schauen Sie sich doch um (und für gewöhnlich begann er dann mißmutig zu werden, und natürlich, ein Teilgebiet, wo wir der Hahn im Korb sind, findet sich immer), und wirklich könne man die Wahrheit zwar nicht in ihrer Wirklichkeit einfach aussprechen, doch zum Teil kann man das *wirklich* nirgendwo, andererseits kann man heute mehr aussprechen, als man gestern konnte, und morgen wird es mehr sein als heute, glauben Sie nicht auch?!; er hörte sich alles mit großer Andacht an, weil ihm sogar das, womit er nicht einverstanden war, dort nicht als der erzwungene Optimismus eines politischen Denkens erschien, und falls einmal doch, dann störte ihn das ehrlich gesagt auch nicht, vielmehr hielt er es für eine weise weibliche Sorglosigkeit, als würde die über uns alle wachende Zeit auch gegen uns Lösungen bereithalten –, es hieß, einst hätten auf ihrem Bauch die Herren, beziehungsweise ihr zukünftiger Mann und seine ganze Kompanie, Karten gespielt.

Folglich konnte er, wenn er am Bettrand neben der reich geschmückten Matrone saß und während sie Kaffee und Whisky tranken und getrocknete Pflaumen knabberten, wobei die Frau das Schwinden derselben durch wiederholte Seitenblicke mit sichtbarer Sorge verbuchte, und während er der progressiven Beschreibung seiner Heimat zuhörte, nichts anderes denken als: WELCH EINE KARTENVERTEILUNG! (*Ich habe meine Heimat auf progressive Art abgeschrieben,* murmelte er beim nochmaligen Durchlesen, um sich gleich wieder ehrlich gestehen zu müssen: Das ist nicht wahr.)

Dialog

– Warum greifst du die gegenwärtige Gesellschaftsordnung an?

– Weil ich all das Schlechte sehe, was das ‹Textverfall› System bewirkt.

– Du siehst das Schlechte? Ich dachte, du würdest den Unterschied zwischen Gut und Böse nicht anerkennen? Und wie steht es mit deiner eigenen Lebensweise?

...So sprach er mit dem Engel. Allerdings mit einem Engel, der einen tadellosen Zylinder trug...

Antiquitäten

Als jene Organe, die die Sicherheit der Staatsbürger, vor allem aber die Sicherheit des Staatsapparates zu verantworten hatten, ins Unkraut schossen und der Meinung waren, daß neben den Grafen, Bauern, Neonazis, den Vereinigten Staaten von Amerika und last but not least neben den Kommunisten selbst auch die zuvor erwähnte Dame Gefahren berge, hatte man die Dame zu einem Verhör geladen; bei der Aufnahme der Daten kam auch das Jahr ihrer Geburt an die Reihe. Es war spät in der Nacht, sie standen in einem Kreis, müde und düster waren all die Männer, weil es spät in der Nacht war. »Eine vornehme Frau fragt man dergleichen nicht, mein Sohn.«

Als er beharrlich weiterforschen wollte, was denn hernach geschehen sei, strich die alte Frau über das Gesicht des jungen Mannes, der dabei errötete, und sein Herz begann heftiger zu klopfen, ihre verwelkte, doch ungeheuer leichte Hand – eine solche Leichtigkeit hatte er nie in seinem Leben gespürt – ließ sie dort an seinem Gesicht verweilen, die Finger berührten seine Stirnfalten, und lächelnd zuckte sie mit den Schultern. »Mein Lieber, ich kann mich nicht mehr erinnern, was dann geschehen ist, ich kann mich nicht erinnern.«

Regen

Wie leicht doch meine Gesten zu deuten sind, dachte er, als er den kleinen Löffel ohne Zimperlichkeit aus der Kaffeetasse des Gastes herausnahm, nachdem sich jener entfernt hatte. Es regnete damals.

Der Mörder

Ein dekadenter Jüngling mit Strohhalm zwischen den Lippen, seine Hand an einer zarten, schlanken Hüfte, hai, ewribadi, fragte überaus freundlich: »Warum sollten wir es mit diesem Freiheits- und Wahrheitszeug so übertreiben...?« Er antwortete nicht. Nach langer Zeit hatte er das erste Mal daran gedacht, mit dem Mädchen vielleicht ins Bett gehen zu wollen. Die jungen Leute entfernten sich. In jenem Augenblick hätte er sein Leben für das Mädchen gegeben.

Nachts

Spät abends – die Stätte wüst und leer, und fragst du nach den Kindern, du findest sie nicht mehr –, spät also, der zweiunddreißigjährige Mann hatte gewohnheitsgemäß noch einiges zu erledigen, tauchte einer seiner Freunde auf. Sie tranken Tee und unterhielten sich bis Mitternacht, um Mitternacht begleitete er ihn hinaus, und bis etwa halb drei setzten sie das Gespräch an der nächsten Ecke fort, während sie vor Kälte schlotterten. Wieder allein, auf dem Rückweg, überlegte er, wie gut es vorher gewesen war, es hatte keinerlei Höhepunkte gegeben, kein geistiges

Hochschäumen, und vielleicht lag die Freude gerade darin, daß sein Freund einfach vorbeigekommen war, was er selten getan hatte.

Plötzlich zog sich sein Herz zusammen. Womöglich hatte sein Freund Sorgen, und er war deshalb gekommen, aber irgendwie hatten sie diese Dinge nicht angesprochen. In der Dunkelheit rümpfte er die Nase. Er fror zwar, aber anstatt ins Haus zu gehen, holte er sich den Abend nochmals zurück und suchte dabei nach einem verräterischen Zeichen... Möglicherweise war da etwas, als sich sein Freund darüber wunderte, wie wenig das Leben bedeute, und geht es im Leben vielleicht darum, zu lehren und weiterzugeben?, das hatte er – jetzt war es ihm klar – vorher mißverstanden, und seine Antwort lautete, daß letzten Endes auch das betriebsam glanzvolle Leben verkümmert sei, und das gerade nehme er in seiner Umgebung wahr; und nicht etwa, daß sein Leben verkümmere, sondern das Leben dessen, dem ein solch betriebsames Leben gehöre. Übrigens war das eine kluge Bemerkung, murmelte er in der Dunkelheit. Aber er konnte nach wie vor nicht entscheiden, ob der Freund vielleicht Sorgen hatte.

Tiefe Nacht wölbte sich über ihn, am windgefegten und windgeschliffenen Himmel glänzten reine Sterne, und ein fern blinkendes Licht ließ alle paar Sekunden einen grauen Schein darüber huschen, der Wind brachte den Geruch von Gewürzen und Stein, glitt nicht einige Straßen weiter ein Auto die nasse Fahrbahn entlang?, es brauste davon, und wirre Schreie aus der Ferne durchbrachen die Stille. Bald aber stellte sich schwer und lastend die Stille wieder ein, die Himmel ist und Sterne. Sein Freund war Atheist, lebte aber wie ein Gottesfürchtiger. Nur waren seine Demut und seine Askese in den Augen des anderen etwas zu programmatisch, offensichtlich kämpfte er gegen eine

Überheblichkeit an, die auf seinen wirklichen Werten beruhte.

Die Epoche

Er schaute von oben auf die kleine Straße hinunter. Unerwartet fiel die Stille über die Stadt. Ein schlanker Junge schlich hinter einem anderen her, *ich aber liebe dich,* so klang es zu ihm herauf, es klang wie ein Gebet (ein kleines Gebet) zwischen den grauen, staubigen, dünnen Ästen. Blutrote Trabanten rasten mit ihrem tödlichen Zweitakt.

Tokio

Für einen vielbeschäftigten, hochaktiven und ideologisch überaus gefestigten Mann, dessen Namen er aus Feigheit und aus eigenem wohlbedachtem Interesse heraus leider nicht niederschreiben will, erfand er, nachdem er ihn mehrfach bei Vorgängen ertappt hatte, die er für sich minimo calculo Hinterlist zu nennen pflegte, folgendes epitheton ornans: DER ALLÜBERALL, VON MOSKAU BIS SOPHIA, VON HINTERHAUSEN BIS DUMMBURGEN MIT VOLLEM RECHT BELIEBTE FEUILLETONIST. Nachdem der Satz stand, ließ er den Kopf hängen. Für welche Dinge er sich doch *die Zeit* nahm!

Der Tod

Er hat einen Freund, den er noch nie gesehen hatte. Daß sie sich vielleicht niemals treffen würden, war in seinen Augen ein kleines Geheimnis des Lebens! – Seine Mutter war gestorben. Zu seiner Überraschung rief dieser Freund am Tag des Begräbnisses bei ihm an (bis dahin hatten sie sich nur Briefe geschrieben), »ich habe es gehört«, sagte er nur, dann begann er zu weinen. Seitdem telefoniert er häufig, er spricht nichts, er weint nur. Dieses Weinen ist ihre Freundschaft.

Farbwirkungen

Die Zeit verbrachten sie im Freundeskreis. Ein Freundeskreis besteht nicht unbedingt aus Freunden, und eine solche Gesellschaft ist besonders fröhlich, stürmisch und betont gut gelaunt; allerdings müssen auch einige Freunde zugegen sein, schon damit sie die Stimmung verpatzen, was sie dann doch nicht tun; und der Freundeskreis bliebe zwar auch ohne sie ein Freundeskreis, zu befürchten wäre nur, daß wir dann nicht mit von der Partie wären.

Irgendwie gelangten sie auf die Straße, ein kalter Wind wehte und pfiff sogar, gegenseitig hakten sie sich unter und wurden gemeinsam hin und her getrieben, es flatterten die weißen Schals, auf dem grobgestrickten Garn glänzten silberne Speichelperlen; ein schöner Flegel, ein Dutt, Rouge, das Gekicher von Gören, ein Betonquadrat, Seide, ein eiskaltes Brillengestell, merkwürdiger Ziegelstaub, Farbwirkungen.

Dann, und das war nur ein schlechter Scherz, brach plötzlich lautes Poltern los. Einer lächerlichen Trickfilmfigur gleich war er auf dem frühmorgendlichen Trottoir hochgesprungen, war sozusagen der erstbesten Frau, die er finden konnte, entgegengesprungen, und er umschlang sie. »Ich habe Angst. Halten Sie mich fest.« Darüber lachten sie dann. Eine der Gören, die mit dem Namen Jitka, strich ihm später verstohlen über den Rücken, als wäre er ein blonder Kutschergaul. »Na, ist schon gut«, flüsterte sie.

Als er schließlich seinen Kopf an den Bauch einer mehr oder minder fremden Frau pressen durfte, war er dem Himmel sehr dankbar, daß die Dinge nun so standen.

Fesseln

Jener Mann – er war gebildet und ein Stein des Anstoßes –, von dem er den Ausdruck *Martei und Penisterium* vernommen hatte, blickte auf den Strauß Nelken, den er einer Frau bringen wollte, und fragte ihn: »Führst du ihn spazieren?« Tagelang fand er das recht geistreich.

Der Mond

In einem Himmelsgrund saßen sie tief im Garten, in Laubkuhlen, zwischen nächtlichen Blöcken. Das Gespräch aber war beschwingt. Im wesentlichen kamen sie zu dem Schluß, Kunst sei niemals ein nettes Inselchen der Glückseligkeit, das den strudelnd schäumenden, dreckigen Fluten Widerstand leisten würde und auf dem wir uns bei der Lektüre von Pascal angenehm entspannen könnten; eher wächst sie gerade aus diesem Schmutz heraus, und von hier schwingt sie sich hinauf, und es ist gerade dies, was sich für Augenblicke in Richtung Gott oder eben zu uns hinaufschwingt, weil doch auch der Mensch heilig ist und mehr als diese schäbigen Einzelteile, die an uns ersichtlich sind. So schwatzten sie.

Plötzlich fiel der Mondschein auf das Gesicht des Besuchers, und dieses Gesicht schien ihm so fremd, daß er mit einem Mal nicht nur nicht wußte, wer ihm gegenübersaß, sondern auch das nicht: *wo* sie sich überhaupt befanden. Die Bäume regten sich, und mit gesenktem Kopf dachte er: Wie dem auch sei, etwas muß dennoch vorhanden sein.

Spiel mit dem Feuer

Es war, als hätte er sein Gewicht verloren, als hätte auch er kein Gewissen, sondern nur Nerven und wäre gar nicht vorhanden... Sie setzten sich in den Wagen; die Frau blickte ihn starr an und fragte: »Werden Sie es nicht bereuen?« Er antwortete ehrlich: »Nein.« Sie drückte seine Hand und sagte: »Ich werde es nicht bereuen, aber...« Ihr Gesicht war immer noch wie vom Mond beleuchtet.

Das Kissen

Er träumte, jemand habe ihm erzählt, er seinerseits habe gesehen, daß der Geistliche dem Ferko, dem Kaplan nämlich, einen Tritt in den Hintern gegeben und dabei kichernd gerufen habe: Nun hast du das Arschabzeichen, du hast das große Arschabzeichen erhalten! Der Erzähler, ein lässiger Pontifex, breitete ohnmächtig die Arme aus und fügte hinzu: »Was aber soll das staatliche Kirchenkontrollamt damit zu tun haben?« Er konnte es nicht beantworten, weder im Traum noch in der Früh, während er sich ausführlich und lustvoll streckte...

Spartanische Ordnung

Vom Rundfunk wurde er zu einem ungezwungenen Gespräch eingeladen. Nachdem er verstanden hatte, wovon die Rede sein sollte – main subject: Demokratie –, holte er tief Luft (mit Unbehagen überlegte er nachträglich, daß man es gehört haben konnte) und bedankte sich für die Aufmerksamkeit, doch könne er nicht ungezwungen reden, in diesem Land könne er nicht ungezwungen reden, denn vergebens sei jemand an und für sich nett und freundlich (sonst auch wohlerzogen und offenherzig – wobei dieses *sonst* immer seltener anzutreffen ist), trotzdem werde er nur gezwungen reden können. Und dieses Gezwungene haßt er. Daher tue er alles, um nicht in eine solche Situation zu gelangen, soweit das eine Frage der Entscheidung bleibe.

Die sympathische Frauenstimme sagte, sie glaube zu verstehen, was (   ) meine, akzeptiere das auch, und keineswegs möchte sie aufdringlich sein, doch denke sie ehrlich, daß aus dieser Sache etwas Gutes werden·könne, eine neu zu startende Serie, ihr sei es gelungen, recht brauchbare Leute zu gewinnen, und auch ihr Chef würde ihre Vorstellungen unterstützen, es bestünden Hoffnungen, daß hier etwas Gutes zustande komme. »Ja«, sagte er. Vielleicht dürfe er, sagte die Frauenstimme etwas scheu, diese gezwungen-ungezwungenen Belange nicht so ernst nehmen ... »Sehen Sie, genau das ist es!« rief er beglückt, »Sie haben völlig recht!«

Müdigkeit

Der schöne braune Mann mit den ölig glänzenden Augen – und überzeugender Brustmuskulatur – sagte: »Sie hingegen sollten nicht so *exclusiv* sein.« Darüber mußte er nachdenken, außerdem schämte er sich ein wenig. Man darf behaupten, daß er mit dem Wort *exclusiv* noch gut wegkam! Aber er tat dann trotzdem gerade das, was der braune Mann exclusiv genannt hatte.

Rache

Innerhalb kurzer Zeit mußte er den Namen Lenins schon zum zweiten Mal aus einem Text streichen. Einmal war der Zusammenhang zweifellos frivol, beziehungsweise der Zusammenhang war eben frivol, das andere Mal war er in jeder Hinsicht untadelig. Soll doch meine Hand abfaulen, wenn ich seinen Namen noch einmal schreibe, sagte er in seinem Innern – ungerecht gegenüber dem Führer der Arbeiterbewegung, der offensichtlich nicht an allem schuld gewesen war. Es ärgerte ihn, daß er sich so verstrickt hatte, aber er wußte nicht, was er sonst hätte tun sollen. Wäre doch wenigstens von Pascal die Rede gewesen! Oh, Iljitsch! Welch eine Eselei!

Konsolidierung

Das Motto: »Es gibt kein Geräusch, das immerfort summt und summt, wenn es nicht etwas Bestimmtes bedeutet.« – Manchmal bekommt man etwas gesagt. Ihm beispielsweise hatte man gesagt, daß er das ‹Selbstzensur›-Zeichen nicht so oft gebrauchen sollte. Denn jedesmal, wenn er meinte, es sei unmöglich, etwas niederzuschreiben, oder wenn das andere gemeint haben konnten, er aber ein Zeichen seiner Feigheit – oder weniger stolz: ein Zeichen seiner Inkonsequenz und seines guten Geschmacks – hinterlassen wollte, verwies er solchermaßen auf die Selbstzensur genannte geistige und gesellschaftliche Betätigung. Da sich die Argumente bei der Zurechtweisung ansprechend und vernünftig ausnahmen, ließ er das besagte Zeichen auch schon mal fallen und schrieb, was er wegzensuriert hatte, wieder hin! Entsprechend wurde es abgedruckt!

Auf solche Weise kann sich eine Sache verwirren, wenn man sich mit dem Wort »Selbstzensur« anlegt. Da wittern wir etwas, streichen an der entsprechenden Stelle aus, doch sind wir keine Schurken, geben dort ein Zeichen, schreiben ‹Selbstzensur›, wir werden zurechtgewiesen, wir wittern wieder, tolerieren, streichen die ‹Selbstzensur› und schreiben wieder hin: Selbstzensur. Wir sehen, der Text ändert sich kaum, der Kunsteifer gedeiht, der arme heimische Federführer ist trotzdem nicht eben siegestrunken. – Sei auch Du es nicht, teurer Leser. Und solltest Du nicht wissen, weshalb, dann denke daran, daß, sagen wir, das oben Gesagte schon für das oben Gesagte gültig sein könnte ...

So weit ist das alles ganz schön. Es gibt was her und ist progressiv. Wieder einmal ist es geglückt, etwas auszudrücken. Nur: da ist wieder dieses Ich. Ich bin derjenige, der sich kastrieren muß (und dabei übertreibe ich noch!). Obwohl das ja auch zählen müßte, wenn ich mit erhöhter Stimme *Haie!, Haie!* schreie; nicht daß die Haie schreckhaft wären, sie haben anderes zu tun, doch am lieblichen Strand wird es unter den Sonnenbadenden manch einen geben, der seinen Kopf hebt und sein Kindchen erschrokken herbeiwinkt oder die Hand einfach auf den muskulösen Bauch seines Freundes fallen läßt oder sich grinsend hochsetzt und an dem wilden Tanz des Haies seine Freude findet.

Aber wie auch immer: die quiekende Stimme nimmt sich lächerlich aus. Und durch den bunten Anblick – wie unsere blutigen Hoden nämlich in dem dämmrig trüben Meereswasser davonschweben – wird das nicht vermindert. Nun schön, es ist alles in Ordnung, das Leben ist kein Sahnekuchen, also steigen wir etwas taumelnd aus dem Wasser, der Sand ist wunderbar und heiß, die Hände verschränken wir unter dem Nacken. Wie dem auch sei: immer noch gibt es da oben den Himmel und die Sonne. Nur werden wir nicht mehr von den Frauen träumen. Oder von Männern. Auf unsere Scham legen wir ein weiches, flaumiges Handtuch und denken mit geschlossenen Augen jauchzend und entsetzt über unser Leben nach.

Die Hilfsverben des Herzens

Jene Frau liebte er schlichtweg, sie war seine »alte Freundin«. Was das bedeutete, überlegte er sich nicht; wenn ihm die Frau einfiel, fiel ihm zugleich auch ein, daß er sie liebte. Einmal fragte er sie dann doch: »Lieben Sie mich?« Die

Frau nickte. »Dann sind Sie meine Geliebte«, bestätigte (   ). Die Frau schüttelte den Kopf. »Ich bin«, und hier hielt sie eine spöttische Pause, »keine Literatur.« So in etwa waren sie dann verblieben.

Ein andermal gingen sie gemeinsam spazieren, doch kam ein derart starker Wind auf, daß sie die Zähne blecken mußten, was sie beide sehr häßlich machte. Und dadurch wurde ihre Stimmung verdüstert; oder das ist gar nicht wahr, ihre Stimmung war nicht weiter bestimmbar, aber kalt war es unbedingt.

Das geschah an jenem strahlenden Februarmorgen, an dem seine Mutter, Beatriz Viterbo, gestorben war, nach einem herrscherlichen Todeskampf, der sich keinen Augenblick zur Sentimentalität oder Furcht herabließ, und er mußte feststellen, daß die Plakatwände am Vörösmarty-Platz die Reklame für irgendeine Sorte blonder Zigaretten erneuert hatten; das schmerzte ihn, denn er begriff, daß die rastlose und weiträumige Welt bereits von ihr abrückte und daß dieser Wandel der erste einer endlosen Reihe war.

Ehe

Seine Bekannte ist eine schöne Frau, ihre Haare sind wild und schwer und überhaupt. Früher schien es, sie würde nun zu altern beginnen, doch hat das aufgehört, weil sie sich wieder in ihren Mann verliebt hat. Das Telefon rauschte geheimnisvoll, entfernte Geräusche strömten aus der Muschel, als würde dort Materie fließen. Das war, worauf er achtete. Dann hörte er das Folgende: »Zu mir paßt es nicht, die Gattin eines Künstlers zu sein.« Da lachte er auf. »Sie müssen entschuldigen«, sagte er, »aber das ist zu lustig.« Still war es, das heißt, dieses Rauschen war da. »Lustig ist vor allem das mit dem Künstler.«

Die Aufgabe

Die Aufgabe ist: Unterstreiche alle jene Faktoren, die den konterrevolutionären Charakter der 1956er-Vorgänge ‹Während dieses Kampfes wurden viele schöne Teilerfolge verbucht› beweisen! (In: Geschichtsbuch für die VIII. Klasse.) – Diese kleinen Schüler, wie sie nun herumstreichen!

Vox humana

Die größte Sünde an diesem System, an unserem System ist, daß es das menschliche Wort aus den unterschiedlichsten Gebieten vertrieben hat.

Der Gourmet

Das Restaurant war für seine Küche bekannt; daran gemessen waren die Speisen nicht besonders, im ganzen gesehen jedoch erträglich. Zum Schluß bestellte er sich wie der Held einer schlechten Novelle noch »ein leichtes Süppchen«. Sein Freund hatte Sorgen, und darüber sprachen sie. Nebenan in der *Box* saß ein stämmiger Mann neben einer Frau, von der er nur denken konnte: Sie ist abstoßend. Sein Freund grüßte herzlich *hinüber,* und gleich darauf berichtete er, als würde er auf der Bühne zur Seite sprechen, indem er die Wörter merkwürdig, mit einer entnervenden Vorsicht, in den Bart nuschelte, daß der Mann drüben jener sei, der ihn nach der Universitätszeit »aus seiner Laufbahn fegen wollte«; dieses Wegfegen zeigte er mit der Hand, der Kellner sprang herbei, entschuldigte sich, und mit einer blitzend weißen Borste, wie der Barbier sie für die Gesichter gebraucht, fegte er den Tisch ab.

»Wir danken«, sagte der (   ) dankbar.

Welche Empfindung, seine eigene Welt, einen hübschen Ball, vor sich rund und voll werden zu sehn! Ich lerne bereits nichts mehr, was nicht sofort in irgendeinem Winkel des Vorhandenen einen guten Platz vorfindet, schreibt Nietzsche, voilà.

Fragment

Setz dich mir auf den Schoß, vielleicht habe ich dann mehr Talent... Denn irgendwie müssen wir den Schlüssel finden! Du, komm auf meinen Schlüssel... Oh, Fräulein, Sie setzen Ihren Ruf auf mein Spiel.

»Du terrorisierst mich und glaubst noch, es sei eine Entschuldigung, daß du dabei dich selbst terrorisierst.«

Jemand sagte, Hemingway sei ein Schriftsteller, Proust sei kein Schriftsteller; denn H. wisse, was es bedeute, einen Fisch zu fangen. Darüber wundert er sich. Warum sollte es wichtiger sein, über den Fischfang Bescheid zu wissen als über einen Handkuß?!

Es gibt eine braune Frau mit großer Nase. Manchmal ist sie häßlich, manchmal leuchtet sie auf und glänzt. Er betrachtet sie.

Mösen-Geige, sagte der Flaschner zum Bidet und zwinkerte.

Da schreibt jemand: Ein Knabe schläft auf verschimmeltem Heu. Frauen spähen zu ihm hinein, eine Herzogin, eine Marketenderin. »Treiben wir es mit ihm. Laß dich auf sein Hörnlein spießen.« Der Knabe fürchtet sich.

Er erträgt es nur schwer, wenn der Kugelschreiber Geräusche von sich gibt.

Er betet einen Schauspieler an, der den Spion spielt.

»Ich bitte Sie, seien Sie schön! Ein dem Michel Farkas ‹siehe Seite 60› aufgepfropfter Alain Delon.«

Sein Onkel war gestorben, jener Mann, der einst, bei einem Stadt-Land-Fluß-Spiel als Pflanzennamen mit H *Haktus* eingesetzt hatte. Sie akzeptierten das, die halbwüchsigen Kerle. Seitdem gibt es auch das: einen Haktus.

Mein Bräutigam unterrichtet Solfeggio in Bagdad, sagte ein Mädchen mit aller Schlichtheit, als hätte sie gesagt, es regnet, während es wirklich regnete. Das gefiel ihm sehr an ihr. Trotzdem lachte er sie aus: Tatsächlich? Solfeggio! In Bagdad!

Die ganze Nacht über betrachtete er ein ∇ Moosmysterium.

Die Bäume von Cranach sind die Bäume des Universums, sagte Pilinszky. Das wäre ihm nie aufgefallen.

Undsoweiter. Dabei bin ich heiter, mitunter verstimmt, erlebe bald gute und lustige, bald verdrießliche Dinge, aber das Uhrwerk ist in Gang und schnurrt fort, ob auch eine Fliege sich draufsetzt oder eine Nachtigall dabei singt...

Das Zeitalter

Motto: »Warte nur, balde ruhest du auch!« – Von der ‹Selbstzensur› hatte er einen Brief erhalten. Darin stand: Lieber Freund! Wie du auch aus der inzwischen verstrichenen Zeit ersehen kannst, habe ich über unsere Pläne für mögliche Lösungen viel nachgedacht und gelangte schließlich zu der Überzeugung, daß man deine dichterisch aussagestarken Texte mit jenen barbarischen Klammern doch nicht zerstören und zerstückeln sollte. – Ohne diese Zeichen würden sie ihre Würze und das Außerordentliche verlieren. Die Bäume des Verbotes jedoch, sie stehen noch, zumindest bei uns. Daher empfehle ich Dir eine andere Zeitung, eine Veröffentlichung in Buchform, oder wir sollten uns vielleicht gedulden, da es doch wesentlicher ist, daß Du dies geschrieben hast, als daß es auch sofort abgedruckt wird. Mit freundlichen Grüßen...

Zunächst einmal verließ er sich auf seine natürlichen Instinkte und empörte sich, tobte, lief im Zimmer auf und ab, hinter seinem Absatz flog der Staub glänzend in die Höhe. Na, so etwas! Zum Teufel mit dem Ganzen! Hm! Kannst mich mal, mein lieber Junge. (Bis zu einem gewissen Grad ergaben sich für ihn auch Vorteile, weil er sich nun mit der Würde des Beleidigten ein Alibi vorspielen konnte. Da steckte der Beleidigungsdrehwurm.) Er war sie gewohnt, diese Vorgehensweisen, die, genaugenommen und vor allem, was ihn betraf, nicht übermäßig scharf waren, nur eben schäbig, sehr schäbig!

Es wäre noch in Ordnung gewesen, daß ein so unwürdiges Hin und Her sieben Monate dauerte, um schließlich diesen großartigen Brief erhalten zu können, nun schön, daß man aber währenddessen, sooft er bei der Redaktion vorbeiging, regelmäßig nicht einmal gegrüßt hatte, das war doch ein wenig zu viel. (Er konnte sich nur an wenige Redaktionen erinnern, die er aus einem gebührenden Respekt heraus aufgeregt betreten hätte... Ja, bei György Rónay! Dort, in seinem Vorzimmer, war er aufgeregt, der schmelzende Schnee war von seinen Schuhen herabgetropft, und er versuchte, die Pfütze verschwinden zu lassen. »Was schmierst du herum, mein Junge«, fragte dann Rónay. Später dachte er oft daran zurück, daß er wirklich nicht herumschmieren sollte. Ja, Rónay, der hatte noch, so könnte der Witz heißen: Lenin gesehen; das heißt, er hatte noch Babits gesehen.)

»Die inzwischen verstrichene Zeit«, »Würze«! Er goutierte die Bravourstücke der Epistel und, ja, die Bäume des Verbotes; allerdings sah er diese stehenden Bäume des Verbotes sofort vor sich, und die bildliche Darstellung bezog sich auf die männlichen Stäbe: Das Parlament wird von stattlichen Verbotsbäumen umkreist, stolz erheben sich ihre blauroten Köpfchen zu den himmlischen Höhen, Achtung, Augen rechts, salutieren!; dann aber ducken sich dieselben Verbotsbäume wie verhutzelte, faltenreiche Mütterchen vor den Mauern des ersten Hauses im Land ... Und dann diese Tiefe und Weitsicht, was eine dämliche Publikation und unsere gegenseitigen Nichtswürdigkeiten schon zählen könnten, während es ein Fest zu feiern gilt, es gibt die Feier, das Außerordentliche voller Würze; »du hast es geschrieben«! Verdammt noch mal mit dem aussätzigen Dies und Das ...!

Auf alle Fälle wollte er die Geschichte an irgendeine Textstelle applizieren, sogar zu einem Handel war er bereit, zu einer kleinen osteuropäischen zweiten Wahl: Soll doch die ursprüngliche Genauigkeit des Textes auch leiden, das Obige müßte unbedingt hinein. Zum Beispiel gab es eine Stelle, da gab es für ihn eine Stelle, wo ein Bordell explodierte, und die Prosa kam geschlichen; gleich einer Vision flogen die Gegenstände, Ziegelsteine stürzten, Zehner-Trennwände, Mörtelstücke, Fertigbalken, Dichtungsstücke, Bürsten flogen, Fensterrahmen, Klinken, Sándor Csibi, der lüsterne Maurer, und Gabriel Sebök, sein Gehilfe mit dem Nußbaumbein, Fliesen, Bilderrahmen, Csontváry-Reproduktionen, schwarze Behas, mit Blumensträußen versehene Hüte, Zahnprothesen, der Hungarologische Berichterstatter, ein Spazierstock, Kondome, Zylinder, ein gelbes Buch von Chandler, ein Strumpfband, Büstenhalter in Lila, ein Essayband von Thomas Mann, die Partitur zur Hommage à Dohnányi, ein

Slip, auf vielfache Weise und unendlich schmutzig, winzige Zäpfchen, die völlige Diskretion. Zuerst kamen die Mädchen: Sie flogen mit tief durchgedrücktem Kreuz, ihr Busen war unbedeckt, die Warzen der Brüste schlitzten die ziegelstaubige Luft entzwei, ihre Bewegungen waren gleichartig, aber manche lachten, und es gab auch welche, die weinten, und einige Gesichter waren verstockt verschlossen. Die Männer verschränkten die Hände vor ihrer Scham, ihre Athletentrikots waren makellos, aufrecht sprangen sie in die Tiefe.

Nun, er stellte sich vor, daß dann aus den Beinen einer blutstürmischen Fellunterhose der herausfordernde Brief mit dem Briefkopf der betreffenden Zeitschrift ohne weiteres herausfallen könnte, und damit wäre dann alles erledigt. Als er die Szene jedoch genauer abwägen wollte, hatte das Kunstempfinden plötzlich in seine Suppe gespuckt. Und noch zwei weitere Male erging es ihm so. Beinahe glaubte er schon, es handle sich um einen Wink der Vorsehung, und dann wäre es mit seiner schlichten, berechtigten und nur ein wenig primitiven literarischen Rache (Rächelchen) vorbei gewesen. Schließlich, als er nichts mehr erhoffte, als er in seinem Inneren großzügig schon verzichtet hatte, da war es ihm geglückt: »Es muß mit irgendeinem Risiko verbunden sein, daß jemand Chefredakteur ist. Es gibt nämlich Dinge, die man darf, und solche, die man nicht darf«, brummte er mißmutig.

Das Leben

S. war in meine Mutter verliebt, doch schließlich gab er sich mit meinem Vater zufrieden.

»Seine Beherrschtheit bedeutete keine Sprödigkeit, seine Sprödigkeit keine Kälte, seine Kälte keinen Mangel; das, was fehlte, war unvermeidlich: Wir stehen nicht (unbedingt) vor Alternativen«, hatte er geschrieben. Der zuständige Redakteur hatte den letzten Halbsatz gestrichen, und als er dann fragte, warum, lautete die Antwort: Wozu brauche man hier wieder diese Mätzchen, was heiße es, daß wir keine Alternativen hätten, was sollten diese fiskalischen Miesmachereien, warum muß man sich in dieser entsetzlich empfindlichen *economico-politico-culturalico-Situation* so zugespitzt ausdrücken, er würde sogar zu behaupten wagen, daß es hier um Verantwortungslosigkeit gehe, Wort und Tat müsse auf dem Boden der Realität bleiben, und der Boden der Realität bedeute nicht etwa den Himmel mit Schäfchenwolken; man muß dem Kaiser geben, was des Kaisers ist, hernach könne man ja sehen, was mit dem lieben Herrgott los sei, wenn es ihn geben sollte, beziehungsweise auf diesem Gebiet habe er keine Schwierigkeiten, selbst wenn es sich umgekehrt verhielte, nur muß diese geschichtslose Nörgelei aufhören, denn was zum Herrgott verlangen sie denn alle, in dreißig Jahren kann man sich mit dieser Vergangenheit kein Amerika bereiten, und es sei in der Tat ein Unterschied, ob man sich mit dem Türken herumschlage oder mit der ursprünglichen Kumulation, Herrgott nochmal, und überhaupt, wir haben eine Religionsfreiheit; und damit begann er ihm auf die Schultern zu klopfen; dem Teufel müsse man nicht entgegenlaufen, der komme schon von ganz allein.

Anfangs war er ein bißchen duckmäuserisch, als er zum Chefredakteur ging, um dort zu petzen (!): Scheiße sei das, er habe zwei Sätze über einen Schriftsteller geschrieben, damit basta, darüber müsse man nicht gleich hysterisch werden, er hatte ja nicht gegen die Regierung losgedroschen, bestimmt könnte man auch das, bei gegebenem Anlaß wird er sich davon nicht abhalten lassen, heutzutage gebe es weder Regierungen noch Parteien, gegen die man nicht bis zum Sonnenuntergang losdreschen könnte – warum sollte die unsrige die Ausnahme sein; er wolle sich jedoch nicht verstellen und vorlügen, daß dergleichen hierzulande eine uralte Gewohnheit sei, nein, eine alte Gewohnheit sei das nicht, an höheren und halbhohen Stellen mag man bei solchen Gelegenheiten gern zurücksinken, verblühten Gräfinnen gleich, *meine Teure, bitte das Riechsalz;* wahr ist allerdings auch, und gesegnet sei der Name der Parteizentrale, daß der Riechsalzverbrauch abnimmt, und das ist nicht gleichgültig, da es sich hierbei um österreichischen Import handelt, um Devisen...

»Hör auf, sprich nicht so viel!« sagte der Chefredakteur vielleicht etwas zu kühl, dann winkte er schnell ab (mit beiden Händen): Es ist Blödsinn, natürlich kann der Halbsatz bleiben, furchtbar, daß man alles allein durchziehen muß, mit solchen Mitarbeitern muß er die Demokratie erschaffen, was alles muß er tun, unendlich viel muß er kämpfen, damit die Menschen endlich mit jenen Rechten leben können, die, lieber Gott, ohnehin die ihren sind!, und was den Satz betrifft, der ist seiner Meinung nach auch nicht besonders geglückt, *er unterbricht den Erzählbogen,* aber wenn der (   ) so daran hängt, dann bleibt der Satz eben, schließlich sei das sein Artikel, das *unbedingt* in den Klammern sollte er streichen; das sind deine kleinen überflüssigen Manierismen!, mein Freund, sagte er, und auch er klopfte ihm auf die Schultern.

Wahrscheinlich war es diese Klopferei, die die Redaktion zusammenschmiedete, dies mochte wohl der prinzipielle Samen gewesen sein, die Wurzel für den Konsens.

Spiegel

»Der Gegenstand der Kritik wird durch die Kritik bestärkt; mit Ihrem Namen sollten Sie auch dann immer einstehen, wenn Sie gerade meinen: *Dafür gebe ich meinen Namen nicht her!*« »Das ist Sophistik.« »Nein. Das alles muß man wissen. Trotzdem darf man es nicht als Alibi benutzen, daß dann alles gleichgültig sei. Es ist nicht gleichgültig.« (»Wir halten Sie aus«, soll angeblich ein namhafter Potentat gesagt haben, während er den hausgebrannten Aprikosenschnaps auf seiner Zunge zergehen ließ, »damit Sie uns harte Texte liefern. Wieso wollen Sie nun plötzlich königstreu sein?«)

Spiel mit dem Feuer

»Ich kann nicht beten«, sagte ihm sein Freund, mit dem er tags zuvor gemeinsam mittagessen war; seine Stimme war breiig vor Bitterkeit. »Du mußt mich verstehen! *Ich* kann das nicht.« »Ja«, antwortete er, »dann werde ich es tun.« Gleich darauf war er für einen Augenblick erschrokken, und dann, nachdem er den Hörer aufgelegt hatte, begann er schnell wie ein Schleichhändler zu beten.

Ein Maler

Am hellichten Tage ging er mit dem Maler spazieren. Das war einer der seltenen Fälle. Der andere erzählte, früher habe er alles abfotografiert. Er unterbrach ihn: Wieso *alles?* Worauf der andere begeistert nickte, ja, vielleicht sei gerade davon die Rede, von diesem All und Alles, darum auch mußte er mit dem Fotografieren aufhören: Er hatte das Gefühl, mit seinem Zugegensein nicht so verschwenderisch umgehen zu dürfen.

Eine der mäßig prächtigen Auslagen folgte der anderen;

plötzlich fiel ihm etwas auf. Eine Auslage war mit Brettern zugenagelt, er spähte durch einen Bretterspalt, in der Mitte des verlassenen, heruntergekommenen Platzes lag eine Matratze mit Rostflecken, sie war groß, unförmig und alt, ein schäbiges Stück, darauf lag eine Frau, sie lag herum, drehte sich, als ginge es um eine Pornovorstellung. Er hatte dem Maler nichts davon gesagt, verwundert ging er weiter. Zwischen den Beinen der Frau war es rosarot, wie bei den kleinen Ferkeln. Am hellichten Tage, am hellichten Tage!

Die Frau

Seit sieben Jahren lebte er bereits mit einer Frau zusammen, die er sehr liebte. Eines Morgens ertappte er sich dabei, *den Anblick der Frau zu verschlingen.* Beinahe physisch tat es ihm weh, weggehen zu müssen, aber er mußte weggehen.

Der Mensch

Jenem Menschen, der einen Trabant fährt, ergeht es mit dem Trabant wie mit dem System.

Es ist beruhigend, daran zu denken, daß wir die Herren verscheucht haben, der Boden ist aufgeteilt, die Fabrik gehört uns, den Boden gebe ich nicht zurück. Das alles ist in der Tat gigantisch, man kann es nicht hinreichend loben. Nichtsdestotrotz hat man das Ganze ganz schön satt.

Denn es mag in Ordnung sein, daß einer nicht zu Fuß gehen muß, und auch, daß er nicht mit dem Bus fahren muß; nur wird man unversehens spüren müssen: Von dieser zweitaktigen *Autofahrerei* hat sogar unser Ghghghehör schon genug.

Unser Trabant ist insofern glücklicher dran, weil es auf diesem Gebiet eine völlig beruhigende Alternative gibt – einfach anhand der Parameter! – den *Golf Diesel*...

Nota bene: Man wird nicht erst hinzufügen müssen, daß dies alles vom verbesserungsfreudigen Impuls angesteuert wird, diesem Ich-bin-für-dich-wütend-nicht-gegen-dich! Im besten Sinne des Wortes.

Der Gefangene

Als er die Straße entlangging, und vielleicht ging er etwas schneller als unbedingt nötig, in der Reihe der müßigen Fußgänger fiel er dadurch auf, da dachte er, daß er es überhaupt nicht leiden könne, wenn sich ihm am Gehweg jemand mit glücklichen, vernebelten Augen nähere; jemand, der lächelt! Das ist unkeusch! Das widert ihn an! Aber über diesen Gedanken mußte er selbst lächeln.

Der Tod

Leute drängten sich an der Straßenecke. Vorsichtig näherte er sich ihnen, wie Tieren, um sie nicht zu verscheuchen; wie Spinnen zum Beispiel. Ein Motorradfahrer war gestürzt, es mochte erst vor kurzem geschehen sein, gerade hob man die Maschine vom Bein des Jungen, und er sah nur das Bein, an seinem Schenkel waren die Jeans zerrissen, Blut sickerte hindurch. *Staubiges Blut.* Vor ihm, in der hinteren Reihe, flüsterten zwei Männer, wahrscheinlich waren sie von der gleichen Art, beispielsweise trugen sie blusige Hemden und feine, leichte Schuhe. Er hörte sie das Folgende sagen: »Ich liebe sie. Beziehungsweise, das ist gar nicht richtig. Aber sie gehört zu mir. Glaube nicht, daß ich dich verabscheue oder dir ein Feind wäre. Nein. *Du zählst gar nicht.*«

Er drängte sich weiter vor. Am Rand des Gehweges saß ein Mädchen mit kurzem, rotgefärbtem Haar, mit ausdruckslosen Augen schwenkte sie ihren Sturzhelm. Die Lenkstange der Maschine ragte wie ein Schlachtmesser aus dem Hals des Jungen. Er trug das gleiche karierte Hemd wie (   ). Mit der ganzen Hand umklammerte er das eigene Hemd. Ein Polizist näherte sich, und er war abgespannt wie ein Maurer.

Olga

»Olga!« grölte er. »Das unersättliche Weibstück!« rief sein Freund. »Aber, aber ...« Sie saßen in einem Café, das man Kaffeehaus nannte, und sie fanden, das Gesicht der mürrischen Kellnerin würde dem der Ehefrau des teuren Tschechow ähneln. Da setzte sich ein Pärchen an ihren Tisch, und sie versanken in Schweigen.

Die Leiche

Im Haus gegenüber war eine Frau gerade dabei, ihren Sonnenschirm zu richten, wobei sie auf dem Tisch der Dachterrasse stand. Der Wind ergriff den freiwilligen Fallschirm, schreiend fiel die Frau in die mehrstöckige Tiefe. Er blickte hinab: Die Leiche lag weiß, gespreizt. Beinahe in regelrechter X-Form. Drinnen in der Wohnung konnte der Ehemann nichts gesehen oder gehört haben. Als er hinausblickte, war ihm die gereizte Ungeduld anzusehen, daß der Schirm immer noch nicht an seinem Platz war.

Leben und Tod

»Oh, lieber Isegrimm, mein Bruder, Friede sei mit dir und deinem Volke. Zu meinem tiefsten Leide ist mein Bein gebrochen, und meine Schmerzen sind, wie du es bezeugen kannst, nicht gering, vielmehr sind sie sehr groß. Oh, Schmerz, oh Tod...« An seiner Feder kauend kam er herbei. »Geh weg, geh zurück«, schrie das kleine Mädchen. »Mein Kind, nie darfst du so vorlaut schreien...« »Hilfe, oh, Isegrimm, mein Bruder...« »Schweig. Du tätst besser daran, den wütenden Mann abzuwarten, der aus dem geheimnisvollen Gesträuch hervorbricht. Ausgeschlossen wäre es nicht, daß seine Absichten edel sind. Glaube mir, so würdest du besser fahren«, sagte er.

Die Kinder seines Bruders langweilten sich über solchen Reden, aber sie wagten es nicht, sich zu widersetzen. Mit Abscheu betrachtete er sie. »Ich hätte nur gerne gesagt, daß du nicht immer mit dem Tod spielen sollst. Du sollst nicht rufen: ach, ich sterbe!, ruf lieber: ach, ich lebe, hilf mir, mein teurer Freund. HAST DU DAS VERSTANDEN?!« Mit gesenktem Kopf ging er langsam zu seinem Schreibtisch zurück.

An jenem Tag

Er war in den Bus gestiegen. Auf dem vordersten Sitz flüsterte eine Studentin mit einem Jungen auf französisch. Der Nacken des Jungen war schön, flaumig und zerbrechlich wie die Rehe im Röhricht. Und zwei alte Frauen lachten darüber, daß jener Ludwig der Fünfzehnte, der Lui, sich die Katze im Sack gekauft hatte, eine polnische Katze im Sack, irgendeine Jeselka oder wen. »Sagen Sie nur! Die Katze im Sack?!« Sie kicherten, entrüsteten sich und sprachen über die Könige, als ginge es um den Gemüsemann von nebenan, dessen Ware zwar in Ordnung ist, der einen aber manchmal übers Ohr haut.

An jenem Tag freute er sich über alles; am Abend hatte

er das Gefühl, er sei mitunter vielleicht oberflächlich gewesen.

Bilder einer Ausstellung

Es regnete, und er war schon völlig durchnäßt. Im Treppenhaus ging ein Mann in einem Webpelzmantel auf und ab. Sie tauschten mißtrauische Blicke. »Bestimmt erwartet er eine Frau. Oder wartet er auf eine Frau?« dachte er. Er klingelte, eine alte Dame öffnete die Tür, sie sagte gleich, ihre Tochter sei nicht zu Hause und trieb ihn durch die Wohnung. Da war eine Art private Ausstellung mit sog. modernen Bildern. Die Dame trippelte hinter ihm her, aber sie war nicht aufdringlich, auch nicht zu sachlich, sie war auch nicht ganz unorientiert. Ein Großteil der Bilder gefiel ihm. Zum Abschied gaben sie sich die Hand, und dabei fielen ihm die jungen Frauen mit den kurzen Frisuren aus den zwanziger Jahren ein, die er sehr mochte. Im Treppenhaus ging der Mann immer noch auf und ab, vollführte seinen Stepptanz. »Die Mieze hat ihn bestimmt sitzenlassen.« Draußen im Nieselregen holte er sich das Gesicht der Frau zurück, ihre bemerkenswerte und eigentlich große Nase, die intelligent blitzenden Augen. »Das war gut so«, dachte er.

Das große Erdbeben

Er setzte sich zu dem Dichter. Der aß gerade mit seinem Sohn Stelzen nach Bäckersart; er war ein großer Lümmel, manchmal fütterten sich Vater und Sohn gegenseitig, und das war sehr rührend. Kaum daß er den letzten Bissen hinuntergeschluckt hatte, legte der Dichter mit einer phantastischen und völlig konfusen Geschichte aus dem Jahre 56 los, über den rasenden Wechsel zwischen Zuckerbrot und Drohungen, »über den Toten wächst auch das Gras anders«, sagte er. (Zuvor erzählte er: Wir sollten uns damals hinter der Statue eines großen Ungarn treffen, und zwar ganz konkret. – Ich sag nur soviel, geh heute weder hierher noch dahin, sonst wirst du es dein Leben lang bereuen. – Und in der gleichen Nacht: mit einer Pistole in der Hand! Du?! Aber was willst du von mir, mein Bester?! – Du sollst mich nicht duzen.)

Tägliche Post

Er bekam einen Brief ohne Unterschrift. Das heißt, die Unterschrift fehlte nicht, doch war sie nur ein Witz. Drohungen fehlten in dem Brief, der so richtungslos und beinahe schon liebenswürdig verrückt war, daß er plötzlich zu Tode erschrak. *Mit gesenktem Kopf ging er langsam zu seinem Schreibtisch zurück.*

Glück

Der Ingenieur der Seele, überlegte er, darf nicht taktisch vorgehen, darin unterscheidet er sich vom guten Vorsitzenden. Er muß nicht nützlich sein, sondern vor allen Dingen frei. Und in der Praxis hieße das: Nicht loyal muß er sein, sondern wahrhaftig ... Im übrigen kann auch die Wahrheit loyal sein – wenn sie Glück haben, die Herren, die Herrren.

Die Tochter des Irren

Gemeinsam mit einem Dichter hatte er einmal – während des Trainings! – die »neuen, aggressiven Mädchen-Kälber« betrachtet. Im Zusammenhang damit erzählte der Dichter eine Geschichte. Daß er einst in jungen Jahren, nachdem er seine Pflichten *jünglingshaft* erfüllt hatte, sich schnell atmend, schwitzend und zufrieden auf seine Seite drehte. Er wollte eben nach den Zigaretten langen, als ihn die Frau bei den Schultern packte und ihm die folgenden Wörter ins Gesicht sagte: »Du, sag mir, was wäre, wenn die ganze Sch. erst nach zwei Stunden aus dir rauskäme ...«

Wegen dieser Geschichte mußte er beinahe kotzen. Unschlüssig betrachteten sie die kalbigen Mädchen, sie sahen freundlich aus. (P. S. Nach einer Woche, denn so lange hatte er sich gewundert, fragte er den Dichter: »Hat sie wirklich zwei Stunden gesagt?« »Genau.« Und er fügte hinzu: »Ich hätte es an ihrem Kinn sehen müssen, daß sie mich auffressen wollte, daß sie mich auffressen würde ...«)

Der Schmetterling

Der sympathische Sänger sagte, die anwesenden Schriftsteller – und es waren Schriftsteller anwesend – sollten ihm glauben, daß es eine hungrige junge Masse gäbe, mit der man etwas anfangen könne und müsse, ein Kulturvakuum sei vorhanden; er seinerseits sei nicht klug, er könne nur singen, darum sei es für ihn unmöglich, diesen Menschen etwas zu sagen, sie aber müßten es unbedingt tun. Eine Frau mit spitzem Hintern unterbrach ihn: »Die Leute fürchten sich nicht vor dem Singen, sie fürchten sich vor dem Wort.«

Es war diese Frau, die später einen der Schriftsteller beim Ohrläppchen nahm, und sie trug ihm ihre Theorie vor, der gemäß der Sänger ein Frauen-Mann sei, daher würden die Frauen ihn lieben. »Wenn ihr, ihr Männer-Männer, einst zu den Frauen gelangen werdet, wird das die Welt verändern.« »Dann ist ja alles in Ordnung«, dachte er verzweifelt und stahl sich zur Toilette hinaus.

Musik

Allmählich wird er in der Lage sein, in der Musik die Instrumente zu hören, dachte er, den Gegenstand, von dem der Ton ausgeht; daß nämlich an jener Stelle bei Beethoven nicht der Himmel, nicht das All und nicht Gott sind, sondern die Pauke und das Fehlen der Pauke; es ist gut, das Instrument zu hören.

Ein Streichquartett ist dann wirklich gut, wenn untereinander kein Gespräch mehr nötig ist. »Wessen Gespräch?« fragte er mit eisiger Stimme.

»Ich habe den Schwanz von B. gesehen«, hatte der berühmte Pianist einfach gesagt, »zwar nicht aus Anlaß des B.-Jahres, aber zu jener Zeit.« (Babyphoto; Bartók-Archiv.)

Angeberei: Cage kann ich kaum von Mozart unterscheiden.

Der Satz

Die Sätze Géza Ottliks wackeln nicht, sie sind sogar sehr sicher, aber: sie schaukeln!, wie eine große Barke, ein schwarzer Barkenvogel.

Das Kunststück

Ja, das Kunststück ist nicht gering: zu leben und nicht mißmutig zu werden!, liest er.

Streiterei

In seiner Familie erzählte man, daß seine Großmutter

mütterlicherseits mit Babits gespielt habe, in der Stadt Szekszárd, sie spielten Fangen, und der sechsjährige Babits fragte bei einem strittigen Abschnitt des Spieles: »Entschuldigen Sie, haben nun Sie mich eins-zwei-drei oder ich Sie eins-drei, das heißt, ich in Sie eins-zwei, das heißt eins-zwei-dreimal, oder eins-zwei-drei, du bist frei?«

An einem trüben, bedeckten Herbsttag saß er in der Ecke eines Kaffeehauses, rauchte seine Zigarre und hörte die Musik, die aus dem Grammophon kam. Diese Musik drang in seine Seele ein. Da fiel ihm diese kleine Geschichte ein, und voller Lust und sehnsüchtig dachte er, er sei seine eigene Großmutter.

Tägliche Post

In einem Leserbrief – datiert vom 16. Juni, abgeschickt aus jenem Dorf, wo er seine Kindheit als Ausgesiedelter verlebt hatte, zudem stimmte der Vorname der Briefschreiberin mit dem seiner Mutter überein: das alles war ein bißchen viel auf einmal –, in dem mit intelligentem Murren allerlei bemängelt wurde und in dem es außerdem hieß, daß sich die Leserin während der Lektüre eines seiner Bücher beschmutzt gefühlt habe, wobei ihn diese Beanstandung erschütterte, und er konnte es seinerseits kaum als Katharsis deuten; zudem äußerte die Schreiberin die Hoffnung, daß er da keine eigenen Erlebnisse beschrieben habe, denn welch ein Leben wäre ein solches; zu seiner Belehrung schließlich enthielt der Brief die Abschrift einer Fabel. Sie lautete: Die Stachelschweine froren. Daher rückten sie näher zueinander, doch dann verletzten sie sich gegenseitig mit ihren Stacheln. Wieder entfernten sie sich voneinander, wieder froren sie. Dann richteten sie es so ein, daß sie einander naheblieben, doch nur so, daß sie sich mit den Stacheln nicht stechen konnten. Na also!

Er hätte immer gedacht, in seinem Buch sei von nichts anderem die Rede gewesen als von diesen Schwierigkeiten mit der Entfernung.

Der diskrete Charme der Freiheit

Morgens und abends hatte er an der Abschrift weitergemacht, als würde er beten... Als er zur letzten Seite gelangte, die er abzuschreiben hatte, begann sein Herz heftig zu klopfen, als ob es in einem Käfig gesteckt hätte und nun hinausspringen wollte. Eine heftige Unruhe überkam ihn, seine Hand zitterte, nach jedem Satz mußte er die Feder hinlegen. Entsetzt dachte er daran, daß er ausgerechnet jetzt, einige Schritte vor dem Ziel, *die Arbeit* – denn gerührt war er keineswegs –, an der er seit drei Monaten gesessen hatte, verderben würde, und dunkel kam ihm auch der Gedanke, daß er vielleicht nicht hätte beginnen dürfen, er, ein hochmütiges Rindvieh, und da hätte er bald seine schwarze Suppe, die Tinte, er durfte nur darauf warten... Vorsichtig zog er bis zum Schluß durch. Was da überhaupt zu verderben gewesen wäre, wußte er nicht.

Warum

Ein Schriftsteller, den er bis dahin persönlich nicht gekannt hatte, sondern nur seine Bücher, bat ihn unerwartet um eine Gefälligkeit, etwas Geringes war es eben nicht, denn er mußte früh aufstehen, aber unmäßig viel war es auch nicht, denn bis zum Mittag war es erledigt.

Als er am Nachmittag zurückkam, überlegte er mißmutig, warum er überhaupt geholfen habe, warum er sich hatte breitschlagen lassen. War er etwa ein Depp? Zweifellos war er auch ein Depp, aber er hatte nicht aus diesem Grund geholfen.

Sondern aus Eitelkeit.
Darüber schämte er sich.
Zu Unrecht; zu diesem Schluß kam er dann später.

Flügel

Man tastete ihn ab. »Ich habe kein Gewehr bei mir«, sagte er gemütlich, »das Wort ist kein Gewehr.« Als der Fachmann zu seinen Lenden gelangte, schnappte er leidenschaftlich nach Luft; »Du Hengst, ich begehre dich«, flüsterte er. Jener blickte ihn an, er war ein abgeklärter Mann, »in diese Richtung bitte, dort ist der Ausgang«. Grinsend trat er aus der Kabine; später sah er, daß es allen so erging, auf allen Gesichtern blieb ein Grinsen.

Flüsse

Wenn die Überflutungen einsetzen, liest er aufgeregt die Tageszeitungen durch, um sich über den täglichen Wasserstand zu informieren, und wenn der wieder gestiegen ist, freut er sich. Die allgemeine Unruhe, die eingestürzten Schuppen, überschwemmten Weizenfelder und andere menschliche oder gesellschaftliche Tragödien mindern seine Freude nicht. Er denkt zum Beispiel: »Diese Theiß, sie ist wirklich begabt ...«

Die Katze

»Nachdem ich mich vom Militär verabschiedet hatte, mußte ich feststellen, *daß Isolde nicht mehr die alte war*. Doch war dann alles zu spät, denn ich hatte schon Abschied genommen.« So sprach der gesprächige alte Mann mit der eingefallenen Brust, der im Garten das Gras mähte. Längst könnte er als Oberst in Rente sein, klagte er unaufdringlich weiter, und dann müßte er hier nicht mit dem Gras herumfuchteln. Obwohl (?) er von 1946 bis 53 im Staatssicherheitsdienst gedient hatte, bis ihn dann die Familie der Isolde, die einen Bräutigam von der Staatssicherheit für unpassend gehalten hätte, sagen wir es ruhig offen, junger Mann, zur Entlassung gedrängt habe. Einmal hatte er einen Politischen von Solymár in die Andrássy Sechzig begleiten müssen, einen gefährlichen Schurken, der mit allen Wassern gewaschen war, der Arme war natürlich unschuldig, er brachte den Mann ins Untergeschoß, legte ein Streichholz in zehn Meter Entfernung vor sich hin und traf es, mit der Pistole! Zum Gefangenen habe er gesagt: »Das hast du mit eigenen Augen gesehen. Ich weiß, du bist ein gerissener Kerl, aber ich empfehle dir, das nicht zu vergessen. Ich würde dich immer treffen; vergebens würdest du dich bewegen, du bist größer als ein Streichholz«, das hatte der Major gesagt.

Zum Abschied drückte ihm der Greis dankbar die Hand, weil er ihm so bereitwillig zugehört hatte, und er sei der Meinung, daß man die Menschen nehmen müsse, wie sie einmal seien. »Da wir doch«, antwortete der andere steif, »keine andere Wahl haben.« »Genau, es ist genau, wie Sie sagen, junger Herr.« Er hatte Bartstoppeln im Gesicht, war vertrielt und roch säuerlich; nachträglich, nach dem Zusammenrechen, stellte sich heraus, daß er ziemlich großzügig gemäht hatte.

Es fehlte ihm jede Würde, er war biegsam, unzerbrechlich wie eine ausgemergelte verwilderte Katze, die maunzend immer auf die Füße fällt.

Ein Spaß

Ein Kollege hatte – und (   ) konnte das aus unmittelbarer Nähe beobachten – jemanden zu Boden geschlagen. Dann beugte er sich über ihn. »Weißt du, warum ich das tat?« Mit verständlicher Hoffnung stützte sich der Leidende auf, denn es ist einigermaßen beruhigend, für Niederträchtigkeiten eine Erklärung zu bekommen. »Warum?« Nachlässig warf ihm der Kollege hin: »Weil ich wissen wollte, ob es sich auch in deinem Fall um strapazierfähigen, leichtwaschbaren Kunststoff handelt.« Und er half ihm beim Aufstehen.

»Ich tat, was Marx mit Hegel getan hat«, sagte der Kollege, der gerade eine Art marxistisch-leninistischen Lehrgang absolvieren mußte, »ich habe ihn vom Kopf auf die Füße gestellt und umgekehrt.« Später klagte er, man würde ihn wegen seiner vielen Fehlstunden vermutlich entlassen, und da schlug der andere vor, er sollte erzählen, er habe eine Vision gehabt: Daß es nämlich Gott gebe, daß es ihn doch gebe. Darüber lachten sie dann.

Erbarmen

Wieder ein andermal dachte er, es sei alles in Ordnung. Allmählich tauchte er in die klassisch einfache Erzählweise des Filmes ein, aber am unteren Rand der Leinwand sah er trotzdem einen T-förmigen, zugenähten Riß, bei den sog. gefühlsbetonten Stellen war er dem Weinen nahe, seine Rührung verformte sich mehr und mehr zu Inspiration, zu etwas wie sicherem Einfühlen; das Schicksal des jungen Mannes auf der Leinwand verschlechterte sich mehr und mehr, sein feuriger Blick war der des Opfers, des Lammes, und damit im Zusammenhang, so dachte er, verbesserte sich das eigene Los, eine profane Erlösung war das, das schöne Schauspielergesicht des jungen Mannes schien, um es ein wenig übertrieben auszudrücken, für die Sicherheit der Zuschauer zu haften – doch dann, als sie zur würgenden Stille einer mächtigen Szene gelangten, gerade in dieser durch die Kunst hervorgerufenen Geräuschlosigkeit, in der heiligen Stille des Kinos, begann jemand *erbarmungslos* seine Armbanduhr aufzuziehen, er drehte und drehte am Rädchen; dieses Aufziehen, auf, auf... Es war zu spät.

Deo gratias

»(Wir sind unformulierbar, und das formulieren wir.) Also kann bei den weltdimensionalen Lügen nur die Kunst Hilfe leisten? Aber *ihre lächerlichen Anstrengungen, die den Ausdruck betreffen,* müßte sie vielleicht aufrechterhalten... Dem Ausdruck und dem Wort unschuldig zu vertrauen, wäre mehr als Dummheit, es wäre Sünde, aber eine Sünde wäre es auch, sie lauthals zu verwerfen, denn es würden Hohlräume entstehen, gähnende Hohlräume, die man beliebig füllen könnte. Zerstören und behaupten, spucken und reden – das wäre richtig. Aber wie sollten wir reden, wenn wir allein geblieben sind, wenn es Gott nicht gibt?

Widerlich, unerbittlich, fürchterlich und pervers ist die Messe, wenn Gott fehlt...! Der gnomenhafte Christus, der auf der Bühne, die die Welt bedeutet, in Lackschuhen seinen Stepptanz vollführt, setzt sich auf seinen Thron, auf den Platz des Höchsten Richters, über ihm fehlt das Firmament, seine aufgedunsene Hand zittert, mit glasigen Augen und rülpsend blickt er auf uns, uns, sein Volk – die wir gekonnt unsere Kaugummis kauen.«

Einsamkeit

Wegen der Geräusche eines *weiblichen* Reißverschlusses hat der *Mann* zu weinen begonnen.

Der Vortragende

Als er das Künstlerhaus betrat, hätte er beinahe ein bläßliches, schmales Mädchen umgeworfen. Er grüßte. Das Mädchen schwieg, ihr Mund blieb hartnäckig verschlossen, und sie schaute ihn so hoffnungslos an, als hätte sie ihn gekannt. Er bekam einen leichten Schrecken, »wo fehlt es denn«, sagte er schließlich. Das Mädchen schien gegen etwas anzukämpfen, vielleicht gegen das Weinen, oder sollte ( ) vielleicht eine alte Erinnerung geweckt haben?

Dann bemerkte er, daß sie dicht neben ihrem Rock ein Brot mit Wintersalami in der Hand hielt. Der grüne Paprika ragte heraus wie die Zunge von jemandem, der sich den Magen verdorben hat. »Sie essen?« fragte er schulmeisterhaft. Wütend begann das Mädchen zu nicken und schluckte schwer. Sie trennten sich schweigend. Aus einer entfernten Tür schaute jemand scheu hervor. »Aber um Gottes willen, kauen Sie doch!« brach es aus jenem hervor. Sofort drehte sich das Mädchen weg, schmatzend begann sie zu essen. »Danke«, sagte sie über die Schultern hinweg, mit vollem Mund.

Ich

Er schwankte aus dem rauchigen Kellerclub. Betrunken war er nicht, nur eben gefährlich schlecht gelaunt. Er lebte in einer Dunkelheit, so als wäre er krank gewesen, als hätte man ihm die Haut abgezogen. Er jedoch kannte die Quelle seiner Krankheit: Das war diese Scham vor sich selbst und gleichzeitig die Angst vor den anderen. Vor den anderen – der Gesellschaft, die er verachtete! Die Frau war unerschöpflich in ihrem Erfindungsreichtum. (Z. B. sagte sie einmal: »Ich liebe Sie. Ich liebe Sie auch jetzt. Haben Sie doch Mitleid mit diesem Weib, das sich nur selbst betrogen hat.«) Jetzt stellte sie sich neben ihn (er sah den blockweise vorbeiziehenden Rauch) und tat, als sei sie eine Fremde. »Nehmen Sie zur Kenntnis, daß ich Sie hasse.« Hochmütig nickte er, nachts um halb drei meldet eine Frau, daß sie ihn hasse; man wird sich dergleichen ausmalen können. »Was wollen Sie«, sagte er mißmutig. Sie hasse ihn, weil sie ihn lesen *müsse,* antwortete sie. »Dann«, sagte er geziert, »sollen Sie mich nicht lesen, sondern mich lieben.« Die Frau lachte triumphierend auf: »Was denn soll ich lieben, wenn ich Sie nicht *lese?!«* Und wie eine gedungene Mörderin ging sie davon.

Ich

In der Dunkelheit sah er nur ihren Arm, ihren leuchtenden, kräftigen, schönen, braunen, fleischigen Arm; einen Sommerarm. Hoffnungslos ließ er seine Hand in den Schoß fallen – so als wäre er immer noch krank –, da nahm das Mädchen wie eine Mutter seine Hand in die ihre. Er empfand große Dankbarkeit, so daß man ihn um alles hätte bitten können. Die Zeit rückte weiter, das Mädchen bat um nichts. Ihre Hand war heiß.

Ich

Seine Dankbarkeit – aber auch den Schrecken, die Müdigkeit und die Leere – rettete er in den nächsten Tag hinüber. Die Frau, die Erlöserin, war bereits nach Hause gegangen... Folglich war hier etwas Unpersönliches vorgefallen.

Ich

Eine Fülle von *Ich*thyosauriern! Man hätte blind werden können in der schwülen Hitze.

Sieg

Der kleine Junge mit Windpocken kam auf ihn zu und sagte: »Er ist davongekommen.« Und er war nicht bereit zu verraten, um wen es sich handelte.

Sein Vater

Gott segne meinen Vater, dachte er am Geburtstag seines Vaters. Was auch immer kommen mag, seine Verdienste werden niemals verjähren. Pfui, ruft da ein jeder, wo bleibt deine Mutter, garst'ger Struwwelpeter!

Seine Mutter

Plötzlich verstand er, warum seine Mutter früher die Spinnen gehaßt hatte! Und warum sie nervös wurde, wenn er sie – vor allen Dingen die Afterspinnen – frei laufen ließ.

Nun, wegen der Spinnweben!

Vergleich

Er war mit jemandem zusammengeprallt. Seine Rippen hatten nur so gekracht, und die Schmerzen wollten kein Ende nehmen. Es waren merkwürdige, schleichende, unbestimmbare Schmerzen. »Trotzdem sollten Sie versuchen, sie zu beschreiben«, sagte der Arzt ungeduldig. Er seufzte, und diesmal nicht aus Selbstmitleid, sondern weil er so den Schmerz für einen vergänglichen Augenblick lokalisieren konnte: »Als wäre ich sehr traurig.« Eine Knochenverletzung war nicht zu erkennen.

Das Spielergebnis

Im Gegensatz dazu aber jene stumpfe und ein bißchen

langweilige, doch scheinbar unverrückbare Freude, als das im übrigen uninteressant gewordene Spiel: mit einem Sieg endete.

Der Eunuch des Lebens

Man kann nie genug auf der Hut sein, dachte er, in einem völlig überraschenden und unschuldig scheinenden Augenblick bricht manchmal urplötzlich der pure Haß aus einem hervor. Da halten wir eine farbig gedruckte Zeitung in der Hand, die über das ideale Würzen von Rindfleisch informiert wie auch über jene einfallsreichen Griffe, durch die unsere schon zur Unbrauchbarkeit verkommenen Dachböden aufregend umzugestalten seien, wobei Natürlichkeit und Oberflächenbeschaffung der Trägerbalken klug genutzt wären, wir quälen uns schnell durch die Seiten mit den Schnittmustern, und plötzlich schlagen wir Wurzeln bei den trügerischen Abbildungen gewisser Landschaften, die als erreichbar bezeichnet werden, und obwohl die lächelnde, mondäne kleine Dame in dem entsprechenden Bildausschnitt uns kein wenig irreführen kann – trotzdem: In solch einem Augenblick mag es plötzlich geschehen.

Der Kümmerling

Sein Kopf hämmerte schon seit drei Tagen, und unablässig fiel ihm dadurch die Ewigkeit ein (in Wirklichkeit konnte er sich selbst nicht ausstehen); da sagte er, indem er seine Hände faltete... Nun schön, in Ordnung. Herr, verlange von mir, was Du magst, alles soll Dir gehören. Wie kindisch, feige und unkeusch...

Geschichte

In der Loggia, die wir Terrasse nannten, hielten wir einen Hasen. Hoch über der Stadt war, wie man es auch in den Annalen nachlesen kann, mit immensem Gekreisch ein gemeiner Adler ohne jedes Hoheitszeichen erschienen, und er stürzte sich auf unseren armen Hasen. Er hat ihm die Haut vom Gesicht gerissen und ihn bis aufs Blut zerfleischt. (So ist das nicht wahr, es steht schlimmer, lieber Gott, viel schlimmer. Ein Marder war es, ein Marder, ein Marder.)

Kriegshafen

Als er während eines Gesprächs auf der Meinung bestand, die in seinen Augen theoretisch auch wichtig war, daß in Siebenbürgen nicht nur die Ungarn ... daß dort nicht nur Ungarn ... daß nicht nur sie Sorgen hätten (und natürlich auch Freuden), blickte man ihn an, als sei er ein Verrückter, ein Verräter und ein Verrückter, dem es zu gut geht und der nun nicht mehr weiß, was er anstellen soll. »Haben Sie dort schon gelebt?« fragte eine Frau, die ihm gefiel. Nein, er winkte ab. »Was können Sie dann schon wissen?« Und dann kümmerte man sich keinen Dreck mehr um ihn.

Er verstand das alles, akzeptierte die Aufregung der anderen und wußte zugleich, daß auch er recht hatte.

The long goodbye

Als er seine Tante zum Bahnhof begleitete, traf er auf einen Studenten, den er kannte und auch wieder nicht kannte. Es war sehr warm, man hätte blind werden können in der schwülen Hitze, wie man so sagt, wie unter einem schlechten, heißen Backblech lag die Stadt, und die

Sonne war von jenen Wolken verdeckt, deren Name in den Fachberichten vielleicht als Wolkenwand eine Rolle spielt.

Damals wohnte seine Tante noch nicht bei ihnen. Ihre Begegnungen fielen immer sehr heftig aus. Der Zug war jetzt schon abgefahren, mit den Händen in der Tasche bummelte er weiter. Die Haut der Menschen glänzte vor Schweiß. Er versuchte, sich an das Gesicht seiner Tante zu erinnern, es gelang ihm auch. »Ich hasse den Abschied«, hatte seine Tante gesagt, während er auf der Treppe schaukelte. »Passen Sie auf sich auf.« Seine Tante lächelte; mal zeigte sie ein ganz offenes Wesen, und dann meinte er: Der Raum, in dem er schwebt oder was er dort auch tut, ist nur für ihn erschaffen, beziehungsweise: Er ist vorhanden, und das ist gut; manchmal verschloß sie sich spröd und schnell, als würde sie sich für das, was geschehen war, schämen; dann war sie eine Erwachsene, schaute einem nicht in die Augen, und in ihrer merkwürdigen Scheu senkte sie den Kopf. Auf die gewohnte Weise wiederholte der Lautsprecher: »Nach Kanizsa, Gleis 9, in 3 Minuten.« Plötzlich fuhr seine Tante hoch: »Hören Sie nur, bitte! Hören Sie, welch ein Satz!« Er lachte, turnte weiter an der Zugtreppe, damals war er ein junger Mann von sechsundzwanzig Jahren. »Sagen Sie nur, was ist das für eine Welt, die solche Sätze hervorbringt!« Er verstand es nicht, oder es interessierte ihn noch nicht. (Später, jetzt, wenn es ihm in den Sinn kommt, wenn ihm solche Sätze in den Sinn kommen, spürt er in seinem Herzen Wut und eine sachte Verwunderung.)

Hysterische, verschwitzte, schwerbepackte Mütter zerrten ihre abscheulichen Sprößlinge hinter sich her, als würde ihr Leben davon abhängen, daß ... ganz gleich, wovon. Wenn er sah, daß irgendein Mann seine überaus schöne Frau anherrschte, war er darüber immer erschüttert und konnte es nicht fassen. Innerhalb von fünf Minuten (!) hatte er nun zwei solche Paare gesehen, und beide Männer hatten ihren Frauen das gleiche vorgeworfen, daß man ein Taxi hätte im voraus bestellen müssen. Die erste der beiden Frauen trottete schweigsam weiter, die zweite zischte zurück, »laß mich in Ruhe, sei so gut, ok?« Die Frauen hätten Schwestern sein können, zweimal Glockenrock, Tänzerinnen-Beine, breiter Hut.

Seine innere Leere riß ihn hin und her; der junge Mann begrüßte ihn, zunächst wußte er nicht, wer der andere war, »kennen wir einander?« fragte er verschlossen, und da sagte der junge Mann, daß sie sich kannten und auch wieder nicht kannten. Der Junge erwartete jemanden, den sein Vater anderntags operieren würde. Das rührte ihn, und er folgerte daraus, der Junge sei ein guter Mensch. Sie sprachen miteinander, vor allem über französische Romane. Damals schon mochte er es, über die französischen Romane des vergangenen Jahrhunderts zu reden. Dann wollte er weitergehen, der Junge verabschiedete sich von ihm neutral, aber freundlich und sagte etwas wie: Wahrscheinlich würden sie sich einmal auf einem anderen Bahnhof wieder begegnen. Hochnäsig nickte er und ging; das Ganze war wie in einem nicht allzu guten, aber auch nicht niveaulosen Film – gegen Ende des Streifens.

Später erst, vor den Telefonzellen, fiel ihm ein, daß er diesen Jungen vielleicht niemals mehr im Leben sehen würde. Darüber war er bestürzt, auf eine so große Entscheidung war er nicht gefaßt, er rannte zurück, fand den Jungen aber nicht mehr. Seinen Familiennamen wußte er, und wie verrückt begann er aus einer der Telefonzellen zu telefonieren, ab und zu ging er zum Blumenstand hinaus, um Geld zu wechseln, damals kostete die Einheit 1 Forint. Er wurde in unglaubliche Abenteuer verwickelt, zum Beispiel erzählte ihm ein Mann am Telefon, daß er vor kurzem an eine Nymphomanin geraten sei, die ihn so lange nicht entlassen wollte, bis er sich durch einen Freund auslösen ließ; eine Frau, der man den Kühlschrank gestohlen hatte, glaubte, er würde sie jetzt aus diesem Grund anrufen, die Frau verdächtigte einen gewissen Ludwig, der sie schnöde ausnütze und demütige, doch wegen des Altersunterschiedes, durch den die Frau, wenn man diesen in Rechnung zog, immer noch einen Gewinn hätte, wolle sie ihn nicht verlassen, aber das mit dem Kühlschrank sei doch eine Übertreibung von ihm, bei solchem Wetter lauwarmes Bier trinken zu müssen, könne man von niemandem verlangen.

Und es geschah auch sonst noch manches, aber den Jungen fand er nicht. Er meinte, er sei gealtert, keine sechsundzwanzig mehr, sondern zweiunddreißig.

In seiner Wut blieb er neben einer Frau mit schwingendem Hintern stehen. »Kann ich helfen«? fragte er. »Was könnten Sie schon helfen«, sagte die Frau gelangweilt. Er zuckte mit den Schultern. »Verschwinde«, sagte die Frau. Er verschwand. Eine nicht mehr junge, aber vermögend wirkende Frau blickte ihn sehnsüchtig an. Der (   ) lächelte grausam. Später fragte ihn ein schwedisches Mädchen nach dem Weg. Unverschämt griff er nach ihrer Brust, während er mit der freien Hand dem Jungen an ihrer Seite den Metroeingang zeigte. Einer älteren Frau wechselte er Geld, begleitete sie zum Kaffeeautomaten, dann stellte er ihr das Bein. Er entschuldigte sich, half ihr beim Aufstehen, inzwischen zwickte er sie kräftig in ihren verwelkten Arm, um ihr dann seine restlichen Forintstücke zu schenken. Schließlich landete er bei einer Nutte mit häßlichem Gesicht, das heißt, die Frau hatte ein ziemlich freundliches Gesicht, nur war es pockennarbig. Sie betrachtete ihn mit ruhiger Miene, und dadurch wurde auch er ruhig. Er ging neben der Frau einher, wußte nicht, wie er sie berühren sollte; wie er das sonst tat, wollte er es nicht tun, und für Überheblichkeiten fehlte ihm die Kraft. Von der Seite her blinzelte er zu ihr hinüber, sie hatte eine ziemlich gute Figur, war sehnig, aber alles an ihr schien etwas übertrieben.

Der Coyote

Sein Freund, der einmal in Schwierigkeiten gewesen war, rief ihn immer noch wegen derselben Schwierigkeiten an. Eine Weile strichen sie um den heißen Brei herum, sprachen über scheinbar wichtige Dinge, über Babits, György Rónay, das literarisch luftleere Dasein, den Mangel an Selbstbestimmung, davon, wie wichtig die Vergangenheit sei, über die Tradition und deren Gegenwart, und dann, und vielleicht waren sie damit schon um einen Schritt weiter, ging es um ein gutes, rücksichtsvolles Wort, das man für die Kritik erfinden müßte, für das, wie die Kritik früher gewesen war – so etwas hatte es früher gegeben –, daß sie nämlich einfach loslegte und alles zermalmte und zerbrach, alles in Elend stürzte und jenen, den sie treffen wollte, einen Existentialisten, Volksbundisten, Homosexuellen nannte; in solch einem Fall müsse man die Kritik als engherzig bezeichnen, das sei das Fachwort, sagten sie: *engherzig*. Erfindungsreich zogen sie die Zeit in die Länge. Heutzutage gebe es allerlei Herzen und Busen natürlich, angefangen von den Brüsten der Twiggy bis zu denen der Marilyn Monroe, und in deren sanften Schatten oder sogar in deren Tälern könne jeder seine Art Heimat finden; allerdings sei die Lage eher abwechslungsreich als rosig, ein Großteil der Busen sei ausgestopft, in der Regel mit Brötchen, was aus der Ferne gesehen zwar den Anschein der Festigkeit, der Jugendlichkeit, kurzum: der Echtheit zu sichern scheint, doch wenn man sie berührt, was der

Erfahrung nach früher oder später unvermeidbar ist, beginnen sie zu knistern und zu rascheln, Backwaren sind nun einmal so. Am peinlichsten aber, und darüber lachten sie, sind die Brösel, wenn die Brüste zerbröseln.

Schließlich kamen sie doch auf die Schwierigkeiten zu sprechen. Das Bild, das sie sich gemeinsam ausmalten, wurde immer trauriger. Da fiel (   ) ein Vergleich ein, der ihn erheiterte. Das erzählte er. Sein Freund schwieg. Auch ihm selbst kam der Gedanke etwas zu einfach und zuversichtlich vor; er hatte nämlich gesagt: »Und dann zumindest stehen wir am Anfang eines neuen, dunklen Tunnels.« Der Freund meinte, er verstehe das nicht, es sei für ihn zu abstrakt, und das hatte er seinerseits schon befürchtet, während er sich das Bild sehr konkret vorgestellt hatte, nur wagte er das nicht zu sagen, der feige Coyote.

Tausend Jahre

Er hatte einen plumpen Mann mit großem Arsch und schinkenartigen Schenkeln gesehen, aber als jener freundlich und musikalisch zu reden begann, verfeinerte sich sein Körper. Glücklich betrachtete er diese wundersame Verwandlung. Eine einzige Bewegung von einem anderen Mann wiederum, ein überhebliches Zucken seiner Lippen, erinnerte ihn an einen uralten Freund, und er meinte, er würde auch diesen Mann seit tausend Jahren kennen. Und so, obwohl er nichts auf der Welt mit ihm zu tun hatte: liebte er ihn doch.

Strindberg

In einer ungewissen Phase einer verwickelten Beziehung, die die sprichwörtliche Unsicherheit geworden war, und als keiner mehr wußte, wer er selbst war oder wer der andere sei, was in wessen Interesse stehen könnte und ob man soeben tatsächlich geliebt oder gehaßt werde, vorausgesetzt, das sei etwas Unterscheidbares, als man jenen restlichen kleinen Bewegungsfreiraum, in der neue und jede Vorstellung gleichzeitig über- und unterbietende, gegenseitig entweder demütigende oder erhöhende (aber eher die ersteren) Schritte unternommen wurden, schon Hoffnung nennen mußte und es daher wirklich um Hoffnung ging, wenn auch nicht um ein segensreiches Leuchten; als man manchmal annehmen mußte, von beiden würde nichts mehr übrigbleiben, nichts Ganzes mehr, wohin ein Rückzug hätte glücken können, und man also im eigenen Schmutz steckengeblieben wäre, da sagte einer der beiden: »Ich nehme es jenem Mann nicht übel. Aber warum sollte ich die IX. Symphonie einem *Tauben* erklären? Er kann ja nichts für seine Taubheit.« Er stützte sich in seinem Liegestuhl auf. »Außer, es ginge um Beethoven persönlich.« Er ertappte sich dabei, daß er weiterhin aufgestützt sitzenblieb und daß er geistesabwesend dem Chor der Zikaden zuhörte, die in dem unter dem gleißenden Himmel schlummernden Tannenhain summten.

Der Sturm bricht aus

Bis kurz vor Schluß waren nur absolut negative Elemente vorhanden: Verrat, Bitterkeit, Lüge, Lüge; »und dann«, zum Schluß folgt ein Kameraschwenk, ein Lichtstreifen bricht durch ein Gebüsch, zwei Menschen verneigen sich voreinander, und man hört ein Wort, und noch einmal: Glaube, Glaube, Glaube! (Glaubersalz.)

Lüge

Er hatte sich oft damit schmeicheln wollen, tausend Seelen zu haben und mindestens zwei Leben zu leben: So sprach er von seinen Lügen.

Und er sagte sich, er habe kein Gewicht, besitze kein Gewissen, sondern nur Nerven; er sei ja wie der Wind im Sand, und ihn gebe es gar nicht: So sprach er von seinen Lügen.

Er hatte sehr viele Namen für seine Lügen. Aber diese eine Frau liebte er immer noch sehr.

Seine Mutter

Mein Junge, ich träumte, ich hätte dich auf deinem Sterbebett geküßt. Dein Mund war eingefallen wie der Mund alter Weiber oder eingesunken wie alte Gräber, und pfeifend holtest du Luft. Als ich dir einen sanften Kuß auf die Lippen drückte, verstärkte sich das Pfeifen, plötzlich hattest du mit dem Ersticken zu kämpfen, und aus deinem Mund kroch eine armdicke Raupe. *So dick.* Die Raupe hatte einen großen hellgrünen Kopf, so grün wie das verblichene Sterne-Buch der Ausgabe von 1955 in der Übersetzung von Gyözö Határ, die Raupe lachte, wie jener Kabarettist, dessen Name mir jetzt – natürlich – nicht einfällt.

Grüne, lachende Raupe, *was soll daraus werden, mein Junge,* ich schämte mich sehr.

Der Roman

Also, der Held des Romans, beschloß er, ist jener Mann, der »am Wegrand steht, den vorbeiziehenden Wagen zusieht und sich kalt, resigniert, verletzt, erschrocken und

zugleich auch heiter fragt: *Wie lang noch kann es so gehen?*«
Unser Onegin steht da wie vom Blitz getroffen.

Niederlage

Es wird Frühling. Es wird Frühling, stellte er fest. Und da überkam ihn ein unglaubliches Jubeln, als könnte er etwas dafür. So: *als würde er den Frühling machen.*

Tore auf, Augen auf: Lesen

Anonimo Triestino DAS GEHEIMNIS · John Ashbery/James Schuyler EIN HAUFEN IDIOTEN · Chaim Nachman Bialik IN DER STADT DES SCHLACHTENS · William Carpenter REGEN · Robert Creeley DIE INSEL · MABEL · GEDICHTE · Magnus Dahlström FEUER · Péter Esterházy DIE HILFSVERBEN DES HERZENS · WER HAFTET FÜR DIE SICHERHEIT DER LADY? · FUHRLEUTE · KLEINE UNGARISCHE PORNOGRAPHIE · Gustav Januš WENN ICH DAS WORT ÜBERSCHREITE · Ismail Kadare CHRONIK IN STEIN · DER ZERRISSENE APRIL · DER SCHANDKASTEN · Konstantinos Kavafis AM HELLICHTEN TAG · Ranko Marinković HÄNDE · Francis Ponge KLEINE SUITE DES VIVARAIS · Alisa Stadler DAS HOHELIED UND DAS BUCH RUTH · Théroigne de Méricourt AUFZEICHNUNGEN AUS DER GEFANGENSCHAFT · Giorgio Voghera NOSTRA SIGNORA MORTE – DER TOD.